生の裏面

李承雨《イスンウ》

金順姫訳

藤原書店

生의 이면 (The Reverse Side of Life, 生の裏面)

Originally published in Korea by 문이당 (Munidang Publishing Co., 文以堂)

本書は大山文化財団の支援を得て刊行されました。

作家の言葉

道で渋滞に出くわした時、どうするだろう。いちばん簡単で気楽なのは流れにまかせてじっと待っていることだ。ところがずっとその道を進み続けなければならない時はどうすればいいだろうか。身を汚す覚悟で泥沼に突入していくしかない。しかし思いがけなくその泥沼は深いかもしれない。そのため道をつくるどころか、そこから抜け出すことができない可能性もある。それにもかかわらず泥沼に足を踏み入れなければならない人の運命の過酷さについて、今、私は考える。

失敗を予感しながら書かなければならない作品がある。失敗を覚悟しながら書かなければならない作品、しきりに煙幕を張り、霧を漂わせ、遠まわしに言い、挙句に独り言に終わってしまう、初めからそうであることを自覚しつつ弱りきった小説に最後までしがみついている人間が、一つの限界を乗り越えていく心情で耐えなければならない、そんな作品……。

この小説は、いわばそんな類の作品だ。私は途絶えた道の前で座り込む代わりに泥沼にはまる方を選ぶことにした。道を放棄できないこの愚かな執着を私は恐れる。わけの分からない虚無感のようなものが私の魂を雲霧のように取り巻いている。

すべての小説は虚構だ。しかし、真実を表すための虚構だ。混沌としている生に形態を付与するための人工的な混沌、小説的な真実は虚構の口を通して語られる。小説を書く楽しさの中で重要なことは虚構の人物、虚構の歴史をそれらしく創造して生命を付与するところにある。そんな意味でこの小説はつくり出したものだ。すなわち虚構だ。

しかしすべての小説は、とどのつまり自分自身の話であるという命題を私たちは記憶している。すべての小説は、どういう形であっても書き手の自伝的な記録である。小説を読む楽しさの中で無視できないのは他人の生を密やかに覗き見ることだ。ある「他人」？ それは一時的には作家がつくり出した虚構の人物だ。しかし読者は、その偽りの人物、偽りの歴史を通して、密やかな喜びを感じて作家の生を覗き込んでみる。一つの小説は読書を通して完成されるが、その小説は、結局、作家が望んでも望まなくても、読者によって作家個人の生の履歴として読まれてしまうだろう。そういう意味では、否定する必要はない。この小説は自伝と言えるだろう。

アンドレ・ジイドは私に語りかける。

「お前に似たものの横に止まらないように。決して止まらないように。……『お前の』家の中、『お前の』部屋、『お前の』過去以上にお前に危険なものはない」

私は話す。

「私は早くから『私の』家、『私の』部屋、『私の』過去から離れようとした。しかし危険でなかったことは一度もなかった」

私の作品の中で息づいている人物たちに、そして私の頭の中でつくられた架空の、しかし本当に大切な私の人物たちに、私に借りをつくり私が借りを作ったふるさとに、関係の源泉である母性に、この世に露わになっているすべてのものに、また隠されているすべてのものに、生きとし生けるものに、私たちの存在の深淵に潜んでいる見えないさらに大きな存在に。

一九九二年一一月

李承雨《イスンウ》

改訂版にあたって

この作品を書いている頃、私は十年間書き続けてきた自分の小説に対する不信感で非常に寂寞とした心境にあった。すでに明らかにしたように泥沼にはまり込む心境でこの小説を書き始めた。そのうち中途で脇にどけておいたものを出版する間際になってどうにかまとめることができた。三年間かかってこの小説を書いたわけだ。そういうことで前半部に比べて後半部から文章の緊張度が目に見えて落ちていくのをどうすることもできなかった。

この小説に対する不満と個人的な愛情が、本の出版直後に手直しをすると出版社と約束する羽目に陥らせた。その約束が守れないでいたのだが、大山《テサン》文学賞（教育生命保険株式会社の創業者愼鏞虎が一九九三年に創設し、大山文化財団が運営する韓国の権威ある文学賞、『生の裏面』は第一回小説部門の受賞作）が与えられたのだ。そのため手直しをする時期が少し先に延ばされてしまった。そしてまた怠けてしまった。フランス語版の翻訳をしてくださる方に手直しをした原稿を送ると約束しておきながら、二年があっという間に過ぎてしまった。今回、再版されることになったのには、出版社の心のこもった要請が大きな役割を果した。

しかし、手直しをした原稿に満足しているわけではない。相変わらず不満は残っているが、それが十分でない私の才能のせいだとすればどうしようもない。法外に膨らんでくる欲望を鎮めるしかない。

しかし、この本は私の息づかいと魂が最も濃く滲みこんでいる作品だ。そのために格別な愛情を持っていることも事実だ。私が望むのは、この小説に対する私の愛情のかすかな痕跡だけでも読者の皆様の元に届くことだ。つまらない作品を手直しして再び世の中に出す意味を、この作品への格別な愛情として理解してくれれば、それ以上望むことはない。

地上のすべての涙ぐましいものたちにこの作品を捧げる。

一九九六年五月

李承雨《イスンウ》

生の裏面　もくじ

生の裏面

彼を理解するために

1

依頼をしてきた編集者にすでにきっぱりと言ったように、私はこの原稿の筆者に適していない。私にパク・プギル氏について話せだなんて……。正直言って、私はかなりためらった。理由ははっきりしている。私は彼についてよく知らない。よく知らない人についてあれこれ話すのは穏当なことではない。知らない人の話をする時によくあるような、空に浮かんだ雲をつかむような遠まわしの曖昧な修辞は、ほとんどが真実を歪曲してしまう。それは作家のためにもその作家が好きな読者たちに対してもしてはいけないことだ。

実は、私は今まで彼と何のつながりもないだけでなく、そもそも彼とは何の付き合いもなかった。憶えている限り彼と対話を交わした記憶がない。ある文学賞の授賞式場だったと思うが、並外れて長く、あごの尖った彼の顔をこっそり盗み見したことがあるだけだ。小説を書き始めてから一貫した個性で韓国文学の文壇で独特な位置を確保しているパク・プギル氏の小説を全く読んでいないわけではないが、彼の本を読む時に人一倍の愛情でもって接した記憶はない。体系的にではなく手当たり次第に彼の小説を何冊か読んだだけで、どうして彼についての文章が書けようか。特に、私が依頼された原稿の対象は、その作家の「小説」ではなく、まさに「その作家」であり、その作家の生の過程であり、それと彼の文学がつながっているという一貫性だった。そんな原稿を私が書かなければならない必然性などあるのだろうか。いや、私に書けるであろうか。私は首を横に振った。それは私向きの仕事ではない。

つまり、パク・プギル氏が歩いてきた人生の履歴を彼の小説と関連させてその跡を辿ってみるという編集者の注文に、私はその仕事の適任者ではないと断る口実がそんな事柄だった。もしかしてその編集者が誤解するかもしれないという気がかりから、私は一人の作家の文学と生にスポットを当て、一冊の本にして出す『作家探求』の企画にとてもいい印象を持っているという意見を添えた。それはもちろん口先だけの言葉ではなかった。『作家探求』は作品の後ろに隠れているだけの作家を前面に打ち出し、読者がより親密に作家の内面と外面を覗き見ることができる安易な道を提供する。そうすることによって、その企画はしきりに遠のいていく文学と一般人の距離を縮めようと努力を重ねてきた。そのような努力の結実を提示できないのが残念でもあるが。

これまでにその出版社の『作家探求』シリーズに選定された作家たちの面々を見ると、編集者の眼目は信頼するに値するものだった。今度のパク・プギル氏に対しても異論があるわけではなかった。彼は華やかに脚光を浴びるとかベストセラーを出す作家ではなかったが、小説の好きな人たちからはかなりの好感を持ち続けられていた。いわば、私がその依頼を断った理由は『作家探求』の企画とかパク・プギル氏に対してよくない感情をもっていたのではなく、ただ、その原稿の筆者として私は適任者ではないと判断したからだ。

しかし、今、私はこの原稿を書いているではないか。結局、そうなってしまった。三、四度にもわたって電話をかけてきた編集部の担当者が、非常に粘り強いせいでもあるが、彼女に対して借りがある私の債務意識がより強く反映した。彼女は、前回他の作家の本を編集しながら依頼した時も同じ返事をして、次回には必ず応じると約束までした事実を私に思い起こさせた。

「でも、私はまだ……」

そういった口先だけの弁明は私の怠惰と不誠実さを喚起する彼女のもう一つの記憶によって完全に覆されてしまった。

「私が百済《ペクチェ》出版社に勤めていた時、私に借りをなさったのを憶えていらっしゃいますか？」

「百済出版社にいたって？」

私は彼女が百済出版社に勤めていたことを知らなかった。

数年前、百済出版社に中篇小説の原稿をひとつ渡すことになっていた。よく似た年頃の四人の作品をまとめる企画だったのだが、原稿もうまく書けなかったし、他の仕事も重なって到底書けないと頼み込んで脱け出したことがあった。その本は、結局、三篇の小説だけで予定より半年も遅れて出版された。

その時、ああだこうだと電話で神経戦を繰り広げた女性がまさに自分で、その借りを今返すべきじゃないかと要求したのだ。

「先生のために、あの時どんなに大変な思いをしたかお分かりですか？」

その言葉に私の心が動いた。彼女が、「それにパク先生と同じ雑誌社出身でしょう？」とあきれた口実を述べ立ててもう一度私の心を揺り動かした。そこで思わず笑ってしまったが、それがまさに降伏のしるしとなってしまった。

「パク・プギル先生にお目にかかる前に、まずご相談したいこともありますし、また資料もお渡しいたしますので弊社に一度足をお運びください。いついらっしゃいますか？　明日の午後、いかがでしょうか？」

『作家探求』の編集者はこの勢いを逃してはならないとでもいう風に私の応諾を既定の事実にしたまま、しっかと手綱を引き締めた。

すんなりと気乗りがしないまま、しばらくためらった挙句、結局この原稿を書く決心をした経緯がとんでもなかった。私はこのようにすべてに生半可である。

2

パク・プギル氏に会いに行く前に、私は出版社が提供してくれた資料（彼に関する新聞記事と彼の作品集の末尾からコピーした年譜などだが、その中に作者自身が直接故郷の村を回想したある月刊誌の記事と、数篇の新聞のインタビュー記事が混ざっていた）を詳細にわたって読んで、彼の小説も読み直した。

彼は十五年の間に十冊の長篇小説と七冊の中・短篇集、そして三冊のエッセイを出版していた。一年で一冊以上の本を出していることになり、寡作ではないと言えるだろう。ところが、若い時から他の職場を持たないまま著述にだけ没頭してきたにしては、そして文壇に登場してわずか数年で十冊をはるかに超える著作を旺盛に書く最近の文壇の風土を考えると、そう多い量だとは言えなかった。

　彼が書いたすべての本を、私に与えられた時間内で読破するのは不可能なことだった。そこで私は、まず、自伝的な要素が強い作品を選り抜いてそれから読み始めた。私に与えられた課題は洗練された作品論とか作家論ではなかった。そのような文章は評論を本業としている人たちがするだろう。私は彼の文学を取り囲んでいる、またはその中に描かれている生の軌跡を詳細にありのまま、編集者の言葉によると、分かりやすく年代記的に再構成し、一人の作家の生がその文学にどのように反映しているのか、または反映されていないのかを見せる文章を書くように企画されていた。パク・プギル氏の作品の中で比較的自伝的なものを優先的に選別して読んだ理由はそこにあった。その中には以前読んだのもあれば、もちろん初めて読むものもあった。

　パク・プギル氏とは二回会ったが、初めて彼に会いに行った日は朝から雨が降っていた。その日、彼は私のために三時間も時間をつくってくれ、コーヒーも手ずから二回も入れてくれた。

　二回目に会ったのは、最初会った時から十日も経った後だったが、その十日の間、私は彼が幼年時代を過ごした南道《ナムド》〔全羅南道〕の小さな僻村に行ってきた。初めは彼も同行する計画だったが、どうしたわけか彼は故郷を訪ねることをとても渋った。仕事が滞っていてと彼は言ったが、必ずしもそんな理由だけではないように思えた。彼の表情から私が読み取ったのは、重く翳を落とした忌避する者の苦悩だった。二回目に会ったのは彼の家の近くにある食堂でだった。彼はその日、飲めない酒をかなり飲み、夜の十二時になってやっと私の肩に寄りかかって家に帰っていった。

今、私は少々混乱した状態に陥っている。小説家は小説を書く前にすでに一篇の小説を身に着けていたと始めればいいのか、全く見当がつかない。一体、どのような方法でこの文章を綴っていけばいいのかどうであろうか。最初のためらいとは違って、彼の過去を再構成する過程で、密やかな好奇心に取り付かれた理由がそこにあったことを告白しなければならないだろう。その好奇心はほとんど職業的な関心に近いものだったが、言い換えれば、いつの間にか自分自身でも気がつかないうちにパク・プギル氏を小説的に眺めていたのである。さらに付け加えると、一人の作家の成長の背景を詳細に調べることが、彼の文学と生に対して深い理解を確保しようとする読者たちに充分に有益になるだろうと悟ったという意味でもある。

私が読んだ彼の小説と彼に関する記事と二回のインタビューの内容を私は万遍なく読み通しながら、最も自由な方法で、まず、彼の幼年時代を再構成してみようと思う。形式にとらわれないつもりだし、忠実な年代記をつくろうとも思わない。作家の意識の内面にしっかりと密着して彼の生と文学を支配してきた強靭で頑丈ないくつかの大きな傷跡があることが分かった。そして私はそれに触れざるを得ないだろう。いずれにせよ、現在の彼は自分自身が生きてきた今までの生の痕跡を皮相的に抱え込んでいる一つの姿だ。姿には層があるが、痕跡は秩序を弁えない。それらは互いに混ざり合っている。

できるだけ私の個人的な感じとか未熟な判断は自制する考えだが、もし些細な馬鹿げた感傷が混じったとしても寛容に理解してほしい。

3

「パク・プギルは田舎者だ」と、彼の親友の一人である小説家クオン・ヘソン氏が数年前にある紙面に載せたことがある。クオン・ヘソン氏は自分が言う「田舎者」に注釈を加えて、それは純真さと強情さだと言った。

純真な強情者。しかし、そんな注釈がなくても、実際に彼は田舎者だ。彼は韓国の地図が太平洋の片側に足をつけている南海の鄙びた小さな貧しい海辺で生まれた。十四歳になって故郷を離れるまで、そこにはバスが通らず、もちろん電線も架設されていなかった。彼は総合教養雑誌『作家の故郷』の紙面で、彼の故郷を「澱んでいる村」と表現した。

市内に出ようとしたら勾配の急な峠を二つも越えなければならなかった。一つはソルメ峠で、もう一つはサムサン峠だった。二つのうち悪名が高いのはソルメ峠の方だった。手ぶらで上っても汗がたらたら噴き出すその峠の道を大人たちは舌びらめやこのしろのような魚などを背負ったり頭に載せて上り下りした。早朝に仕入れた魚を市場で売るためだった。子どもたちは本を包んだ風呂敷を腰に巻いて冬でも汗をかきながらその二つの峠を越えて学校に通った。ソルメ峠の頂上に上った時、空の果てから吹いてきて額の汗を涼しく冷やしてくれるその氷の手のような風を忘れることができない。村に道ができるという話は選挙がある時でも聞かれなかったし、誰もそんな希望を持ちもしなかった。不幸に慣れている人たちはたやすく運命の重みを受け入れるものだ。そういった面で私の故郷の人たちはすべて運命論者だった。彼らにはそもそも進歩がなく進歩というものを信じなかった。私の幼年時代の故郷の村は沼のように澱んでいた。運命は堤防に澱んでいる水のようなものだった。

誰にでもある故郷に対する切ない郷愁のようなものが、残念ながら私にはない。この年になるまで小説を書いて、結婚して、子どもを産んで生きてきた間、再びそのどんよりと濁った水の中には戻っていきたくないと、私は数え切れないほど自分自身に誓ったりした。今までの私の生はそこからの必死の脱出だった。

（「故郷からの逃避」『知識と生』八七号、一九六頁）

「故郷からの必死の脱出」という彼の告白はとても示唆に富んでいる。少しずつ明らかになるであろうが、私に露わにされた彼の過去の時間は、その悲しい故郷と、故郷での残酷な記憶からできるだけ遠く離れようとする必死の脱出の日々のように読み取られた。

その澱んだ水のような僻村で彼は十四年間暮らした。その期間には彼の小学校六年と中学校一年が含まれている。隣の村に建てられた市内の小学校の分校に近隣の四つの村の子どもたちと一緒に学校に通ったのだが、一学年が三十人にも満たなかったと記憶している。その学校で彼は六年間クラス委員や生徒会長をしたし、卒業する時は文教部長官の名前が記されている賞を受けた。

幼い時から衆に抜きん出ていたのではないかという私の質問に、パク・プギル氏は口を歪めて笑った。

「そうはいっても三十人中の一人ですからね。りんごの目から見るといくら大きなイチゴだといってもイチゴはイチゴの中の一つにすぎないですからね。衆に抜きん出るといってもどれほど違いましょうか？」

しかし、彼は実際に普通の人とは違っていた。例を挙げれば、海辺で幼年期を過ごしたにもかかわらず、彼は不思議にも水泳ができなかった。子どもたちは暇さえあれば丸裸になって水の中に飛び込んで水しぶきを上げながら一日中遊びまわる夏の盛りにも、彼は服も脱げず、水の中に飛び込むこともできなかった。恥ずかしさのためであれ、水への恐れのためであれ、自発的であれ、他意によってであれ、彼はそんな風に他の子どもたちとは違っていた。

その年頃の子どもには似つかわしくないことだが、彼は他の子どもたちとなかなかうまく遊べなかった。その頃一緒に勉強した友達の名前を一人も覚えていないと彼は私に話した。彼が童話を書けない理由は、自分には童心に関する記憶が全くないためだとも言った。

「悲しいことですが、私には童心という単語に対する概念が何もないのです。私がもしその単語を使うとしたら、それはどこまでも大人になって抽象的に学習されたもので、経験を通して得たものではありません」

他の子どもたちが水に飛び込んで水泳を覚えている時に、彼は何をしていたのだろうか。鎌を持って裏山に上り草を刈ったり、畑に出て鍬で土を掘り起こすのはその村の子供たちなら誰でもすることで、そうでない時は水平線を眺めながら果てしなく想いに耽ったり本を読んだ。彼は小学四年生になった時、コナン・ドイルの推理小説を読んだし、ヘルマン・ヘッセとアンドレ・ジイド、『三国志』をすべて読んだ。六年生になる前に家の中にあったほとんどの本を全部読んだ。彼が手をつけなかった本は、漢字がたくさん混ざった堅苦しい法律の書籍と、くねくねと英語で書かれた外国書籍だった。彼の家には彼が読むにふさわしい本はあまりなかった。

彼が六年生になった頃、隣近所の青年の間で武勇伝の雑誌をまわし読みするブームが起こった。彼は村中でまわし読みされていた武勇伝を残らず読みあさる唯一の存在だった。掌で風を起こし、空を飛び回ったりする武勇伝の世界は彼の想像力を限りなく刺激し、そのため彼は次第に同じ年頃の子どもたちからはもっと遠ざかっていった。

彼はこのように述懐している。

「牛や羊が草を食むように私は本を食べていたのでしょう。手当たり次第何でも食べて、後で反芻するそんな動物たちのように、いそいそと読んでいこうとする姿勢だったようです。体系的な読書ができる状況ではなかったのです。食べるものはまあまあなものなら栄養を考え、カロリーを計算してということになるのでは？　本ですか？　隅の一部屋に長い間置かれていた本がたくさんあったのです。ほとんどが表紙が厚くて紙が黄色く変色したそんな本が、後で分かったことなんですが、父のものだったんです」

彼の父は、村の人たちが間違いなく出世するだろうと大きな期待を寄せていた秀才だった。親戚たちだけでなく村の人たちまでが口々に彼の司法試験の合格を予見して期待していたのだ。だから彼が読んでいた本の数々はその時代、その村の水準としては珍しく大学の勉強をした父のもので、半分ぐらいが教養書で、半分ぐらいが専門書だった。そんな多くの本を幼いパク・プギルは意味も理解できないまま手当たり次第に読み漁ったのだ。それはもちろん読みたいという意思を持って読んだのではない。そして本を読むというはっきりとした自覚もない状態だったせいでもあるのだ。

幼い年であったが、一度も幼い子どもらしくなかった彼は自分のうんざりした（彼は私にそんな表現をした。その年ですでに現実に対するとてつもなく悲劇的な想像をしたというのだ）現実を自分のものとして受け入れられず、そこで傷ついた彼の自尊心は現実から自分自身を幽閉させることを夢見た。つまり、彼が読書にのめりこんだのは、本の中に楽園を発見したからではなかった。彼はただ自分の現実に目をつぶりたかっただけなのだ。そんな点で彼の周りの本は早くから麻酔剤だったのだ。そして成人して本を書いている現在は自分の文章をつくることが麻酔剤の役割をしていると、彼は少しぎこちない微笑を浮かべて低い声で告白した。

人間が露出本能のために文章を書くというのは偽りだ。もっと正確に言うと偽装だ。人間は歪曲するために文章を書く。現実は幸福でいっぱいの人は、たった一行の文章さえも書きたい衝動にかられないだろう。ただ不幸を自覚している人たちだけが文章を書きたい衝動に取り付かれる。その時、彼はペンをとり自分の不幸な現実に麻酔剤を注射する。読者たちもまたその麻酔剤を得るために本を読む。それだけだ。

（「麻酔剤と鎮痛剤」エッセイ集『里程標』一五六頁）

4

どんな現実？　私たちは、ついにもう少し直接的、かつ明確な話法で彼の幼年を語る段階に至った。「パク・プギル氏の幼年は不幸だった」という風に、すぐさま判断の物差しを押し付けるのは適切でないばかりか可能なことでもない。幸福だとか不幸だとかいうのは客観的な尺度の世界からあまりにも遠く離れているわけだ。幸福と不幸は一つの観念だ。観念は肉体がないものだ。または肉体とは関係のないものだ。幸福は不幸の観念が不在している観念であり、不幸は幸福の観念が不在している観念だ。

このように話し始めたらどうだろう。パク・プギル氏は自分の幼い時代を回想することがとても苦しいようだった。同じような経歴を持っている他の作家たちとは違って、彼の作品には自伝的な小説と言えるほどのものが見られず、所々少しずつほのめかされている幼年を鍵でしっかりと締めてしまっているその理由がとても気にかかった。そんな様子がもしかして彼の幼年を不幸と親しいものとして断定するようにしたのかもしれない。

彼の一番古い記憶の層には、人間の胸を冷ややかにするほどの寂しくて深く暗い顔が化石のようにしっかりと入り込んでいる。幼年の記憶の中に入る道を門衛のように遮って立っているのがその顔で、だから彼にとって幼年時代を思い出すというのはその化石を取り除いてそこに突き刺さった顔と向かい合う経験と同じなのだ。また、私が書いているこの文章もやはりその顔との対面なしには到底不可能だということを私は予感している。

5

塀を乗り越えて裏庭に入っていくと柿の木が一本立っていた。大きくて古くからある木だった。柿の木は六月になると淡黄色の花を咲かせる。子どもたちは朝早く起きて梅雨に濡れて落ちた柿の花を拾って食べる。秋になると花の代わりに実が落ちた。まだ青みが残っている渋い柿の実を水に浸してアクをとるとおいしい柿になった。他におやつになるものがなかった田舎の子どもたちには自然に地面に落ちる柿ほど有難いものはなかった。

ところが、そこに出入りすることは彼には許されていなかった。大人たちは彼が家の裏庭に行くのを禁止した。長い間、彼は自分に禁止されている家の裏庭に行くのは柿の木のせいだと思っていた。柿の木がそこに立っていた。そしてそれは禁じられた木だった。後で彼が悟ったのは禁止されていたのはその土地だった。そして、ただその土地に柿の木があっただけなのだ。

この単純に思える差は天から地までの距離ほど遠くて近い。天はどこにあるのか。天は地の上にある。天は地から最も近くて、最も遠い。「禁止されていたのは地だったのか、木だったのか」と尋ねる時、土地と木の距離がそうだ。それらは最も近いのに最も遠いのだ。幼いがその時自分に禁じられていたものが、土地でなく木だと考えたのは柿の木の花と柿の実に心を奪われていたからなのだ。彼は単純に柿の木の花と実を拾うために禁令を犯した。大体朝早くだったが、大人たちが家を空けている昼間や夕方にも度々家の裏庭に入り込んだ。万が一見つけられた時には厳しく叱られるのを覚悟しなければならなかった。

「家の裏庭には行かないように言っただろう？　どうなのだ、間違いなく私が言っただろう？」

「柿を拾いたくて……」

伯父は（理由は後で明らかにされるが、パク・プギル氏はかなり前から伯父の家で暮らしていた。伯父の家族は伯父と伯母、そして二人の従兄・従姉だった。従兄は彼よりずっと年上で、従姉は従兄とは年の差があって彼と同じ年だった）、当時としては理解できないくらい厳しく叱責して禁令を犯した彼を罰した。叱られた後、伯母は彼の手に甘く熟した柿を持たせてくれた。そんな大人たちに接して彼は理解に苦しんだ。柿を取らないように叱りながらどうして柿をくれるのだろうか。禁じておいてどうして与えるのか。納得できる基準を彼は到底見つけられず、納得できない行動は受け入れることができなかった。そして彼は家の裏庭に出入りすることを繰り返した。

彼は自分に与えられた禁忌と体罰の基準を受け入れられていたら、家の裏庭に行かなかったというのか？　もちろんそうだ。彼は幼い時から合理主義者だった。納得できる論理が欠如した信頼と言葉と文章と考えと行動に対して飛びぬけて懐疑的な彼の態度は、かなり幼い時から芽生えていたのだ。合理の不在、理性の失踪の現象を彼は広義の神秘主義で解釈し、神秘主義は人間の理性に対するごまかしを通して人間の精神を荒廃させ、非人間化の罠に陥れると力説している。しばしば人間以上を志向するように言う非論理の実像は狂気であり、それは人間以下、まさに獣の世界に陥れるだけだというのだ。

家の裏庭に回る道は狭い。塀にぴったりと身体をつけて柿の木が一本、禁断の木のように立っている裏庭に入ると、離れ家の前に出る。離れ家というほどのものでもない。物置小屋のような小さくて暗い部屋が一つ台所に面してつくられていた。大体いつも戸は閉められていたが、時々、開いている時もあった。日が沈む頃、ほんの少しの間しみったれた太陽の光が掌くらいの広さで差し込んで直ぐに消えてしまう。その短い瞬間が一日中で太陽の恵みを受けることができる唯一の時間だ。戸はそんな時ほんの少し開けられる。

その部屋にはもちろん人がいる。その部屋の主人はパク・プギルがこの家に移り住む前からそこにいた。彼が裏庭に回って柿の花や青い柿を拾う時、何度かその戸は開かれて、その部屋の主人と目が合った時があった。時々話しかけてもきた。しかし、彼はほとんどの場合、話し相手をしなかった。彼は部屋にいる男が怖かった。禁断の木を守るために伯父が送った番人のように思えて、できるだけその男と出会わないようにした。

ちらっと見ただけでも男は容貌や身なりがぞっとするほど醜かった。骨だけ残ったやせ衰えている体に顔中がひげだらけだった。もっと恐ろしくてぞっとするのはその男の細くやせた足に繋がれた大きな木だった。半分に割られた大きな二本の木をちょうど一つのように括り鍵をつけてあるのだが、そこに二つの溝が横にあけられていた。男の足はその二つの穴にそれぞれ一つずつ入っていた。それは罪人を監禁しておく足枷だった。足枷がはめられている男は思うままに動くことができなかった。足枷を引きずってやっと尻で動けるだけだった。

そんな様子が恐ろしくて彼はできるかぎり裏庭に忍び込む時は足音を立てないようにした。彼は足枷をされていた。足枷はその重さによってそれをはめている人を動けないようにする。彼はその男が自分を追いかけることができないのを知っているので裏庭に出入りすることを止めなかった。

パク・プギルが足音を忍ばせて注意深く忍び込むにもかかわらず、どうして分かるのか、すっと戸が開けられる場合が多かった。戸を開けて足枷をした男はひげだらけの顔を向け、深く暗い目で彼を眺めた。寂しく冷ややかな眼差し——パク・プギル氏はその眼差しを振り払ってしまうことができない。その眼差しがまさしく彼の記憶の門を守る門衛なのだ。

彼は自分の小説の中に数回、この時の記憶を連想させる場面を描写している。そのうちであるものはぼんやりとしているが、あるものは比較的鮮明に描かれている。例を挙げると『巡礼者』という長篇小説と「旅人の家」という短篇（創作集『流刑地日記』に収録）の中に彼の幼年時代に対する記憶と重なる部分が登場する。

理由が何であるかはっきりされないまま少年は親戚の家で育てられる。少年は身体が弱くて友達もいない。彼にとって唯一の楽しみは海辺の砂浜を遠くまで歩き続けて大きな岩の陰に行くことだ。人々はよほどのことがないかぎりそこまで来ない。そのため彼はそこに行く。理由がもう一つある。岩の陰にほとんど壊れかけている家が一軒ある。彼はその家に行く。(『巡礼者』三二頁)

成人になった作品の中の話者は少年時代のその岩の陰のみすぼらしい家とその家の主人に対して次のように回想している。

その家には誰も住んでいなかった。もちろん誰かがそこにいることはいた。しかし、住人は生きているのではなかった。私はそのように考えた。彼はただいるだけだった。いや、いるだけではなかった。彼は「監禁されて」いた。彼の細い足首には私の頭くらいの鉄の塊が繋がれていた。彼はその鉄の塊をずるずると引きずりながらどうにか一歩ずつ移動していた。私に監禁された理由を聞かないでほしい。私はその理由を知らない。私はどうして人間が獣のように繋がれていなければならないか分からなかったし、今もそうだ。

彼はその家の中だけで自由だ。しかし、そんな自由を自由だと言えるだろうか。恥ずべき命。その家は廃家で、彼は廃人だった。捨てられた人間だった。それにもかかわらず私は村の人たちの目を避けてまで度々彼に会いに行ったのか……。理解できないかもしれないが、彼は私にはとても優しかった。どうして彼がそのように振舞ったのか。乱暴で危険なので誰も近寄ろうとしなかった彼が、私にはどうしてそんなに優しかったのか。私は何の危険も感じないだけでなく、顔も憶えていない、いつも恋しく思っている父のようにまで感じられたのだ。実際に私の夢の中に何回も父が出てきたのだが、その時はいつも父はその男と同じ顔をしていた。食べ物を運んでくる親戚の女性を除いて彼に会いに来る唯一の人は私だけで、彼を人間として待遇する唯一の人が私だった。それが理由だったのではないだろうかと思う。彼は一人ぼっちで私もそうだった。

彼が監禁されなければならなかった理由を聞かないでほしい。知らないからではない。私は知っている。よく知っている。彼は狂ったのだ。彼は狂ったと宣告された。狂った人は危険なのだ。彼は狂ったために危険な人物となった。それで彼は孤立したまま一人で過ごさなければならなかった。ところが狂ってもいない私はどうして孤立したのだろう。

（『巡礼者』五六頁）

「こちらに来てごらん、坊や」

急に戸が開いて、男が彼を呼んだ。男は体中が毛で覆われていて、まるで野生動物を連想させた。少年はちらちらと気配を窺った。その部屋に近づくと大変なことになるという叔父の言葉が思い浮かんだ。叔父が言っていた。裏庭に行くな。裏庭の近くにも行くな。万が一裏庭に行った時、戸が開いて誰かが何か話しかけてきても相手にするな。急いで逃げろ。そうしないと大変な災難に遭うから。

少年は怖かった。彼は逃げなければならなかった。実際にそうしようとした。しかし、その瞬間彼はそうしてはいけなかったのに、男と目を合わせてしまった。男の目にはあまりにも多くの感情が複雑に込められていた。その目はあまりにも悲しく見えたし、不憫にも何かを訴えているかのように思えた。強力な綱のようなものが彼の目から出てきて彼をつかんでいるかのように感じられた。少年は綱に括られて引っ張られていった。叔父の忠告が後ろから引っ張ったが、男の綱を凌駕するほどの力はなかった。

「お前がチャングかい？　チャングだね」

少年が名乗りもしないのに、男は勝手にそのように断定して頷いた後、しばらくの間彼の顔をじっと見つめていた。腑に落ちないという思いもちょっとの間で、少年の心は何をどうしていいか分からないつむじ風の中に巻き込まれてしまった。もっと少年を混乱させたのはどう理解していいか分からない男の目に溜まった涙であった。見間違えたのかもしれないという思いがして――もしかして自分の目に露が宿ったのかもしれないという――少年は何度もぱちぱちと瞬きしてみた。ところが、彼の目は乾いていた。湿気は男の目にあったのだ。少年は恐ろしさにとらわれ震えながらも尋ねてみようとした。泣いているんですか？　私には分かりません。話してください。

「のどが渇いたんだ。坊や、水を持ってきてくれるかい？」

男が空を見上げながら水を飲みたいと頼んだのは、かなり長い間、複雑な思いで男と向かい合っていた少年がほとんど気力が尽きてしまった時だった。少年は返事もできず、家の裏庭から抜け出して井戸端に行った。そこで一度大きく深呼吸をした後、少年はまず自分が水をぐいぐいと飲んだ。しきりとのどが渇いた。彼は続けざまに水を飲んだ。それから、また迷い始めた。戻った方がいいのか、戻らない方がいいのか。戻った方がいいと勧める声は好奇心だったが、ただ好奇心というにはどこか物足りない何かがあった。それはより密やかで心を引く、要するに男の目から発しているもののような類の、説明が不可能な難解な感情だった。戻らない方がいいと勧める声は内部の恐れだった。その恐れは二種類の恐れだった。一つは裏手の小部屋の男に対する恐れであり、もう一つは叔父から聞いた話に対する恐れだった。その話のように何かの禍に遭うかもしれない。男は正常ではない。彼は正常ではない、正常で……。ところが、直ぐに葛藤は結末を見た。少年は男の深く悲しい静かな眼差しに引き込まれた。

少年は水を汲んでまた裏庭に回ってみると、男は先ほどと同じ所にそのままいた。戸も開いていたままだった。しかし、先ほどとはどこかが少し違っていた。少しの間だったが、先ほどとは全く違う雰囲気が流れていた。少年は全身でそれを感じた。彼はそうでなくても緊張していたのに、さらに身体が強張るのを感じた。

「水……」

男は水を受け取る代わりに何かに熱中していた。少年はどうしていいか分からないまま男が何に熱中しているのかを見た。男は自分の下着を裏返してしらみを取っていた。しらみを取っては両手の親指を使って殺していた。耳を傾けると、プチッと彼のつめの上でしらみの体がつぶれる音が聞こえた。少年は眉をひそめた。

「水を汲んできましたよ」

少年はもう一度、今度は声を高めて言った。

その時になって男は目を上げて少年を眺めた。青い日の光が矢のように鋭く彼の顔に注いでいた。少し顔をしかめたようだった。多分そうだろう。いやそうでなかったかもしれない。そんなことは重要なことではない。息をつくまもなく飛び出してくる男のとてつもない罵りに少年は後ずさりをした。

「この畜生にも劣る奴らめ。お前たちは天国に行ったことがあるのか？　行ったこともない奴たちが何をごちゃごちゃ言うのか。ごちゃごちゃと。何だと？　パンセ、格好つけやがって。パンセがどこかのパン屋とでも言うのか？　とぼけるな、馬鹿野郎……。やい、こいつ、ここであったが百年目だ。お前が俺の肺を抜き出した奴だろう？　俺が知らないとでも思うのか？　肺がなくなってしまったことも知らないで暮らしていると思うのか？　俺が誰だか知っているとでも言うのか？　俺は案山子か？　この腐った人間ども……。本は全部燃やしてしまえ。俺の言うこと聞こえないのか？　燃やしてしまえと言ったら。法学は何で、哲学は何だと、糞みたいなものだ。何の使い物にもならないものばかり。オットセイの性器がどれほど大きいか知らないだろう？

「馬鹿野郎、何も知らないくせに……」

（「旅人の家」『流刑地日記』一七二頁以下）

上に引用した内容はパク・プギル氏の幼年時代の記憶とほとんどそっくりである。人物の類似と背景までそうである。この少年が、つまり、子ども時代のパク・プギル氏であると想定するのは決して無理な発想ではない。彼は、ただ柿の木のためだと言っているが、小説の中の話者が回想しているように、彼もやはり裏庭にある家に監禁されていた男の冷ややかな眼差しをあまりにも鮮明に記憶しているではないか。小説の中の少年がそうであったように彼を裏庭に引き込んだのも、やはり本当はその眼差しだったのではないだろうか。初めから柿の木は口実だったのではなかろうか。

そうすると、柿の木はただ偶然にそこにあっただけだ。ところが彼の悪がしこい知恵が柿の木に執着しているかのごとく偽装するようにした。確かに、私の感情があまりにも遠くに行ってしまったのかもしれない。彼はいかに子どもらしくなかったとはいえ、子どもは子どもだ。重要なことは動機なのだが、初めに彼を呼び入れたのは裏庭の柿の木である蓋然性がどうみても高い。その眼差しは後になってからであろう。後でその足枷をはめられた男の眼差しに引き込まれて裏庭に行ったとしても、「柿の木」の比重は大きいだろう。どうしてかと言うと伯父の禁令はその柿の木を指していたからである。柿をとって食べないように。柿の花を拾わないように。柿の木を触ってもいけない。柿の木があるところに行ってもいけない……。

すべての禁令が神聖なのは、それらが懲罰の恐怖で包まれているからだ。恐ろしさを引き出さない法は神聖さから遠い。神聖さはどこにあるのか。恐ろしさの中にある。いや、恐ろしさに対する予感の中にある。しかし、それはどうして恐ろしいのか。禁じられたものは人の心を惹く。それが理由だ。禁令は勧告ではなく誘惑だ。人々が犯罪を犯したために禁令が生じたのではない。人々は禁令があるために犯罪を犯すのだ。人間がエデンの善悪の果樹を採って食べたことに対してエホバが禁令を与えたために人はそれを採って食べた。禁令がないと犯すこともない。

伯父が裏庭の「足枷をした男」の代わりに「柿の木」を禁忌の対象にしたのはそのような省察のためではなかったはずだ。彼の禁令は包括的なものだった。柿の実を採って食べるなという命令は、柿の木が立っているところに出入りするなという警告を含んでいた。これではっきりとしたわけだが、禁止されていたのは柿の木ではなく柿の木が立っている土地だった。柿の木は単なる一つの標だった。

彼の小説の中の主人公がそうであるように、彼もやはり法を犯す。犯罪は甘い味がする。その甘さは犯罪行為の結果として受ける応報でなく、禁止された法を犯しているという瞬間の張り詰めた緊張からくる精神の娯楽のためだ。よく知られているように、原罪は財物の獲得とは何の関係もないものだった。エホバが激しく怒ったのは人間が食べてしまった一個の果物の損失のためではなかった。してはいけないと命令したことをしたことが本当の理由なのだ。この世のすべての刑罰も世の初めのエホバに似ている。どんな法も財物の損失のために極刑に処すことはない。すべての極刑の対象は昔から精神的なものだ。つまり、禁止された法を犯すことによって楽しむ精神の娯楽性がいつも法の執行者の大きな怒りを惹き起こすのだ。

パク・プギル氏はその部屋の男に対して二重の印象を同時にしっかりと持っている。一つは比較的意識の表層にあるもので、恐しさがなく、もう一つは意識の深層に位置しているもので、外見の恐ろしさにもかかわらず、奇妙な力で彼を引き込む神秘的な親密感だった。恐れが裏庭に行く度に彼の足音を注意深くさせた。しかし、彼の内面の深いところにある説明できない親密感がしきりに部屋の戸の方に目を向けさせ、部屋の中に人気がない時はわざと部屋の戸に近づき耳と目を当てて中の挙動を覗いたりまでした。

少年パク・プギルが知ったところでは、その男は伯父の家で働いている下人だった。その男の父親も下人だった。彼は生まれた時から下人だった。下人とはいえ家族同様の下人だった。伯父がかなり大きな船を三隻も持っていて、段々畑を開墾して三千坪以上の畑を耕作していた頃、その男の家族は伯父の家の裏庭に一軒の家をもらって暮らしながら伯父の家の仕事を全部引き受けて働いていた。

彼は両親が亡くなると、開化した世の中の風に乗って村を離れ都会に出ていった。しかし、三年も経たないうちにまた戻ってきたのだが、乞食のようにみすぼらしくなって激しく咳をし続ける病人になっていた。伯父は以前彼の家族が使っていた部屋を与えて彼を何カ月か休養させた後、また下人として働かせた。

約二年はそのように働いたが、ある時期流行した重い熱病に罹り寝込んでしまった。その後、とてもおかしな行動をし始めた。初めは夜になると山に登りあちこち歩き回り、明け方になってやっと帰ってきたりした。その後はともすればどこにでも火をつけようとした。実際に彼のつけた火で漁網がいくつも焼け、船の一部が焦げてしまった。ある日の夜には家が燃えてしまうところだった。周りの人たちがなだめたり諭したりすると怒鳴り散らし凶器を振り回して暴れはじめた。普通に話したりすることもあったが、いきなり包丁を持ってかかってくるので誰も相手にしようとしなかった。実際に彼に包丁で切りつけられて市内の病院に運ばれた人も出た。切りつけられたのは近所に住む双子の母親だったが、彼女は井戸で足を洗っている彼に水を運んであげて災難に遭ったと言った。パク・プギルも彼女の腹部にできた傷を見た。そんなことになって彼はとても危険な人物になってしまった。村の人たちは集まって会議を開き、彼に足枷をすることを決めた。

その決定は幼いパク・プギルが伯父の家に移り住む前にされたので、彼が実際に目撃したことではなかった。その話をしてくれた人は誰だったのか。伯父の家族の一人だったはずだ。伯父や伯母、そうでなければそれ以外の人はあまりにも年の差があって、多分父のように思っていた従兄だったのかもしれない。従姉は同じ年だったが、誕生日が六カ月早いからといっていつも姉さんと呼ぶことを強要した伯父の末娘ミスンではなかったような気がする。

パク・プギルは彼を見る度にその話を思い浮かべ、近所の双子の母親の顔から首にかけて切られたぞっとするほど醜い包丁の傷跡を思い出し、あのように暗く悲しそうな目をした人がどうしてそのようにむごたらしい行動ができたのかどうしても理解できなかった。

そう言えば、特に夜になると、裏庭の方から獣の鳴き声のような怪しげな声と共に壁を叩き、部屋を叩く騒々しい音がどんどんと鳴り響くことがしばしばあった。家族はみんなその男の発狂を知らない振りをしてそのまま寝ていた。しかし、彼はどうしてか眠れなかった。彼の胸は激しい動悸がし、そわそわしていつものように眠りにつけなかった。そんな日の朝は裏庭に行くのがより恐ろしかったが、反面それだけにより彼を惹きつけた。そんな時も男の目は寂しく深く暗く冷ややかだった。その男は、また彼を見る時、いかに情のこもった親密な眼差しで眺めたことか。実際に彼の記憶に向かう道を塞いで立っているその男の目というのは、彼を眺める瞬間のしっとりと濡れて何か言いたいことがいっぱい溜まっている、限りなく奥深く悲しい眼差しだったと彼は後になって告白している。

「プギルかい？　お前がパク・プギルかい？」

彼が書いた小説「旅人の家」でのように、その男は度々彼を呼んだ。すぐにでも彼の元に走りよってくるような切羽詰った動きが感じられる声だった。男の声がどうしてそんなに震えるのか、彼は少しも気がつかなかった。あの男はどうして僕の名前を知っているのだろうか……。最初、彼はそんなことだけが不思議で、またそれだけに恐ろしかった。

「さあ、もっと近くまでおいで。しっかりと顔が見られるように」

男が、またそう言った時、彼は激しく首を横に振ってしまった。

「違います。僕はパク・プギルじゃないです」

彼はじりじりと後ずさりをして裏庭から抜け出してしまった。ところが、そうする度に彼は心が安らかではなかった。何かはっきりしないまま、その男に大きな罪を犯しているような気分になり、気持ちがすっきりせず、心が重かった。

あの人は一日中あんなに真っ暗で小さな部屋に閉じ込められている。どれほど寂しいことだろう。どれほど人が恋しいだろうか。僕のような小さい子どもにまで声をかけたいのは当たり前ではないか。それなのに思いやりもなく出てきてしまったのはどうしてなのか……。そんな考えもあった。また戻って許しを請い、彼の話し友達になってあげようかと考えてみたが、その度に実行に移すことができなかった。

「あの時、私はどうして彼に自分がパク・プギルでないと否定したのか分かりません。それは私をいつまでも苦しめました。うそをついたという単純な事実ではなく、私の存在を自ら否定したということ、特に『彼に』そうしたために私はとても心苦しかったのです。そうしてはいけなかったのに、私はそうしてしまったのです。彼に親密感を感じながら、彼と親しくなるのが恐ろしかったようです。あ、こんな話が言いわけになるでしょうか？」

その話をする時、パク・プギル氏は少し泣き出しそうになっていた。そして窓の外を眺める目には焦点がなかった。その瞬間、私にある霊感がひらめいた。彼の記憶を掌握しているその男の深くて暗い、そして寂しい眼差しがそのようだったと思えるほど彼の目は深くて暗く寂しげだった。私はその目を通してその「足枷をした男」の目を見ているように思われた。窓の外には秋雨がしとしとと降っていた。

6

あなたはどうして子ども時代に伯父の家で暮らしたのかという私の質問は、あなたは自分の両親について何の話もしていないという指摘の後に続いたもので、私としては当然聞くべきことを聞いたと思っていた。彼は立ち上がって台所の方に行き、コーヒーを飲むかと聞いてきた。私はお願いしますと言った。彼は食器棚からコーヒーカップを取り出し、コーヒーの壜を取り出し、クリープの入った容器を取り出した。食卓の前に立ったまま、彼はコーヒーの壜にスプーンを入れてコーヒーをカップに入れた。カチャカチャという音が聞こえた。私の方に振り向いて手に持っていたコーヒーの壜のラベルを指差しながら、彼は親指を立てた。

「私はこのコーヒーが好きでね」

そして恥ずかしそうに笑いかけた。私もつられて笑った。ガスレンジの湯は直ぐ沸いた。彼はコーヒーカップにお湯を注いでお盆にコーヒーとクリープと砂糖を載せて食卓まで持ってきた。

私はスプーン二杯のクリープとスプーン一杯の砂糖を入れてコーヒーを飲んだ。彼は何も入れずブラックだった。窓の外では相変わらず雨が降っていた。彼は手に温かいコーヒーカップを持ち、視線は再び窓の外に移っていた。彼はコーヒーカップをいじくり回しながら黙っていた。私はずっと待っていた。彼が話し始めるのを。

「もしかして『私の中の他人』を読んでみました？」

「私の中の他人」は彼がかなり前に書いた中篇小説だった。残念ながら私はその小説を読んでいなかった。読まなかったのが私の責任だけでないのは、比較的詳細に記録されている彼の年譜には「私の中の他人」が書かれていたが、いざ探してみるとその作品は彼の作品集のどこにも入っていなかった。私も几帳面な性格でないので時間を作ってまで探さなかったが、少なくとも彼が今まで出した七冊に上る作品集には入っていなかったのは確かだ。私はその事情を話し、彼はそれについて何の説明も付け加えなかった。その小説を探して読んでみろ、すると疑問が解けるだろうという風な暗示に聞こえた。

彼とのインタビューが終わった後、私は直ぐにその作品を探し回った。しかし、現在は廃刊されたある季刊文学雑誌に載ったもので、やはり作品集には入っていなかった。雑誌は廃刊になっていて、私はその雑誌を持っていなかったので四方八方に手を尽くして探し回らなければならなかった。古本屋にも行ってみたり、作家の友だちにも頼んでみたが、手に入れられなかった。

私は仕方なく卒業後ほとんど足を向けていなかった大学の図書館で辛うじて閲覧できた。「私の中の他人」は、その雑誌の新人特集として一番前に載っていたが、「嘱望されている若い作家パク・プギル氏が血で書いた韓国の説話。二度と再び戻りたくない幼年時代に向けた苦しい旅路。恥ずかしさと恋しさが二律背反する存在としての母性。追放のモチーフを通した人間の運命に対する深く暗い探求」云々する、多少虚勢を張っているのが感じられる文章があとがきとして書かれていた。

彼は作品集にこの小説が抜けている理由を尋ねる私の質問にはっきりとした返答をしなかった。「気に入らなくて」という彼の返答は意味が曖昧だった。何のためなのか、作品の完成度に対する自信がなくてという意味には聞こえなかった。他にどんな理由があるのか、それが何なのかを、私はその小説を全部読んだ後で、やっと推し量ることができた。その小説の中で彼はあまりにも自分自身を露出しているのがすぐに分かった。その小説を発表した後、彼が深い悔恨に落ち込んだだろうという推測はたやすくできた。小説が一つの告白の形式でもあることをその小説は物語っていた。

私は父の顔を知らない。いや、そうではない。父は、私には、いない。父はうわさでだけ飛び回っている。彼は実体がない。彼はいない。

私は尋ねた。

「お父さんはどんな人ですか?」

私の問いはこんな風な人、あんな風な人、また、ここにいる人、あそこにいる人の中で誰が父かという意味ではなかった。私が問いかけた人たちは全部がそのように受けとったが、そんな意味ではなかった。私は本当に父がどんな存在なのか分からなかった。熱帯地方の子どもに氷の存在が分からないように、ネアンデルタール人にコンピュータの存在が分かるわけがないように、そのように父が何であるか分からなかった。

そして私は尋ねた。母は、時々父に関する話をしながらチョゴリの紐で涙を拭いた。お父さんは遠い所にいらっしゃるのだよ。お父さんは静かな所で勉強していらっしゃるんだよ。お父さんは偉い人になって帰っていらっしゃるのだよ。お前の背が少し高くなった時、そしてお父さんという言葉が指す意味が少し理解できるようになった頃に。私はまた尋ねた。お父さんは司法試験の勉強をしていらっしゃるんだよ。その勉強は夜空に光っている星をつかむほど大変なことなんだよ。それで長い間家を離れていらっしゃるんだよ。司法試験に合格するとお父さんは判事になられるんだよ。判事はこの世で大統領の次に偉い人なんだよ。

司法試験という制度に対してぼんやりと知るようになったのはそれからあまり時間が経っていない時だった。それはコネがなくお金のない家庭に生まれた頭のいい秀才たちが出世を夢見ることができる唯一の、しかし夢のような制度だった。近辺の村のある家庭の誰それが十年間の必死の努力の末、ついに何とか言う試験に合格したというううわさが伝説のように広まったりした記憶がある。

父が鎮南《チンナム》にある無極寺《ムグク》で勉強しているという事実が分かった日、私は学校で従兄たちに鎮南がどこにあり、また無極寺はどこにあるのか聞いた。彼らは申し合わせたように黙っていた。市内に出て車に乗るとそんなに遠くない所にあるということを教えてくれたのは、歩いて市内まで中学校に通っていた隣家の中学生だった。私は無極寺についても聞いたのだが、その中学生は私の頭に拳骨を一発食らわせ、ちびっ子があれこれよくもまあ聞くもんだといいながら親切に教えてくれた。

「無極寺、そりゃあ素晴らしい所だ。水は澄んでいるし、木も多いし……」

「そこで勉強する人もいるの?」

私の質問は彼の気分を害した。

「こいつ、勉強は学校でするもんだ。どうして寺で勉強するというのだ? そこは勉強に飽きし飽きした者たちが行く所だ」

「そしたら兄ちゃんもそこに行くんだね?」

「何だって、このちびが……。そういえば坊さんになろうと思えばそこでも勉強しないわけにはいかないだろうな。どこに行っても勉強、勉強……」

「そしたら、そこでは坊さんになる勉強をするの?」

「馬鹿野郎、そしたら坊さんが大学に行くために勉強するのか?」

私は混乱してしまった。お父さんは坊さんになろうとしているのだろうか。そうでなければ何のために寺で勉強しているのだろう。母親もそう言ったし、伯父も従兄たちも父は判事の勉強をしていると言った。判事はこの世で大統領の次に偉い人だと言った。判事はお坊さんのことなんだろうか。従兄たちは寺と言ってもお坊さんだけがいるのではなく、静かに勉強しようとする人たちが起居する部屋があると説明を付け加えてくれたが、一度陥った混乱から長い間脱け出せなかった。

私はその時、決心した。無極寺に行って父に会おうと。そしてできることなら、父を連れて帰ってくると。私は母親に自分の決心を話した。母は限りなく悲しい眼差しで私を見つめていたが、何かが胸に詰まった人のようにいきなり私をしっかりと抱きしめた。

「だめよ、そんなことしてはいけないのよ」

母は私の腕に顔をうずめていった。私はどうしていけないのか聞いた。

「まだお前はお父さんに会えないんだよ」

母親の言葉を私は理解できなかったので、私の決心は変わらなかった。母親は気を許していた。村の外に一歩も出たことのない五歳にしかならない子どもが、大人も越えるのが大変な険しい峠を二つも越えて市内に行くことなどできない、例えそこまで行ったとしても鎮南がどこか分かって探していけるものかという判断をしたのだろう。

私がふくらはぎが真っ赤に鬱血するほどムチ打たれ、服を脱がされたまま雨の降っている外に追い出されたのは、その見境のない無極寺行きの結果だった。私は無極寺に行こうとしたことがこんなに大変な懲罰を受けなければならない理由になるのがどうしても分からなかった。私にどうして分かり得ただろうか。私は市内の停留所で思いがけなく市場に買い物に来ていた親戚の年寄りに見つけられてしまった。その年寄りは目が丸くなって、どうしたのだと聞いた。彼は私の周辺をきょろきょろ見回しながら誰かを探しているような様子だった。

「母さんはどこにいる?」

私は首を横に振った。

「そしたら、お前一人で来たというのかい？」

私は頷いた。彼は目を丸くしながら周辺をもう一度見回した。

「本当かい？　本当にここまで、一人で来たというのか？」

私は再び頷いた。

私は少しためらった。どうしてか正直に話してはいけないような気がした。しかし、他に準備した返答がなかったので私は正直に言うしかなかった。

「父さんに会いに行くんだ」

彼は私の手を握った。彼の声が急に密やかになったわけが分からなかった。

「父さんをどこに探しに行くのか？」

私はもうためらわなかった。ためらう理由がなくなったからである。

「無極寺だよ。鎮南にある」

「誰がお前にそこに行って父さんに会えと言ったのか？　お母さんか？　伯父さんか？」

「ううん、自分で考えてきたんだ」

「いいかい、おじさんの話をよく聞きなさい。今日はもう日が暮れてしまった。鎮南はここからずっと遠い所だ。そして無極寺は険しくて恐ろしい所だからお前のような子どもが一人で行ける所じゃない。後でお母さんと一緒に行きなさい」

私は近所の中学生に聞いた事実を言い立てて、無極寺がそう遠くない所にあるということを知っていると言ったが、彼は首を横に振った。

「そいつがよく知らなかったか、行ってみたことがないくせにお前に大口を叩いたのだ。さあ、おじさんと一緒に家に帰ろう」

彼は私をさっと抱き上げて背中に負ぶってしまった。

それがすべてだった。ところが、伯父はどうしてそんなに腹を立てたのだろう。私たちが住んでいる家から峠を一つ越えた村に住んでいた伯父はどうして知ったのか、夜が明けるや否や雨の中を走ってきて大声で叱りつけ、ムチを握った。

「こいつ、誰がお前にそんなことをしでかせと言ったのか？　けしからん奴め」

子どもたちはほとんどが自分たちに加えられる体罰について本当の理由は全く分からないまま、またはうっすらとは推測するだけで悔しい思いで罰せられるのを大人たちは知らないだろう。私は本当に自分がどうしてムチ打たれるのか分からなかった。父親に会いに行こうとしたことが大人に逆らうことになる特別な状況を認識するには私はあまりにも幼かった。

頑固で厳しい伯父は、特に腹が立った時には口答えをするのを許さなかった。私は泣き叫ぶこともできず苦痛に耐えなければならなかった。母の目を窺ったが、母親はすでに救い主ではなかった。特に審判官は伯父だった。そんな状況で母の助けを期待するのは不可能だった。私が服を脱がされたまま雨の中に追い出された時、伯父の背中の後ろで顔を覆って泣いている母の泣き声だけが鮮明に記憶に残っている。母も私のように刑罰を受けていたのだろうか。可哀想な母。私の母の映像はその日のようにいつも涙に濡れている。手に余る宿命の荷物をやっとの思いで耐え抜けるように母に忍耐力を提供したのは涙だったのではなかろうかと思う。

（中略）

母はいない。いや、父がいないようにそのようにいないのではない。母は、在るものはなくなるという意味でいない。彼女は今は痕跡の中でだけ存在する。

息子を捨てて自分の生きていく道を探していった女に対するうわさを私は聞いた。栄えていた頃の虚礼だけ残っている頑固な家門の嫁が、ある日突然村を去ってしまった事件は大きな波紋が広がるに充分だった。しかし、そのうわさは怪しげだった。人たちはどうしたわけかとてもひそやかにしか話さなかった。醜聞が広がることを楽しむ代わりにむしろその裏面にある他の醜聞、または内密な曲折を密やかに分け合うことにより気を使っている成り行きだった。野原の真ん中に三叉路があった。それらはそれぞれ三つの村に通じる道だった。その三角地に家が二軒建っていた。一つはお菓子の切れ端とノート、鉛筆、酒、石鹸、マッチのようなものを売る店で、もう一つの家はブリキの屋根に鐘の塔がついた教会だった。初めから教会があったのではなかった。

ある日、ずっと以前に村を離れた一人の若者が聖書と賛美歌と伝道の宣伝紙が入っているかばんを提げて突然現れた。洋服姿で靴も履いていたし眼鏡もかけていた。店の向かい側の家は主人が都会に出ていってから二年の間放置されていたのだが、彼はその家の修理を始めた。屋根はブリキでつくり、裏山から切り出した木で十字架を作って屋根の上につけた。彼は村を歩き回りながら伝道の宣伝紙を配り、二人でも集まれば説教をしようとした。夜には、また鐘を打った。イエスの道はそうしてこの村に紹介された。

初めはその青年の母親や姉たちが教会に行き始め、その後で近くの工場に通っていてその宗教を少し知っている女性たちが、それも新世界の格好をつけるものだと自負しながら礼拝に出て、そして村の子どもたちが半分はそこで分けてくれる飴に惹かれ、半分は好奇心に惹かれてわっと集まり始めた。

その女性がどうしてその教会に通い始めたのかはよく知られていなかった。はっきりしているのは夜中に野原を歩いて教会に出入りしていたその女性の大変な熱心さに対する近所の人たちのひそひそ話だった。慣れない新しい風潮に対して頑固な長老たちの目に教会で流布する自由奔放な空気は不純極まりないものだった。彼らは特に男女有別の綱領が崩れる事態を警戒した。

教会の仕事をしている青年がまだ結婚していない独り者であることも疑いの原因となった。そして彼が農事をしなかったり漁の仕事も全くせず、いつも教会にいて、教会の仕事だけをしている点もうわさの種となった。特に、村から教会まで相当な距離を歩いていくその夜道に対する憂慮と推測が乱舞した。そうでなくとも若い男女の中には教会を口実にして夜遊びをする場合も多かった。

女性にかけられたその怪しげな嫌疑はそのような背景の上に彼女が置かれている独特な状況が加勢してなされたのだ。彼女の他には家庭をもっている若い女性が教会に行くことがない上、彼女がとても熱心に通っていたという話もうわさをつくる原因になっていた。何よりも決定的な禍はその若者（比較的教会に足しげく通っていた子供たちの間では彼は伝道師の先生と呼ばれていた）が突然出立してしまった日と、その女性が村を去った日とが一致したことだった。ああ、そして私もやはりその醜聞にいくらかは関連している事実を明らかにするが、そのうわさの中の女性が私の母だったという事実をはっきりとしておかなければと思う。

ある日、私は伝道師に手を引かれ近くの都市までついていかなければならなかった。彼は朝早く私を自転車の後ろに乗せて市内に出かけた。彼と一緒に私は生まれて初めて共同浴場に入った。彼は私を市場に連れていき、新しい服も一着買ってくれた。私はその理由を聞かなかった。お昼には肉みそ麺のジャージャー麺を食べて（それもやはり生まれて初めて食べる食べ物だった）、乗ったバスの中で彼はどうして私を連れていくのか、その理由をほのめかした。彼は言った。

「君、主の祈りを暗唱できるね？」

もちろん私はそれくらいはすらすらと暗唱できた。私は頷いた。

「使徒信経も知っているね？」

使徒信経もやはり私はすらすらと暗唱できた。教会に集まった時はいつもそれを大きな声で暗唱したので、特別に気を使わなくても自然に暗記したのだ。私はまた頷いた。

「後でそれをよく暗唱しなければならないんだよ。分かったね？」

私は返事の代わりに、一体どういう理由で、どこに行くのかと聞いた。

「大きな教会の牧師の先生に会いに行くんだよ。その教会は私たちの村の学校よりももっと大きくて、信者たちも千人を超えるんだよ」

だが、私がそんなものをどうして暗唱しなければならないのか理解できず、またその理由を聞いた。

「君は私が言うとおりにすればいいんだよ。十戒のうち、最初の戒律は何だ?」

私は答えた。

「あなたは私のほかに、何ものをも神としてはならない」

「よくできた。五番目の戒律は何?」

五番目? よく思い出せなかった。私はどもってしまった。彼が言った。

「十戒をよく知らないんだね。万が一に備えてそれも覚えておこう。さあ、私について言ってごらん。二つ目は偶像を作ってはならない。三つ目はあなたはあなたの神、主の名をみだりに唱えてはならない。四番目は安息日を覚えて、これを聖とせよ。五番目はあなたの父と母を敬え……」

私は彼について暗唱した。彼は何度も反復して十戒を聞かせてくれ、私は簡単に覚えてしまった。彼は私がそれらを単語一つ間違えないで覚えると、利口だねと言いながら頭をなでてくれた。

「そうだ、後でもそうするんだよ。できるね?」

私は相変わらず何のことか分からないまま頷いた。

都市は華麗で煩雑だった。私が住んでいる田舎の村とは比較することさえ不可能だった。その都市のど真ん中に建てられた大きな教会がそうだった。私の村のみすぼらしい教会とはあまりにも違っていた。私たちを迎えてくれたその教会の牧師の風采はどれほど謹厳で威厳が備わっていたことか。いつも後ろ手を組んで村の人たちの挨拶を受ける伯父より威厳があふれて見えた。

そしてその牧師の前での私の村の伝道師の矮小さは。彼は牧師の前であまりにも度々、あまりにも深く頭を下げた。そして私がその場で到底理解できなかったことの一つは、牧師が私の村の伝道師を決して「伝道師」と呼ばなかった点である。彼はずっと私の村の伝道師を「金君」と呼んだ。その上、私には何のことか分からない話をしている間中「金君」はとても卑屈に振舞っていた。

「この子が十戒まで暗唱できるって？　利口だね。君、一度暗唱してみるかね？」

彼らの話題はいつの間にか私のことになっていた。私はバスに乗ってくる三時間の間ずっと暗唱した十戒をすらすらと暗唱し始めた。重苦しい雰囲気に少し怖気づいたが、それで七番目と八番目でしばらく混同してどもりはしたが、単語一つ間違えないで完全に暗唱した。牧師は私の頭をなで、伝道師は何度も頷いていた。

「私が教えている日曜学校の子どもたちは十戒を全部暗唱できます」

「そうかね、この頃、教会はどんな様子かね？」

「私が仕事を始めて一年が少し過ぎましたが、大人の信者が五十人を越えました。田舎の村としては驚くべき成果です。村の人口の半分ほどが信者と言えますからね。子どもまで合わせると百人を越えるでしょう」

「やあ、それは大変な仕事をしたね、金君」

「私が何を……神の御業です。牧師先生が助けてくださって、祈ってくださったおかげだと思っております」

私は伝道師の報告がうそだということを指摘しなかった。五十人だなんて、村の人口の半分だなんて、百人だって……。村の教会はいつもがらんとしていた。指折り数えても指が余るほどの数の人が飛び飛びに座って礼拝をしていた。私のような子どもたちがいないと、どれほどみすぼらしいことか……。しかし、私は決してその点を明らかにしなかった。

「毎月送ってくださる宣教の費用、本当に助かっています」

「それは当然私たちがしなければならない仕事ですよ……。それはそうとして、金君がそこを離れるとその教会としてはかなりの損失だろうに」

「私もその点がとても胸が痛いのですが、仕事は私がしたのではなく、私は道具にすぎないものでした。そしてもっと大きな仕事をしようと思えば勉強をきちんとしなければならないし、牧師先生がもっと力になってくださればここに来たいです」

伝道師の控えめなのとは全く違って牧師には特別なためらいはないようだった。私たちが到着する前に前もって何かの決定をしていたようだった。

「そうしましょう。私たちとしても神の仕事をしようとしている金君のような若者を支援して激励する使命があるから。そうしたら、次の週からでも教会に来るようにしなさい。まず、教会で寝起きしながら新学期になったら神学校に登録するようにしましょう」

「有難うございます。恩は一生忘れません」

伝道師は何度も頭を下げて、牧師は前もって準備していたのか白い封筒を引き出しから出して「金君」に差し出した。

教会の門を出てきながら伝道師は私の頭を十回以上もなでた。

「よくやった。本当によくやった」

彼はニコニコ笑いながら呟いた。

「やった。私はやり遂げた」

バスに乗る前に彼は私を喫茶店に連れて行き、店の中で私には牛乳を、自分はゆず茶を注文して飲んだ。牧師がくれた封筒からお金を取り出して数えてみた後、その中からまっさらな紙幣を一枚抜き出して支払いをした。

お腹が空いたかい、と聞いた。私は空いたと答えた。彼は時計を見た後、近くのパン屋に行ってパンと飲み物を一抱え買ってきた。

「最終のバスに乗り遅れたら大変だ。バスの中で食べよう」

最終のバスに乗って帰ってくる車の中で、サイダーと一緒にパンを食べながら、私は初めて家に帰った時のことを心配した。私は誰にも何も言わずに伝道師についていったのだ。母はどれほど私を捜していることだろう。親の許可もなしに、伝道師の後について都市にまで出かけてきたことを知ったら、また伯父は母を叱るのだろうか。私は恐ろしかった。いっそのことこのまま家に帰らないでしまいたいという思いをするほどだった。

伝道師が私を安心させた。

「心配しないでいいよ。私が話しておいた。お母さんが承諾した」

市内に預けておいた自転車に乗り換えて帰ってきた時には村全体が寝静まっていた。家には電気が点いていたが母の姿は見えなかった。私は怖さも忘れて、また教会に走っていった。時々、母は教会の前でうつ伏せて夜を過ごしたりした。母が教会の床にうつ伏せて泣く声を私は度々聞いていた。母は涙もろい人だった。何かにつけ私を抱いて涙を見せた。かわいそうな私の息子……。そんな時、母は私の顔をいじくり回しながらそんな風に言った。恥ずかしい話だが、正直に言って、私は母の哀しみを全く推し量れなかった。教会の向かいにある店で酒を飲んでいた近所の人たちの中の一人のおじさんが私を呼んで飴を手に握らせてくれた。そんなことは滅多にないことなので私は簡単にはその飴を受け取れなかった。

「さあ、お取り」

私の顔を眺める人たちの眼差しが変だった。それくらいは感じられた。私は何かしら良くない予感がして教会に走っていった。私の後ろで誰かがチェッチェと舌打ちをした。

「あの子の運命も、本当に……。父親も母親もいっそのこと死んでしまっていたら良かったのに……」

母は教会にもいなかった。伝道師は私のいきさつをじっと聞いた後、教会にある自分の部屋で寝るようにしてくれた。彼は布団を敷いた後、ちょっと出かけてくると言って外に出かけていった。私は彼の帰りを待ちながら寝入ってしまった。

夜が明けた時、伝道師は朝ごはんを用意してくれた。私が家に帰ってみると言い、母を捜さなくてはと言ったが、彼はただ黙っていた。私はそのまま出ようとした。その時になって彼はやっと口を開いた。

「ご飯を食べよう、君を連れに来るから」

ご飯を食べた後、彼は私を礼拝堂の中に連れていった。

「一緒に賛美歌を歌おうか?」

彼はオルガンの鍵盤を押した。聞きなれたメロディが聞こえた。彼が先に歌いだし、私もついて小さな声で歌った。

「信じる人は主の軍隊だから、大将である主に従っていこう……」

「私の言うことをよく聞きなさい」

賛美歌を歌い終えてもオルガンの前に座ったままで、彼は沈んだ声で話し始めた。私は黙って座っていた。教会の中いっぱいに何かが張り詰めているようだった。私は息が詰まりそうだった。

私は自分を取り囲んでいる空気がパーンという音を立てて破裂してほしいと願った。

「君のお母さんは……君の元から去ったのではないんだ。君のお母さんに関するどんなうわさが広がっても君はそれを信じてはいけないよ。私は知っている。君のお母さんは自分自身が処している避けられない運命について私に話していた。お母さんは最後まで君のことを心配していた。彼女のとめどない涙はたぶん半分以上君のために流されていたのだと私は信じる。昨日君をつれて町に出かけたのが間違いだった。本当に私はこんなことがこんなに早く起こるとは夢にも思わなかった。君は今は私の言うことがよく分からないと思う。この世は必ずしも善意だけが通じるわけではない。ああ、こんな話も何にもならないことだ。大人の世界はとてつもない法則によって動くという話をしても理解できないのと同じだろう。そうじゃないか？　しかし、絶対に心に刻んでおかないといけない一つの事実は、これから話すことだ。君のお母さんに関してどんなに悪いうわさが流れても君はそれを信じてはいけない。君のお母さんは君を捨てて去っていったのではない。そんな人ではないということくらい君もよく知っているはずだ。お母さんは、いわば、追放されたのだ。お母さんもやはり犠牲者なんだ。ああ、ひどい話をしてしまったね。お母さんを悪く思ってはいけないよ。お母さんには罪がない。そのうちお母さんに会えると思いなさい。そのように信じて祈りなさい。お母さんもいつも君のため祈ることだろう」

そのような長い伝道師の話を私はじっと聞いていた。何もかもはっきりしていなかったが、彼がそんな話をしている時、周りを取り囲んでいた重くて息の詰まるような空気が大体の内容を気づかせてくれた。私は木の床に倒れてしまい、伝道師はしばらく私を支えて座っていた。しばらくして教会の門が開いて、従兄が現れた。片側には伯父がこちらに顔を背けて立っていた。伝道師が限りなく悲しそうな顔でやっと口を開いた。

「行きなさい、これからは君の伯父さんと伯母さんと従兄たちと暮らすようになるだろう」

その瞬間、私はすべてのことを知ってしまった気分に落ち込んだ。私は何も言わなかった。ただ泣いていた。この世が急にあまりにも広く荒涼としているものとなり、私は泣き続けた。

そうだ。母は私から去っていってしまったのだ。そんな風に私は母を失った。母は去ってしまった。父が早くから自分自身の存在を私から取り上げてしまったように、今、母も私から自分の存在を消し始めたのだ。それは大きな悲劇であったにもかかわらず、それを私は悲劇として感じられなかった。私にとって生そのもの、そのすべてが五里霧中で、すべてに関心がなかった。すべてのことがぼんやりしていた。私には神秘的で感激することなんて何もなかった。

伯父は言った。

「お前の母親は自分の生きる道を探しにいった。お前は母親のことを考えてはいけない。これからは伯母さんがお前の母親だ。伯母さんをお母さんと呼び、私をお父さんと呼びなさい。お前はここで私たちと一緒に暮らすんだ」

そのようにして私は伯父の家の家族になった。ところが、私はその時から今まで一度も伯母をお母さんと呼ばなかった。伯父をお父さんと呼ばなかった。

母の家出を表立って話す人は誰もいなかった。私と出会うと周りの人たちはいつもより大げさな身振りで舌打ちをしたり手を握ってくれたりしただけだった。それらの振舞いがとても私を不愉快にした。

三日が過ぎて日曜日になり私が教会に行ってみると、伝道師の姿は見えなかった。彼はこの村に初めて来た時のように不意に去ってしまった。私は彼がどこに行ったか推測できた。彼は町に出て、そこの大きな教会で仕事をしているだろうし、また新学期が始まると神学校に入学するだろう。でも私は何も言わなかった。

その日以後、うわさは急に屈折して、母と教会の伝道師がどうこうした仲で、といった風に話が発展していき、教会は廃墟になっていった。

私は度々教会に行って遊んだ。ほこりをかぶっているオルガンの鍵盤を押さえながら一日中そこで過ごす日もあった。伝道師と母が一緒に駆け落ちして都市のある所で生活し始めたといううわさが私の耳にも入ってきたが、私はどうしてか何の動揺も生じなかった。現実に対して私の感情は全く反応を示さなかった。何一つ私の好奇心の対象にならず、まるで白痴になったような日々だった。その頃、私は本当に現実の中で生きていたと言えるだろうか。悲しいことには何をもってしてもそれを証明することができない……。

(『私の中の他人』から)

7

……伯父はしょっちゅう酒を飲み、酒を飲むといつも大声でわめいた。

「この野郎、足の爪に溜まった垢ほどにもならない奴らめが、そんなに勝手気儘に人を馬鹿にするな。わしゃまだ死んじゃいない。馬鹿野郎。お前らが頭を下げ下げ借りて耕した田畑は全部わしのものだった。憶えているか？　わしの下ですがりつきながら生きていた奴らだ。ところが、世の中が少し変わったからといって、そうするもんじゃない、そんな風にしたら駄目だ……」

村の人たちは没落した貴族の骨だけ残ったぶざまな虚勢に寛大だった。従兄と一緒に灯りを持って伯父が酒に酔って大騒ぎをしている所に度々迎えに行かなければならなかった。その度に周りの人たちは笑顔で伯父の機嫌をとるのに余念がなかった。

「迎えに来たんだね。すこし飲み過ぎられたようだ。しっかりと伯父様を支えて気をつけて峠を越えていきなさい」

伯父を私たちに引き渡すまで酒の相手をしていた村の年寄りたちは鄭重だった。

息子と甥に両腕を任せてふらふらとよろめきながら歩いて峠を越え、伯父は決まったように急に黙り込んでしまったりした。もちろん、ある日は自分の身体を支えられないくらい酔って上り坂から転がり落ちたこともあったが、そんな日はいつまでも人事不省のまま、この世の中に向かって辻褄の合わない罵りをわめき散らしていた。しかし、正気を失うほどまでは酔わないようにしてはいたのだろうか。伯父がため息をつく時は少しも酔った人のようには見えなかった。すると、酒席でのその乱暴な言動は何だったのだろうか。内面に隠された気の弱いため息を見破られないための偽悪的な身振りだと思うと言葉にならないほど可哀想だった。そんな瞬間に私の手をしっかりと握った伯父のその大きな手の意外な温もりが私をどれほど当惑させたことか。そして全く面白みのない同じことの繰り返しだった伯父の忠告。

「お前は司法試験に必ず合格して判事にならなければならない。お前はできるはずだ。歯を食いしばって頑張りなさい。お前がお前の父親の息子なら充分にやり遂げることができるはずだ。分かるね?」

そんな風に話をする時の彼の声はあまりにも優しく情がこもっていたので、日頃の厳格な伯父と同じ人物とは思えなかった。そんな時、私は自分の父親について尋ねた。父はいつ判事になるのか。私はいつ父に会えるのか。答えはいつも同じだった。父は間違いなく判事になるし、判事になって父親は現れるだろうと。しかし、判事になることは遥か彼方の空の星を取るくらい大変なことだ。それで遅れているのだと。故郷に錦を飾るという言葉の意味を親切に教えてくれながら伯父はそのように言った後、付け加えた。

「熱心に勉強してお前は必ず司法試験に合格しなければならないよ。そして……」

ある時はもっとはっきりとこのように話したりもした。

「父親がやり遂げられなかったことを息子が成し遂げること、それが最高の親孝行だ。お前はパク・テソンの息子であることを肝に銘じなければいけない」
そんな時、私は混乱に陥った。父が本当に判事になるはずで、そしたら会えるという意味なのか、判事にならなければならないのは私で、父は判事になるのに失敗したという意味なのかよく区別できなかった。もちろんそんな時、私は伯父に疑問に思うことを尋ねた。しかし、伯父の話はそこから一歩も前に進まなかった。それまでしていた話を繰り返すとか、他のことに話を変えてしまうとか、そうでなければ口を閉じてしまった。そんな瞬間は、ふと伯父の本来の厳格さが思い出されてそのまま口を閉じるしかなかった。

(「回顧——家族についての記憶」散文集『幸福なマネキン』一九八頁)

パク・プギル氏のすべての生は、彼の幼年時代から自由になれないという印象を強く受けた。彼の生の世界は幼年の時間を中心に回っている。その記憶から逃げようとする根強い欲求に支配された今までの彼の生の履歴は、したがって自分の時計の外に飛び出そうとする無分別な熱情に他ならないと言わざるを得ない。
その時間を掌握している最も印象的な人物は彼の伯父だ。伯父は彼にとってどんな存在だったのか。すべてを知っていながら自分では何もできない、二律背反の独裁者だったのではないか。彼にとって伯父という存在は暴君だが、不思議なことに憐れな暴君だった。だから彼に対する回想はうら寂しい。

私が新しく生活を始めた村から他の村に行こうと思えば、そう高くない峠をひとつ越えなければならなかった。礼拝堂も学校もその峠を越えた所にあった。伯父は、時々私を連れてその峠を越えて散策したりした。伯父はゆっくりと歩き、私は早く歩いた。峠のてっぺんに先に到着するのはいつも私だった。伯父は峠の頂きに到着するといつも身なりを整えて、いつもかぶっている中折れ帽子を脱ぎ、手にした。そして遠くの方に視線を向けて頭を下げた。深く下げられた頭はしばらくの間ぴくともせずじっとそのままだった。伯父の唇がやっと気づく程度に上下するのを見たような気がする。それは犯しがたい粛然とした様子だった。私もやはり彼に圧倒されて頭を下げていなければならなかった。

伯父の視線が行き着くところに先祖代々の墓があった。峠の頂きに登って顔を上げると前方にその墓が見えた。祖父と祖母、曾祖父と曾祖母、高祖父と高祖母がそこに眠っていた。旧暦八月十五日の秋夕《チュソク》が近づいてくると、従兄たちといっしょに伯父に連れられていって草刈をした所だった。伯父はその度に墓を一つ一つ指差しながら説明したりした。

「これはお祖父様、お前たちの曾祖父になる方のお墓だ。わしがほんの子どもの頃、千字文を教えてくださった方だ……。そしてこれは……」

先祖の墓に対する、その墓に眠っている先祖に対する伯父のその慇懃な拝礼が、急に周囲の空気を重く沈みこませた。周りの空気がいきなり変わってしまうのを経験するのがそんな瞬間だった。私はすっかり大きくなっていたわけではないが、そのような伯父の説明しがたい悔恨の情緒を読み取るくらいには成長していた。

今まで生きてきた時間がまるで滝のようにどっと一気に流れて彼の胸を息苦しく押さえつけたのだろう。華麗だった家門の歴史を没落に追い込んだ子孫の自らを深く恥ずかしく思う心が先祖が眠っている墓に向かって頭を下げるようにさせたのだろう。伯父が私にかこつけて司法試験に対するそれほど強い執着心を見せたのも、考えてみればそんな脈絡から来たと思われる。どんなことがあっても自分の代で傾いた家門の華麗な歴史を、また復活させてみるという彼の欲望は死を準備する心の片方の顔であったのだろう。先祖様にお目にかかるのがそう遠い日でもないのに……。彼は知っていたのだ。もう自分は気力が衰えてしまっていることを、これ以上自分の力では何も実現できないということを。そして彼はまた時代の流れに気づいていたのだ。開化期は過渡期であり、過渡期はあちこちに隙間が広がっているものだ。その隙間は身分の変動を起こせる隙間でもあった。ある日の朝、目を覚ますと急に有名になっていたという告白こそ、そんな時代に起こりうるものだった。

伯父は、この時代に家門の没落が多いだけ復興させる道も多く、復興させやすいものだという計算をした。それは後の代の出世を通しての道で、瞬間に一族を引っ張り上げられる最も確実な方法は司法試験に合格することだった。司法試験は秀才の息子を持った没落した家門がすがりつき首を長くして待ちわびた、まさに切実な夢だった。そしてそれは実に遠くてはるかな夢だった……。

（前掲書、二一三頁）

引用した文章はパク・プギル氏が自分の伯父について回想したもので、四年前に出た彼の散文集に載っている。彼の他の文章の中には伯父がとても厳格な独裁者として描写されている場合が多いが、この文章では伯父の違う面、より内密な部分に照明を当てていて印象的である。

独裁者の内面に潜んでいる暖かさや意気消沈している様子を発見するのは、少し不快だが、かといって驚くほどのことでもない。父親というものはそのように二つの顔を持って生きてきたし、現在もそのように生きている。父親だって？　父親だったのだろうか？　そうだ。パク・プギル氏には伯父が父親と同じ存在だった。彼は一度もそのように呼ばなかったが、伯父は父親の役割を果たしたのだ。

父親の役割を果たしたとはどういう意味なのか？　伯父がそれだけ父親の役割を忠実にしたという意味以上のことが含まれている。父親としての道理を忠実に果たしている父親はそうざらにいるものではない。ここには他の意味が込められている。パク・プギル氏の父親はついに最後まで現れなかった。

そういう理由で彼の記憶の中には父親が位置していない。父親は恋しいというイメージでだけ記憶している。もっと正確に言うと待ち続けるというイメージで。若い文学評論家のキム・タルシク氏はパク・プギル氏の作品論を書きながら、「彼にとっては父親は全部同じだ。父親は恥辱だ。いや、父親は一度も息子の生に同行しない。父親がいないからでなく、父親というものがいようといまいと関係ないのだ」(「父性不在の文学」『文学地平』一二四号、三九一頁)と書いている。彼の指摘はパク・プギル氏の文学に対してだけでなく、彼の生に対しても全くその通りである。彼は父親を許せない。「父親は自分の羞恥の根源で、自分の恥辱と憎悪の源泉なのだ」(「アカルスの夢」『人々』四七頁)

母親は違っていた。母親が村から去って以来、そして急に伯父の家に移って生活し始めてからも彼はずっと母親を思い続けた。母が自分に一言も言わずに去っていった事実はたやすく認められなかった。彼はその問題をいつまでも引きずっていた。どうしてそうすることができたのだろう、私の母が。

伯父や従兄たちの説明は彼を満足させてくれなかった。彼らの説明によると母は父の世話をするために父のところに行ったと言った。そうだとしたらもっとおかしいのだ。そうであればなおさら私に何も言わずに去ってはいけないはずだ。本当に母は逃げていってしまったのかもしれないという疑いの方に心が傾いたのは一度や二度ではなかった。そんな時は彼は首を左右に振りながら大きな声で叫んだ。そんなはずはない、そんなはずはない。

彼は憂鬱になったり気分がくしゃくしゃすると教会に走っていった。今はもう教会は空っぽだった。訪ねてくる人もいなかった。子供たちも去ってしまって、大人もほとんど来なかった。ほこりだらけで、割れた窓ガラスの間からは風がヒューヒュー吹きこんでいた。

彼は誰もいない教会の床に寝転んで、以前伝道師が教えてくれた賛美歌を歌ったり、母のことを思い出したりしながら居眠ってしまうこともあった。不思議と教会の床に寝転んで天井を見ていると心が静まった。教会にいると母がよく恋しくなったが、そして我知らず涙を流したりもしたが、一方では不思議と心が安らかになっていた。

そんなある日、彼が教会の床に寝転んで賛美歌を歌っていると、窓ガラスがかちゃんと音を立てて割れ、石ころが飛んできた。石ころは彼が寝転んでいた所から十五センチほど離れたところに音を立てて落ちてきた。彼はぱっと飛び起きて本能的にかがみこんだ。窓ガラスの上にいくつかの顔が現れた。誰の目か分かりそうないくつかの目が内側に向かっていて、そして彼らの声が聞こえてきた。

「プギル、お前の母さん逃げたんだって？」

「熱心に教会に通っていると思ったら、他に狙いがあったからだって？」

「その伝道師と駆け落ちしたんだって？　夫を捨てて、息子を捨てて、性質の悪い女だと言っているよ」

「プギルの母さんは姦婦だって」

彼は窓ガラスに向かって一気に身体をぶつけた。窓ガラスに頭を突っ込んだ。数知れないほど多く、大小さまざまなガラスの破片が彼の頭に突き刺さり、血がだらだらと流れたが彼は全く痛みを感じなかった。かえって驚いたのはからかっていた子どもたちだった。彼らは思いもかけなかった突進に驚いてどうしていいのか分からず立ちすくんでいたが、彼が血を流すのを見て恐ろしくなり逃げていった。

「違う、うそをつくな。うそつくな。母さんは父さんのところに行ったんだ。父さんといっしょに帰ってくるんだ」

大声でわめきながら血だらけになった彼は泣きつづけた。自分も信じてはいなかったが、その瞬間は本当に母が父のところに行ったのだと切実に願った。そうしたら、子どもたちのからかいに対してはっきりと言い返せるから。そこにいた一人の子どもが述懐したことなのだが、その時、自分はプギルが間違いなく狂ってしまったと思ったと言った。

自転車の後ろに乗せられて市内の病院にまで行って治療を受けてきた日の夜、伯父は彼を叱らなかった。それはとても異例なことだった。これまでの経験から考えて、当然激しく叱られるはずだった。ところがどうしたことか伯父は頭に包帯を巻いて床に布団を敷いて寝ている彼をじっと見下ろしているだけだった。哀れだという眼差しで。そんな伯父の態度が彼はまた腑に落ちなかった。

その日以来、彼は教会には行かなくなった。そして彼の口はもっと重くなり、彼からほとんど何も聞きだせなかった。彼がどんなことを考えているのかも推し量れなかった。

しかし、何かを深く彼はずっと考え続けていた。考えが長い間溜まると計画に繋がっていく。そして自然に決行となる。それが順序だ。その時、彼は鎮南の無極寺まで行ってみようと決心したのだ。そこに行って判事の勉強をしているという顔も知らない立派な父と、その立派な父の世話をするといって息子を放り出した立派な母に会おうと考えた。ああ、彼は本当にそこで父と母に会うことができると願った。そして子どもたちのからかいがうそであることをはっきりと確認できることを。

しかし、彼の旅は無為に終わった。その内幕は前述した彼の小説「私の中の他人」に書かれている通りだ。少し違いがあるとしたら小説の中では母親が村を去る以前の事件だという点くらいだ。その小説に描写されているように、彼は激しく怒った伯父にどうにか死なないくらいに叩かれ、服を脱がされたまま雨が降っている外に追い出された。冷たい雨に降られながら彼は塀の下でうずくまって座り、限りなく泣きつづけた。人間の身体の中にはどれほどの涙が入っているのか、泣きつづけたが涙はいつまでも止まらなかった。その涙はもちろん痛さのためではなかった。雨の中に追い出されて座り込んでいる自分の姿が憐れで泣いた涙でもなかった。それは全く違う悲しさだった。いや、それは悲しさではなかった。骨の髄まで染みとおる寂しさであり、身に染みる血肉に対する恋しさであった。また、それは一定の形のない世の中、すべて秘密だらけの究明されない謎と矛盾を抱き込んだまま生きていかなければならない容赦ない生に対する鬱憤でもあった。

一体、彼はどんな間違いをしたというのか。彼はどうしても納得できなかった。生は、彼には、混乱そのものだった。解読することが不可能だった。

8

死はとても身近なところから訪れてきた。

死はあまりにもありふれたことで親しいものだった。どこかの家で葬式が出ると村中が大騒ぎをした。後を追って死ねない子孫の肉体に着せられた粗い布地の服と彼らの慟哭する声さえなかったら、騒がしさや忙しく動き回っている様子は祝賀宴をしている家と同じだった。実際に子どもたちの目には婚礼が行われている家と葬式を執り行っている家と区別がつかなかった。棺が村から出ていく時、その長い葬儀の行列と旗と人々に子どもたちはとり付かれた。子どもたちは大人に叱られながらその葬儀の行列にしつこくついていった。死はなんらの覚醒も呼び起こさなかった。パク・プギル氏には余計そうだった。生がそうであるように死も彼を少しも刺激しなかった。

　裏庭の離れ家にいる男がついに死んだ。柿の木が一晩中降りた霜に赤く熟した柿の実を三、四個ずつ落とした秋の日の朝だった。ある日の朝、目が覚めて起き出したパク・プギルがそっと裏庭に入っていった。その時も彼は落ちた柿の実を拾うことだけを考えていて、裏庭で何かが起こっていたとは想像もつかなかった。パク・プギル氏はその日の記憶を辿る段になって、またとてもためらった。

「何という不思議な運命なのでしょう、その場面を目撃したのは私でした。その日に限って目が早く覚めたのです。ちょうど日が昇ろうとしていた時だったようです。私は家族が誰も起きていないことを確認して何の考えもなく、行くことが癖になってしまった裏庭に向かいました。もちろん、よく熟した実を拾いに行ったのです。そしてその様子を見てしまったのです。裏庭の離れ屋の戸を開いていて、身体が半分敷居を越えたまま彼が、倒れていたのです。そこから流れている血で地面はぐっしょり濡れていました。血は地面にしみこめなくて絡み合ってそこに固まっていました。私は見たのです。血は彼の右の手首から流れていました。他の手にあったのは驚いたことに爪切りだったのです。そして、それは私の息を詰まらせました。どうしてかと言うとその爪切りは……」

　その爪切りは伯父の机の引き出しにあったのだが、彼が前日に持っていってあげたものだったからだ。

「プギルは本当にいい子だね」

彼がその男に赤く熟した柿を一つあげたのは、首を突き出して自分をじっと見つめている男に急に申し訳ない気がしたからである。一人だけでおいしい柿を食べるのは何かしら正しい振舞いでないような気がして（その日はまだ枝にあった柿を二つももぎ取ったし、そのためもっと悪いと思った）、彼は自分の収穫物の中の一つをその男にあげた。そして急いで裏庭から脱け出すつもりだった。裏庭に長くいるのはよいことではなかった。そこは出入りが禁止されている区域だった。そこにいるのが発覚でもしたらどんな禍を被るか自明のことだった。何より身体が覚えている。できるだけ迅速に裏庭を脱け出し、自分がそこに行ったという痕跡を消さなければならない。ところがそうはできなかった。男は柿を受け取ろうともせず、ただじっと彼を眺めていた。彼がその男の手に柿を落として出ていこうとすると、やっと男が口を開いた。

「プギル……」

初めはそのように彼の名前を静かに呼ぶだけだった。そしてその次に「プギルは本当にいい子だね」と言った。話かけながら男は空中に手を上げ、まるでそこにパク・プギルの頭があってさするかのような動作を何度も繰り返した。彼はどうしてかそのまま裏庭から出ていけなかった。もじもじとして立っていたら、男はその妙な目つきをしたまま言った。

「家に誰々がいるのかね？　今」

彼は首を横に振りながら家に誰もいないことを伝えた。従兄たちは学校からまだ帰っていないし、伯母は畑に行ったし、伯父は隣村に出かけていっていなかった。

彼は、またそこから脱け出そうと踵を返したが、脱け出せなかった。男がまた彼を引きとめた。

「プギル、お願いがあるんだけど聞いてくれるかい?」

彼は返事をしないで黙って立っていた。どんな返事をしていいのか分からなかったからだ。ところがそれで彼は返事をしてしまったことになった。彼の沈黙は受諾として受け取られたからだ。

「見てごらん。私の爪がとてつもなく長く伸びてしまったんだ。お前の見ている通り醜いだろう。私は身動きをするのが大変で、爪切りがどこにあるか知らない。お前が爪を切れるようにしてくれるかい?」

彼はその言葉が何を意味するか分かった。彼は爪切りがどこにあるかよく知っていた。爪切りは伯父の古びた机の右の引き出しにあった。いつもそこにあった。伯父は身の周りの品物が自分で整理したとおりに置かれていないととても嫌がり腹を立てた。家族の足の爪や手の爪が長く伸びているのを見ると、机の引き出しを開けて爪切りを取り出して手渡しながら言った。使った後、元の場所に戻さないといけないよ。だから伯父の所持品を許可なしに触るのは一つの冒険だった。

「足の爪もどうしようもないほど長く伸びてしまって垢がたまり、痛くて大変だ。さあ、見てごらん。醜いだろう?」

彼は見なかった。見なくてもどれほど醜いか、どれほど大変なのか充分に推し量れた。

そうだとしても、それがその男の頼みを聞いてあげなければならない理由にはならない。爪切りは伯父の所持品だった。彼は伯父の持ち物を許可なしに触るなんて考えたこともなかった。何が彼の心を動かしたのだろうか。多分、彼は男が爪を切るのを横で見守っていて、伯父が帰ってくる前に元の場所に戻しておけばいいと思ったのかもしれない。そうでなければ、とてもそんな勇気は出せなかっただろう。

彼は伯父の机の引き出しから爪切りを取り出して男に手渡した。しかし、状況は彼の筋書き通りにはならなかった。彼がすぐに裏庭に入り込んで爪切りを手渡した時、人の気配がした。これは正確な陳述ではない。実は誰かが近づいてきているのに先に気づいたのは彼でなくその男だったのだ。

「誰かがこちらに向かって来ているようだ。伯父さんのようだが、隠れないと？」

もちろんそれは意外なことだった。男が自分の身の安全を気遣ってくれるなんて……。ところがあれこれ考え判断している余裕はなかった。彼はとりあえず隠れなければならなかった。彼はすばやく塀を乗り越えてトウモロコシ畑の地面にうつぶして身を隠した。案の定、奥の家の方から咳をする声が聞こえてきた。胸をなでおろし、ほっと安堵した。そのようにしばらく身を隠して、辺りを窺い裏山を越えて海辺に抜け出し、日が暮れるまで砂浜で遊んだ。

そして爪切りのことはすっかり忘れてしまっていた。暗くなり始めた頃、家に帰ってきても、遅くまで遊び呆けたと叱られても、晩御飯を食べながらも、寝床に入ってからも、眠りについて夢を見ながらも、彼はどうしたわけか机の引き出しの中の爪切りとその爪切りを頼んだ裏庭の男のことを全く思い出さなかった。まして明くる日の早朝に起きたこの思いもかけない惨状を想像などできただろうか。

驚き当惑した彼はどうしていいか分からずしばらく呆然と立ち尽くしていた。その瞬間にも彼の心の中を大きく占めていたのは、簡単なことでは済まないこの事態に関して自分が大変な咎めを受けるだろうという判断だった。目の前に伯父の怒りに満ちた顔がちらちらした。彼の弱々しい身体に容赦なく振り下ろされる鞭、そして以前もそうだったように服を脱がされ外に追い出されるかもしれない恐ろしさで息が激しくなった。

彼は急いで近づき、死んだ男の手から爪切りをひったくった。あまりにも強い力で握っているので爪切りは簡単には取り外せなかった。男がまだ生きているのではないかと疑うほどだった。彼の額からは汗が流れ、手には赤い血がついた。彼は開いた爪切りを元の形に戻してズボンの中に入れ、裏庭から抜け出しそっと部屋に入っていった。まだ誰も起きていないようだった。彼の心臓は早鐘のように打っていた。

運悪く机の真横が伯父の寝床だった。しかしどうしようもなかった。彼は注意深く机のそばに近づいた。彼は机の引き出しを開けて目測でもともとあったと思われる場所に爪切りを入れた。爪切りに血の痕が点いているのが見えた。もう一度取り出してズボンでその血を拭い取った。そして再び元の所に置いた。もうこれで引き出しを閉めたらいいと思ったところで、急に引き出しがキーという音を立てた。彼は心臓が音を立てて落ちたかと思うほど驚き、伯父が目を覚ました。

「どうした？　何をしているのだ？」

伯父は机の前に座って慌てふためき汗を滝のように流している彼を見た。伯父はまた彼の手とズボンに付いた血を見た。荒々しく彼を摑んで伯父はどうしたのかと聞いた。

「裏庭に、裏庭に……」

彼はどもってしまった。伯父は急いで起き出し裏庭に向かい、眠気の冷め切らないまま起き出した家族たちも全員何か大変なことが起こったと気づき外に出てきた。そしてそのぞっとするような場面を全員が目撃したのだ。

「初めは誤解されてしまいました。それは当然誤解されても仕方のない状況でした。私は現場にいたのだし、慌てふためいて震えていましたから。疑われて当然のことでした。伯父は私だけを連れて部屋に入り、戸を閉めて静かに問いただしました。どうしてそうなったのかと聞かれたのですが、私はあまりにも驚いて恐ろしくてただ大声で泣いていました。伯父が泣かないでいきさつを話してごらんとなだめてくれました。ところが思うようにはいきませんでした。かなりの時間がかかりました。私はずいぶん時間を置いてやっと事実ありのままに話をし、これでもう激しく叩かれ服を脱がされて雨が降っている外に追い出されても仕方がないと覚悟をしました。他にいい方法があり得たでしょうか？　もちろんとても絶望的な心境でした。ところが、伯父の様子がおかしかったのです。意外にも伯父は全然私を罰しませんでした。その代わりにしばらくの間じっと目を瞑って座ったまま何か心の動揺を鎮めようとしているようでした。そして密やかな声で次のように話しました。誰かに聞かれたら何も知らないと言いなさい。今私に話したことを誰にも言ってはいけないよ。分かったかね？……もちろん、私がそんな話をあちこちでするわけはなかったのですが。私はただただ伯父の怒りから逃れられただけで嬉しく有難かったんです」

そしてその死の儀式は、今まで彼が見たどんな葬式とも違って非常に隠密につつましく行われた。天幕が張られることは張られたが、普通の葬式の時のように人がたくさん来ることもなく、特別に食べ物の用意もされていなかったようだ。遠くに住んでいる親戚の人たちが数人来ることは来たが、数日にわたって騒がしい葬式のような雰囲気は全くなかった。とても変な事だった。来ている人たちはほとんど話さず、特に、幼いパク・プギルの前では余計そうだった。

伯父は彼にとても寛大に振舞い、他の家族たちもそうだった。彼は一日中砂浜で転げまわりながら遊んで服があちこち破れてしまったが、伯母は何も言わずに新しい服に着替えさせ、砂浜にまた遊びに行かせた。従兄は遊びに行こうとする彼の手に柿や棗《なつめ》を握らせてくれた。

そんな時、彼は自分に注がれる周囲の人たちの異様な視線を特に気にしなかった。彼はただ今までになく自分に優しい家の雰囲気に満足しているだけだった。彼が、一番先にその死の現場を目撃した張本人であるにもかかわらずにだ。彼はあまりにも簡単にその状況から解き放たれてしまった。一人の人間の死の衝撃さえ幼い子どもの感情を長い間捕まえられないとでも言えばいいのだろうか。

棺は山の墓に出ていく前夜、塀の横でビー玉を持って遊んでいたパク・プギルの様子をしばらくの間眺めていた親戚の一人（訃報を聞いて遠くから来た人で、彼には叔母に当たる人だという）がいきなり走り寄って彼を抱きしめ涙を流した。当然彼はどうしたことかわけが分からなかった。彼女は彼の手を何度もさすりながら泣きじゃくりながら話すのだが、彼女の振舞いはあまりにも突然のことでパク・プギルはしばらくの間何がなんだか分からず、ぼーとしていた。

「プギル、死んだ人が誰なのか知ってるの？」

彼はもちろん知っていた。しかし、彼が知っているのは正しい答えではなかった。彼は間違って知っていたのだ。ぼんやりとした悟りが彼の口を塞いだ。彼は何も言わなかった。

「可哀想に、何も知らないで、何も知らないで……」

彼女はもっと力を入れて彼を抱きしめた。息が詰まりそうになって彼は抜け出そうともがかなければならなかった。

その時、伯父が二人のそばに近づいてきたのは幸いなことだったのだろうか。そうでなければ？伯父は大きく二回咳払いをし、叔母を呼んで家の中に行ってみるようにと言った。叔母が悪いことをして見つかった人のようにあわてて起き上がり涙を拭いている間、伯父は二人から顔を背けていた。やっと叔母が家の方に行ってしまうと、伯父は彼の手を握って海の方に連れていった。伯父は歩いている間、一言も話さなかった。彼も何も話すことがなかった。

伯父は岩の上に座り、しばらく海を眺めていた。海の上に日の光が注いでいた。波が押し寄せて足元に打ち付けた。どれほど時間が経ったであろう。彼は伯父の何か考えのあるような沈黙に不安を感じた。彼はお尻をもじもじさせながら伯父の様子を窺った。

「お父さんはどこにいるのかな？」

依然として視線を海に向けたまま伯父が彼に聞いた。突拍子もない質問だった。彼は答えなかった。伯父が自ら答えを出した。

「お父さんはお前の胸の中にいる。お父さんはお前の精神の中にいる。お父さんの仕事を受け継ぐことでお父さんを自ら探し出せるはずだ。お前の中にいるお父さんがお前に力を与えてくれるはずだ。お前を通してお父さんは完成していくのだ」

彼は伯父の話を全く理解できなかった。しかし、その話を聞いた瞬間、彼は摑みどころのない悲しみに襲われた。何なのかはっきりと分からなかったが遥かな失望感が垣根をつくり彼を取り囲んだ。彼は自分自身がこの大きな宇宙の中に一人取り残されているような思いにとらわれた。伯父の視線は海に釘付けになっていた。陽の光を反射する青い光彩がまぶしかった。

その日の夜、彼は昼泣いていた叔母が裏庭で泣いている姿を見た。彼女は裏庭の離れの戸の辺りで座り込んで泣きじゃくっていた。彼女の口から何か音のようなものが発していたが、はっきりとは聞こえなかった。彼は聞き取れなかった。彼は彼女が気づくまで傍に黙って立っていた。叔母はかなり時間が経ってから、目を上げて怪訝な顔で彼を眺めた。

「僕はみんな知っていますよ。母さんのところに連れていってください」

急にそんな言葉が出てきた。自分でも思いつかない言葉だった。そして、彼は本当に自分が母親に会いたいのか分からなくて頭の中がごちゃごちゃになってしまった。

「何を知っているの？」

「全部、みんな知っているよ」

彼は自分が何を知っているのかはっきりしないまま、急いでそのように言い張った。

「お母さんは……お母さんは帰ってこないよ。お前はお母さんに会えないのよ」

「どうしてなの？　母さんが姦婦だから？　母さんがその人と逃げたからなの？」

「うわさは本当ではないのよ。全然違うのよ。噂を信じてはいけないよ。お母さんは自分の意思で出ていったんじゃなくて、どうしようもなくて出ていったんだよ。お母さんは逃げていったんじゃなく追い出されたのよ」

「どうして？」

彼女はまた袖で涙を拭った。鼻をチーンとかんだ後、彼女は深くため息をついた。

「それは……追い出したからなんだよ。今、お前に話をしてあげてもお前は分からないだろうよ。でもこれだけは憶えておきなさい。お前のお母さんには過ちは何もないんだ。かといって追い出した方にも過ちがあったと思っちゃいけないよ。過ちは他にあったんだから……」

過ちは他にあった。無理にでも過ちを探すとしたら、それは他の人の過ちだった。パク・プギル氏は長い沈黙の後、その話をした。

「過ちは父の精神疾患にあったんです。父は実際に無極寺に起居しながら司法試験の勉強をしていたんですが、偶然なのかどうかは分かりませんが、結婚をしてから直ぐに精神に異常をきたしたようです。おかしなことに母を見ると手の尽くしようがないくらい乱暴になったらしいのです。それがすべてではないのですが、妻の貞操を疑う度を越した精神疾患に苦しんでいたようです。父は度々発作を起こし、その瞬間に母が傍にいるのは火の傍に火薬を置くほど危険なことだったのでしょう。そのため父は他人から離されて、特に母親から隔離されたのです。それが私と母がずっと父親から離れて暮らさなければならない理由でもあったのです。そしてそれは母がその家から追い出される理由にもなったのです。伯父たちが母を追い出す決定をしたのは、表立っては父の発病の責任が母にあることへの宣告の結果でもあったのですが、その裏面には他の理由が隠されていました。母に対する配慮がそれです。母は誰かと逃げ出したのではなく、伯父たちが母を実家に帰らせたのです。そのすべての事実を分かるようになるまで少し時間がかかりました……」

棺が出て行く日、意外なことに伯父が彼を先頭に立たせた。彼は他の親戚たちといっしょに棺の後について墓地まで行った。みんな粛然とした表情で、おかしなくらい静かだった。哭〔葬式の時声を上げて泣く韓国特有の儀式〕をする人もおらず、挽歌を歌う人もいなかった。

伯父が彼の手にシャベルを持たせてくれた。彼は初めてのことで、どうしていいか分からなかった。土を掘って棺の上に振り掛けなさいという催促を受けて彼は少しためらった。人々がぐるりと彼の周りを囲んでいて彼が動くのだけを注視していた。その奇妙な視線の中で彼は何かを悟った。自分が、少なくともその瞬間、そこに集まっている人たちから、非常に特別な存在として区別されているという認識がそれだった。彼は彼らとは違っていた。彼らは彼とは違っていた。少なくとも彼らの表情はそのように宣言していた。お前は私たちとは違う。私たちはお前とは違う……。今まで暮らしてきながら彼が度々経験したりした、世の中から離脱していくような摑み所のない疎外感がその時初めて彼に襲い掛かった。

彼は全身をすばやく貫通していく戦慄に取り付かれ、しばらく身体を動かせなかったが、それは世の中を相手に立ち向かっている一人の矮小な個体の寂しさが彼に襲い掛かったためだった。その瞬間、彼の目から涙が一粒ぽとんと落ちた。その一筋の涙にのって体中の気がすべて、あっという間に抜けていってしまった。彼は力なくその場に倒れた。明らかに人々は誤解した。チッチッ、舌打ちをする音が聞こえ、鼻をすする音も聞こえた。そして声を殺した次のような言葉も聞こえた。

「可哀想な子……分かることは分かっていたようだね……」

「本当に。あの子はこれからどうしたらいいのか……」

9

彼は誰とも付き合わず自分のすべての時間をひとりで過ごした。いつも黙っていて、目上の人たちに挨拶もしなかった。彼が一番嫌がったのは、彼と出会うと手を握りかわいそうにという眼差しを露わに見せる親戚の人たちや近所の女たちだった。彼は知るべきことは全部知っていると自負していた。彼の知識によると、世間は彼の味方ではなかった。彼はできるかぎり人が集まるところには行かないようにし、彼自身自分の方から人に声をかけることもなかった。彼は今でも対人関係が下手な方で、他人に会う度、相手をどのように呼べばいいか分からなくて、対話中にもとても気を使うと打ち明けたことがあった。

（「作家との対話」『暮らしの話』一二号）

小学校を卒業するまで、彼は数限りなく本を読んだ。彼の部屋にいきなり本箱が二つも置かれて、色褪せた厚い本が並べられた。彼にとってはたやすく近づけない漢字だらけの法律の書籍もあったが、文学書や教養書も混ざっていた。彼はきちんと意味も理解できないまま手当たり次第に本を読んでいった。世界文学全集を読み、『三国志』を読み、世界思想文庫を読んだ。それだけではなかった。学校にあるすべての童話の本と漫画はもちろんのこと、近所の青年が回し読みしていた粗雑な紙質の武勇伝もすべて読んだ。彼は読めるものは何でも読んだ。道を歩きながらも読んだし、砂浜で寝転びながらも読んだし、ご飯を食べながらも読んだ。それ以外に特別したいこともなかったということもあるが、彼は自分の世界——故郷から逃避したかったし、それらの本は彼が知っている唯一の避難所だったのだ。

裏庭への出入りはもう彼には無制限に許されたのだったが、それで望めばいつでも柿の花や柿の実を拾いに行けたが、彼は故郷を発つまで一度もそこに行かなかった。その離れの小屋は主を失った後、閉ざされたまま放置されていた。

彼が小学校を卒業して中学生になっても母は現れなかった。それ以後、母の消息はどこからも聞けなかった。彼は尋ねなかったし、誰も彼に話してくれなかった。世間は徹底してすべてから彼を遮っていた。彼は父親がいつもそうだったように自分も世間から、世間によって隔離されているという鋭利な意識にとらわれたりもした。

「この世は彼のものでなかった。この世は彼のものでないすべての他人の側にあった」

（『生の裏面』九九頁）

10

小学校を卒業後、市内まで二里にもなる道を歩いて中学校に通い始めてから彼は現実の中で他の避難所を思い描いた。それは今まで彼が没頭してきた読書という行為のような消極的で比喩的な意味での避難所ではなかった。彼は実際に自分の世界──故郷から逃げるため真摯な計画を立て準備に着手した。彼はお金を貯めて、地図を買い求め、バス停留所になっている地名を確認した。その作業は思いの外簡単だった。いつでもバスにさえ乗れば故郷を発つことができた。バスにさえ乗ればどこにでも行けた。そしてそこがどこであれここよりはましなところだろうという希望があった。いずれにせよここよりは……。

その日、彼は市内を徘徊していて自転車に乗って帰宅しようとしている先生に会った。先生はちょっと自転車を止めて立ち止まり、何をしているんだ、こんな時間になっているのに家に帰らないのかと尋ねた。彼は何と返事していいか分からなかった。彼は自分でも何でこんな遅い時間まで家に帰らないのか分からなかった。ちょうど市の立つ日で見物するものがたくさんあった。しかし、それは答えにはならなかった。彼はそんなものには特別に興味を持たない少年だった。当然彼はどもってしまった。先生はことさら怖い表情で、早く家に帰りなさいと忠告した。そして、また自転車に乗りペダルを踏んで遠くに去っていった。先生は家に帰る途中だった。

彼は自分には帰る家がないと考えた。もちろんその考えはその時初めて考えたことではなかった。彼にはずっと前から考え続けてきたことだった。思い出してみると学校が終わり、二つの峠を越えて村に帰っていくのが楽しいことだと思ったことは一度もなかった。家というものはそうあってはならないものだ。いや、そんなところであるはずがない。

しかし、彼は二つの峠をとぼとぼと歩いて越えた。家に帰るためには彼が越えてきた二つの峠に比べると丘というしかない低い峠をもう一つ越えなければならなかった。ところが彼はその低い峠を越えなかった。その代わり彼は長い間見捨てられている教会に行った。闇がゆっくりと、しかし少しずつ暗く地面を覆いかぶさっている時間だった。

教会はずっと以前から戸が壊れていた。窓も半分以上ガラスが割れたまま放置されていた。中に入っていくと、もっとごちゃごちゃしていた。そこは割れたガラスの破片や、大小の石ころ、板切れや土埃などで雑然としていた。建物の中にまっすぐにかけられて教会の中に入ってくる人たちを見下ろしていた木の十字架も地面に落ちていた。廃墟そのものだった。彼は少し虚しい気分になった。何かしら哀れで憂鬱になった。

彼は十字架を元の場所にまっすぐに立てた。裏山のクヌギを伐採して作ったという十字架はかなり重くて一人で持ちあげるのは大変だった。彼はかばんを肩から下ろして両手に力を入れた。やっと壁に立てかけて眺めていたが、そのままその場所にゴロンと寝転んでしまった。彼は目を瞑った。何も思い浮かばなかった。どこからか鐘の音がかすかに聞こえてくるような気がした。それは遥か彼方にある記憶の中から聞こえてくる音だった。記憶の中ではいまだに教会の鐘楼から鐘を打つ音がしていた。彼はそのように寝転んだまま寝入ってしまった。

彼が目を覚ました時、教会の窓を通して空から星の光が差し込んでいた。口を開けていると数々の星がかたまって落ちてくるような気がした。星はあまりにも澄んでいてそれらをまともに見ることができなかった。時間がどれだけ経ったのか分からなかった。また、分かろうともしなかった。目を開けてそのままじっと寝ていた。不思議なことに空腹感を感じなかった。夜遅くまで家に帰らないことは何の恐れの口実にもならなかった。彼の頭の中にいろんな考えが出没した。そんな考えをまとめるのは大変だった。彼は自分が思っていたよりずっと長くそのように寝転んでいた。

とうとう彼は身を起こした。服についたほこりを払いおとし、彼は外に出た。彼の表情は戦場に出て行く戦士のように決然として見えた。彼は実際にそのような悲愴なある決心をしたのだ。

彼は村の大通りを避けて土手の道を選んだ。どれくらい歩いただろうか。山に続く道が出てきた。彼はためらうことなくその道に入っていった。山道は狭く、足に夜露のようなものが付いた。彼の手はズボンのポケットにある携帯用のマッチ箱を触っていた。キャラメルの箱くらいの小さなマッチ箱の中にはマッチ棒が三十本くらい入っていた。昼間市内で徘徊している時、買っておいたものだった。たぶん担任の先生と別れた後だったと思う。

目的地に着いて彼は足を止めた。墳墓の前だった。彼は少しも怖くなかった。彼は少しもためらわなかった。彼はかばんの中から本とノートを取り出して墳墓の前においてポケットからマッチを取り出した。時間をかけなかった。彼は直ぐにマッチをすって本とノートに火をつけた。火の勢いは、最初はブスブスと弱く燃えていたが次第に白い煙の間から勢いよく燃え始めた。三月だったし、冬を越した乾いた木の葉が火を見て喜んでいるかのように勢いよく燃えていた。彼はその場に立ってしばらくじっと炎を眺めていた。彼の内面から何か熱いものが噴出してくるような気がした。わけの分からない充満感が彼を取り巻いた。意外にも鼻の先がつんとして涙が出そうになった。彼はそんな事態を受け入れることができなかった。そこで彼は振り返って走り出した。山の中にまっしぐらに走っていった。足に引っかかる木の根が度々彼を転ばせた。何度も転びながら彼は無我夢中で走り続けた。

峠の頂きに辿り付いた時、彼は息切れがしてもうそれ以上走れなかった。彼が走ってきた峠の下の方では真っ赤な火の勢いが鮮やかに広がりながら燃え上がっていた。そして村の方からはざわめきが起こり始めていた。火事だ、火事だ、山火事が起こった……。そんな声が聞こえ、松明が点されあちこちに右往左往する様子が見えたかと思うと峠の方に向かって急いで上ってくる多くの人たちの姿が見えた。男たちもいたし、女たちもいただろう。若者たちもいたし、年寄りもいただろう。考えてみれば村全体が起き出して峠に向かって走ってきたのかもしれない。彼の口元に会心の笑みが浮かんだ。村を見下ろしながら彼は身体の鋭敏な部分をくすぐられるような奇妙な快感にとり付かれた。彼は大声で叫んだ。燃えろ、もっと燃えろ……。加速度がついた火の勢いはもっと早くもっと激しく赤々と燃え上がった。

彼は、もう一度燃えている先祖の墓と右往左往して騒いでいる村を見下ろしてから、向きを変えた。彼はもう笑っていなかった。彼の目から涙がこぼれていた。彼は静かに唇を動かして呟いた。

「これでお別れだ、僕の恥辱の時間たちよ。もうお前の元には戻らないだろう」

年譜を完成するために　1

一九六五年三月（十四歳）

「世の中は自分以外のすべての人のもの」と信じきっていたこの早熟で極度に閉鎖的な少年はついに故郷を後にした。彼が発った日、村の裏山で大火事が起こりそこに植えてあったアカシヤ、松の木、クヌギなどがすべて燃えてしまった。村の人たちが駆けつけて鎮火作業をしたが、乾いた木の葉や草の葉についた火の勢いはたやすくおさまらなかった。

もちろん、火をつけたのはパク・プギルだ。彼は父親の墓に火をつけるのが故郷を捨てる儀式だと考えた。背水の陣を敷く武将の悲愴感を模倣しているのであろうという推測は的外れでもなかろう。取り返しのつかない状況を戦略的に自ら招くこと。それによって彼の「故郷の村から必死の脱走」が始まる。この言葉は全面的には正しくはない。彼は以前から、少なくとも意識の中では、その「脱走」を絶え間なく敢行していた。これが始まりとしたら、その始まりは「始まりの現実化」、もっと正確に言えば「現実化した始まり」という意味だ。

この放火の経験が彼の作品の中で直接には再現されていない。その代わりにより内密な形として、つまり比喩という服を着て何度か露出している（『黄昏の偶像』で話者の言葉を借りて作家が話している。「父の墓に自分の手で火をつけた経験のある人でないかぎり偶像の破壊について話せない。その場合、父を偶像というのは空虚な修辞に終わる可能性が高い。隠喩としての父は、その偶像破壊も結局隠喩にすぎない」。また「砂漠の夜」でもこれとよく似た表現が出てくる)。

墓の放火に付け加えなければならないもう一つの事実がある。それは、彼が自分の本とノートを焚き付けとして使ったという点だ。彼が火をつけたのは父親の墓だけでなく本とノートもだ。彼が父親(父親が指すすべての宿命の、自分が招き入れたのではなく与えられた構造)から自分自身の解放を宣言したように、本とノート(それらが指し示す学問と出世への重圧感)からも抜け出そうとしていたのではなかろうか。いわば、司法試験でもって洗脳していた伯父に対して彼が断絶するという意思をこの場面で読み取れるのではなかろうか。

父と伯父は、彼にとってはそのまま故郷であり(思えば、故郷とはただの山川でなく人間だ。人間がつくり上げた関係だ。因縁だ。そのため故郷から脱け出すのはたやすくないのだ)、彼はその枠に対する絶縁の意識をそのようにとんでもない方法で手にすることによって故郷から脱出しようとしたのである。

故郷、すなわち関係の沼。そのあり地獄のような人情の粘っこいもの。沼から抜け出さない人たちは世の中が見えない。

それほどの薄情さ、それほどの侮辱に耐え抜く体質を身に付けられなくてほとんどの人たちは故郷(の人情)を抱き込んで暮らしている。沼でもがきながら外に出てこれないのだ。

(「神話の表情」)

そして彼は自分の試みが成功したと信じた。少なくともその時点では。そして彼は呟いた。
「これでお別れだ、僕の恥辱の時間たちよ。もうお前の元には戻らないだろう」

一九六五年四月（十四歳）

家を出る時、彼には目指していた所がなかったわけではなかった。そう、そんなものも目標と言えるかどうか……。そこに行ってどうするかとか、その次はどこに行くといった計画のようなものもなしにとにかく行ってみようとした漠然とした行き先。そこは鎮南の無極寺だった。もっと幼い時、彼は一度そこに行こうと試みたことがある。もちろん一人だったし、市内の市場に買い物に来て帰ろうとした親戚の年寄りの目に留まり諦めるしかなかった。それ以後、ずっと彼は漠然と無極寺行きを夢見てきた。無極寺に対するそれほど長く根拠のない憧れがなかったら、彼の家出はもっと後になっていたか、初めから試みられることもなかったかもしれない。彼にとってそこは、彼が生まれる前から父親が司法試験の勉強をしていた所だったのだ。

司法試験に合格して判事になるまでは帰ってこないという父。しかし、その父は物置のような部屋に閉じ込められていたし、数年前に死んだ。だから彼は無極寺で勉強している父はおらず、その父は彼に聞かせるための神話にすぎないということを充分に知っていた。ある意味では無極寺という寺さえ虚構なのかもしれなかった。彼はそんな点まで疑っていた。

そうだとすれば無極寺に対する彼の長く執拗な憧れは何であったのだろうか。特に、父親の墓に火をつけて父親と父親が思い出させるすべての心理的な負担から絶縁しようとしていた彼ではないか。そんな中で不在する——不在が確実に証明された——父に対する偽りの神話を追跡する心理をどのように理解すればいいのか。

このような推定が可能だ。人間は現実に対して絶望すると神話に依存したくなる。神話は現実の反映でなく現実の分かりやすく美しい歪曲なのだ。反映だとしたら歪曲の反映だ。個別的な無意識の夢を公式化することによって現実を越えていこうとする欲望、それが神話を誕生させ、神話を受け入れられるようにする。現実の中の父を否定したパク・プギルが父親を探していく過程をこんな点から理解すると矛盾しない。要するに現実の中の父を否定したために彼は無極寺に向かえたのだ。彼には違った父親が必要だった。彼は無極寺に行くことによって神話の中の父親を完成しようとしたのだ。神話は事実の領域ではなく信頼の領域にある。ここでは真か偽りかという論争は意味を失う。

しかし、この旅は冒険が伴う。ひとつ間違えると、事実の領域に足がはまり込んでしまうことになり、そのようになると神話を目茶苦茶にしてしまうことになるからだ。そこで彼は無極寺を「神話の世界」と見立てて訪ねようとした。彼が自分の行き先を無極寺に「漠然と」選定していたのもこのような脈絡から理解できる。要するに彼にとって無極寺は「漠然とした」ある所だったのだ。こんな時、彼が無極寺に向かって行くというのはどんな意味をもつのだろうか。それは彼が故郷（現実）を離れるということと同じ意味だ。それ以上の意味でもそれ以下の意味でもない。ここでの無極寺は故郷と対極の位置にある。彼が故郷（現実）を離れるというのは、まさに無極寺（神話）の中に入っていくという意味だ。

したがって彼は必ずしも事実の世界の中にある無極寺まで行く必要はなかった。違う。彼が実際に事実の世界の中にある無極寺に行くとしても、すでに彼は事実の世界を超越しているので関係がないわけだ。その無極寺は事実の中の無極寺でなく、神話の中の無極寺になるからだ。

そこで結局どうしたというのか。無極寺に行ったというのか、行かなかったというのか。彼は行ったのだ。無極寺は鎮南に実際にある寺だったし、彼は実際にそこに行った。結構名が知られている寺らしく、寺の入口まで道が舗装されていて、色とりどりの帽子をかぶって肩にカメラをかけたいかにも団体の観光客風の男女の姿が見られた。寺へと続いているかなり広い道の両側には、大人たち数人がやっと取り囲めるくらいの大きな幹の木がうっそうと茂っていた。その片方には低いところへと流れている小川もあって、彼はそこで顔を洗った。水は透明に澄み切っていて氷のように冷たかった。

寺は外から見てもとても大きかった。ところが彼にとってはそんなことは重要ではなかった。彼はその寺をすべて見て回らなかった。そんな考えは初めからなかった。彼は観光客ではなかった。彼が無極寺に来たという事実だけが重要だった。無極寺の「事実」は打ち克たなければならない対象だった。彼の関心は無極寺の「神話」だったのだ。その神話の中の「無極寺」に父を蘇らせることが急務で、それで満足した。

しかし、苦労してそんな努力をする必要さえもなかった。彼は意外にも「事実」の中の無極寺で「父親の痕跡」に出会ったからである。

どう言えばいいのだろうか。私は混乱に陥った。顔中髭だらけのこの山賊のような男（ああ、長い間物置のような部屋に閉じ込められていた父にどれほど似ていたか）の言葉が信じられなかった。信じられなくて私は何も言えなかった。

「さあ、どんどん食べて。これも……。そしてもっと詳しく話してごらん。彼がどのように死んだというのかね？」

彼が私の前に置いてくれたドングリムク〔どんぐりのでんぷんで作った寒天状の食品〕に手が出なかった。現実の中で否定してしまった父親を神話の中で蘇らせようとした私の無意識の祈りを父親は許さなかった。父は神話の中に位置することに満足できなかったのだろうか。私が拭い去ってしまった現実の中にひょいと顔を突き出す、父の意外な出現に私はとても当惑した。

どうして私は自分の存在を認めてしまったのだろうか。私はまず自分自身を責めるしかなかった。こともあろうにその食堂が父と関連のある食堂だったとはいったいどういうことなのか。折悪しくその食堂に入っていったことが過ちだったのかもしれない。そうでなければ耐えられないくらいにお腹を空かしていたことが？　いいやそうではない。そんなことのせいにしている場合ではない。この見知らぬ土地で私を（もっと詳しく言えば父を）知っている人がいるとは私がどうして想像できたであろうか。男は食堂の中に入ってくる私を見た瞬間、すぐに父の名前を呼び、私はその奇襲を受けて驚くひまもなしに、すぐに何がなんだか分からないまま頷いてしまったのだ。それがすべてだ。するとその男は片隅のテーブルに私を押し寄せて座らせ、私は質問攻めにあったのだ。

「あんな難病にさえ罹らなければ彼はとっくに出世していただろうに……。初めから頭が悪くて意欲もない私のような者とは全然違っていたし……。そうだ、君が本当に彼の息子だというのかい……」

男は続けて頷きながら、同じ言葉を何度も繰り返した。その頃を思い出すかのごとく度々視線を遠くに投げかけていた。彼の説明によると、彼と父は無極寺に部屋を一つずつ借りて司法試験の勉強をしていたという。もちろん彼だけでなく同じ目的で部屋を借りている若者が他にもいた。

彼の話によると、父は彼らの中でも飛びぬけていた。父は司法試験の第一次試験はいち早く合格していた。そしてそこでいっしょに勉強している受験生の中で最も早く、そして最も確実に合格の栄誉を勝ち取ることを疑う人は誰もいなかった。父はそんな期待を受けるに充分なほど優れていて賢く意欲もあり誰よりも熱心だった。そしてそれが禍の元だったのかもしれない。彼の飛びぬけた聡明さと意欲が運命の神の妬みを買ったのかもしれない。初め彼は度々頭が痛いと言い、それにもかかわらず病院に行って治療を受けようとしなかった。そのうちにペンを握っていた手がふるえ、頭痛がひどくて自分の頭をかきむしり、時々奇声を張り上げた。そしてちょっとの間失神して倒れたりした。

知らせを聞いて実家から親戚の者が訪ねてきた。父は帰らないと強情を張り、親戚の者も勉強をそこで中断するのが惜しくて父の強情を聞き入れて数日待ってみたが、状態はますます悪くなっていった。結局、声を張り上げて帰らないという父を伯父が無理やりにつれて寺から出ていった。

「彼が寺を出ていった後、全然勉強する気にならなくなってね。私なんか親がやいやいと言うので仕方なく勉強していたからさ。私自身は以前から司法試験には初めから関心なんかなくて、彼がそのように寺を出ていった後からはもっと嫌になって。実は以前から度々寺を出たり入ったりしていたんだ。その時私を寺から引き出そうと躍起になっていた女がいて……。なるようになるさという気分になってそのまま……。結局、その女といっしょに暮らすようになり、ここでこのように暮らすことになったんだよ。こんな姿で。これも食べてごらん……。そう、本当にお父さんそっくりだな」

父のように髭だらけの男は過去と現在（父と私）を行き来しながら、同じ言葉を何回も繰り返した。私は彼が父の話を引き出し自分の現在を自責していると考えた。話をしている間、時々台所の方に目をやりちらちら見せる暗い表情は父に対する憐憫の情だけではないようだった。

私はすでに彼の話を聞いていなかった。現実の中で否定してしまった父の位置を私の神話の中につくり上げようと訪ねてきた無極寺で、先に来て私を待っていた現実の父に会った衝撃があまりにも大きくて私は気を取り直すのが困難な状態だった。

（「父の痕跡」『生の裏面』一九八―二〇〇頁）

一九六六年二月（十五歳）

この世界は自分が住む家ではないという摑み所がない気持ち、ところがこの世界を乗り越えられない絶望感。道はどこにでもあったが、どの道も私のための道ではなかった。住む家を持てない者の流れる雲のようなさすらいに自由という名をつけるのはただの慰めにすぎない。私は自分がこの世界の片隅を限りなく徘徊するだろうという不穏な予感に早くから捉われてしまった。

（「真っ裸の青春」散文集『幸福なマネキン』七九頁）

十五歳の幼い少年が耐え抜くには目的のないさすらいの生活はあまりにも苦しく過酷だった。彼は故郷を飛び出して三カ月にならない前にすでに自分の家出を後悔した。そして五カ月になった時、彼の身体と精神は極度に弱りきっていた。その頃、彼は五日ごとに市を開く市内を徘徊していた。

それまで彼は昼はあちこち歩き回っていて夕方になると漫画屋に入って武勇伝と推理小説などを夜通しで読み、店の様子を窺いながらうずくまって寝たりした。それが一番安くて安全な宿泊方法だった。もちろんそんなやり方を知っているのは彼だけでなく他に多くいた。彼は自分より年が上の大人たちの間に入り込んで一晩を過ごした。

そんな風な生活も懐にお金がある時にできることだった。まもなく彼の懐は空っぽになり、世の中は何も持っておらず、縁故もなく身なりが汚らしい不満だらけの少年には寛大ではなかった。いつもお腹が空いていて足が痛く、寂しかった。最も運が悪かったのはやくざに捕まり殴られたことで、二週間くらい無理やりに靴磨きをさせられた。彼は必死で逃げ出し、その町を脱け出した。あちこちに危険が潜んでいた。どこでも、誰も友好的ではなかった。

それでも都会は田舎よりはましだった。彼はそのように思った。道が狭くなり車が見えず低い建物が目に付き人影が少なくなると、彼は急に不安になり町の中心地に急いで足の向きを変えた。田舎はあまりにも寂寞としていて摑み所がなかった。それが理由のすべてだっただろうか。必ずしもそうではない。彼はもしかしてその道が故郷の村につながっているのではないかとはらはらしたりした。それがまさに彼が市外バスの停留所や道端に新聞を敷いて寝ながらもいつも都会の周辺をうろうろしようとした本当の理由だった。

（「寂しい正午」）

しかし、そんな話はこれくらいで満足することにしよう。貧しさと寂しさは、ある意味では季節と関係なしにいつも着て歩いた一着の唯一の下着のように身についていた。だから貧しくて汚らしい話はこれ以上引き出すのはやめよう。

すぐに冷たい風が吹き出し、冬を迎える何の準備もなく町の中を徘徊するのも大変になった。その年の冬に彼は漫画屋の店員を経て中華料理店の配達をしながら寝る所と食事の問題を解決していた。その経験を通して貧弱な労働力であっても、それで最小限度の寝る所と食事は何とかなるという都会の生活を身に付けるようになり、彼はそれで満足した。

夜遅い時間に仕事を終えて帰り、疲れ切った身体を横たえる時の「部屋」の暖かい床が、その時の記憶として残っている。もう一つの比較的鮮明に残っている記憶は、同じ部屋でいっしょに寝ていた厨房長のキムさんに関するものだ。彼は農業が嫌で三年前に家を飛び出したのだが、当時の有名な映画俳優であるホ・ジャンガンとよく似た容貌を頼りにして映画俳優になるといって夜ごと鏡を眺めながらあらゆる表情を作って見せる二十七歳の独り者だった。

店を早く閉めた日は彼についていって近所の映画館で、俳優のチャン・ドンシクやパク・ノシクが街の裏通りを練り歩きながら喧嘩をしてまわる国産の映画を観たりした。そんな日の夜は厨房長はさらに長い間、鏡の前を離れず、彼もやはりただで映画を観せてもらったお返しでたいしたことのない厨房長の演技を鑑賞してあげるという大変な思いをしなければならなかった。

冬が過ぎて彼が中華料理店を辞める前に、厨房長のキムさんは演技学校に入らなければ俳優になれないと言って（彼は週刊誌の定期購読者で、そこにはキムさんのような人に虚栄心を煽り立てる私設演技学校の広告記事が時々載っていた。その広告は誰でも有能な演技者になれるとささやいた後、ただしそのようになるためには学校で指導を受けなければならないとそそのかしていた）、ソウルに上京していった。

それ以後、キムさんとは再び会えなかった。もちろん映画に出演したという噂も聞けなかったし、スクリーンの中でその細長い顔を見ることもなかった。どんな町でも看板が目に付く平凡な中華料理店で厨房長として働いているだろう。そしてうまくいっていたらしっかり者の女性と出会って、とあるみすぼらしい裏町に一五坪ほどの中華料理店を経営しているだろうとパク・プギル氏は思っている。

今になって考えてみると、初めから映画俳優になれるという才能を持っているようには見えなかった人物だった。ホ・ジャンガンに似ているというのもそうだった。仮にそれが本当だとしてもそれだけで映画俳優になるだけの「才能」があるとは言えないものだが、顔が長いということを除いてはホ・ジャンガンに似ている面はほとんどなかった。

中華料理店でご飯を食べさせてもらっていたその冬のある日の夜、彼は夢の中で初めて父親を見た。一生ついて回って彼の意識を不自由に締め付ける夢の中の父。父親に関する夢。夢の中に現れた男は身体が不自由だった。手と足は何かで括られていた。それが何であるかはっきりと見えない。深く濃い暗黒、それだけだ。そして我慢できないくらい暑い。井戸のように深くくりぬかれた目が哀願するように彼を見ながら水がほしいと頼んでいる。口は開いているが「水」という言葉になって出てこない。口の中には唾が少しも溜まっていない。その表情がどれほど切実か、それを見ているだけで胸が溶けてしまいそうな感じだ。しかし、彼は水をひさごとごくごくと飲みながら男には渡してあげない。男が彼に手を差し伸ばす。その切実な欲望の発現である長い手がほとんどひさごに届こうとする。

彼は不思議にも激烈な敵意を表し（理解できないことだが、その生々しい敵意の理由ははっきりと表れない）、その男を睨みつけてひさごを投げ捨てる。ひさごは粉々に割れてしまう。

男は限りなく恨めしくとても失望した目つきでちょっと彼を眺めていたが力なくその場に倒れてしまう。熱くて固い床が男の身体を受け止める。そして男は動かない。息もしない。彼が近寄って心臓に手を当ててみる。心臓が止まっている。手を放す。先ほどの恨めしさと失望をそのまま烙印して持っている男の顔が彼を睨みつけている。そのまま戻ろうとしていきなり押し寄せてくる寒気のために振り向いてみる。床に寝転んでいる男は、あまりにも鮮明に彼の父親の姿をしている。彼は後ずさりをする。父の顔がクローズアップされて目の前に近づいてくる。彼はただひたすらに前だけ見て走っていく。いくら走っても同じ場所だ。父の恨みと失望がいっしょに混ざった表情がいつまでも彼の目の前に立っている。我知らず声を上げて目を開けた時、彼の身体は汗でびっしょり濡れていた。夢は実際に起きたことのように生々しかった。

それが始まりだった。その日以後、父はしょっちゅう夢の中に現れた。夢の内容は大体似ていた。一つ残らず彼が父を殺害する夢だった。彼が使う殺害の道具や事件が起こる状況は少しずつ違う。ある時は包丁で、ある時は爪切りだ。ある時は拳闘している時で、ある時は狩猟している時だ。その差異は強調すべき事項ではない。そのすべての夢は現実よりもっと生々しく精巧だ。それで無視できない。後で彼はそんな意味のある悪夢にあまりにもさいなまれて眠ることが恐ろしくなるほどだった。

父を殺害する夢のモチーフが彼の作品の中に頻繁に登場するのはおかしなことではない（『黄昏の

偶像』と『慣れた関係』を読むこと、そして『ペストの場合』と『生の裏面』を参考にすること）。オイディプスは早くから彼にとても親しい人物だった。その深い内面心理は逆説的な愛情だ。要するに殺害するほど極度に愛しているのだ。神話に登場する古代人たちの意識に、愛しているために「食べる」という概念はとても自然である。問題となるのは愛の程度、または愛があるとかないとかではなくその方向だ。

一九六六年五月（十五歳）

彼が中華料理店をやめたのはその店の主人が彼を追い出したからだ。正真正銘の中国人のように非常なけちで顔も身体も平べったい四十代半ばの「北京飯店」の主人夫婦は、愛想がなく人懐っこくないパク・プギルが気に入らなかった。使いにくかったという方がもっと適切な表現かもしれない。決定的だったのは、不親切だという口実で言いがかりを付けてきた客とどうしようもなく喧嘩してしまったことで、その後、主人は彼を追い出した。喧嘩だとは言え、実際にはパク・プギルが一方的に殴られた喧嘩だった。客はやっと二十歳を過ぎたくらいに見える男だったが普段からパク・プギルを訳もなくいじめていた。

その日も水のコップに指が入ったという話にもならない言いがかりを付けてきたかと思うと殴りかかってきた。パク・プギルは我慢できなくて言い返したのだが、彼の喧嘩の相手にはなれなかった。

鼻血が出て歯が揺らいだ。ところが主人はどちらが正しいか判別をしようともしなかった。「客は王」というありきたりの警句がその店の厨房の前にも貼り付けられてはいたが、そのためだけではなかった。問題を起こした客は近所の裏通りで顔を利かせている何とか言う組織暴力団のチンピラで、それが主人がその男の前でぺこぺこする本当の理由だった。

いくらかのお金を手渡しながら、主人はお前はこんな場所にはふさわしくないという評価を付け加えた。その言葉は、理由ははっきりしないが、パク・プギルがそこで働いている間ずっと主人には使いにくかったという告白でもあった。彼はこれといった未練もなく北京飯店を出てきた。

その都市を離れるつもりでバスに乗った。適当なところで降りてしばらく歩いて、またバスに乗った。時々、穀物を積んでいるトラックの後ろにぶら下がったりしてあちこちをうろつきまわった。そしてついにどこか賑やかに見える大きな町にたどり着いた。どこかに寝る場所と食事を解決する所を探さなくてはと思ったが、北京飯店の主人の忠告を受け入れて中華料理店では働かないようにしようと心に決めた。その人の忠告だからというだけでなく自分でも合わないと感じたからである。ところが、自分と合うのはどんな所なのだろうか。彼はしばらくの間そんな所を探すことができなかった。

労働力さえ提供するといつでも寝る所と食べる問題は解決できるという町に対する信頼にも少しずつ懐疑が生じ始めた。素性がはっきりしない十五歳の、その上あまり力もないように見える少年をたやすく雇おうとする人はほとんどいなかった。彼は、直ぐに自分が労働を提供する場所をあれこれ考えて選べる立場にないということを覚った。性に合わなくても彼がたやすく寝食の問題を解決できるほとんど唯一の就職の場が中華料理店だという事実を。

彼が新しく働き始めた中華料理店は「中国館」だった。北京飯店より規模が大きく仕事も多かった。働いている人も多かった。厨房の仕事は主人の男と一人の女性がいっしょにしていて、パク・プギル以外にも自転車に乗って配達する者がもう一人いた。名前はイム某という人だったが、口数が少なく少しでも時間ができると英語の文法の本などをいつも手にしている真面目な人だった。独学で高校入学の検定試験を受ける準備をしていると言っていた。レジに座っている若い女性がいたが、彼女は厨房長兼主人の男の妻の妹で未婚だと言った。彼女はレジの横に立ててある丸い鏡をしょっちゅう眺めながら流行歌を口ずさんだり、ガムを噛んだりしていた。パク・プギル氏はそこでも主に配達の仕事をして、店の床の掃除や買い物の使い走りなどを手伝わなければならなかった。

特別に記憶に残るほどのものはない。いつも鏡を見て流行歌を口ずさんでいた主人の義妹が配達の仕事をしているイムさんに恋心を示しながら誘惑していたことくらい？　ところが、イムさんは意外にも脇目もふらず、検定試験の勉強にだけ猛進している奇特な人だった。そんな意味で彼もやはり中華料理店には合わない人だった。彼女の積極的な攻勢にもかかわらず、彼がそこをやめるまで二人の男女の間には記憶に残るほどのことは発生しなかった。

北京飯店を経て次には中国館で、食事として食べた肉ミソ麺のジャージャー麺とチャンポンの脂っこさが、その後パク・プギルを中華料理店の傍に近寄らせないようにした。

彼の父は相変わらず頻繁に夢の中に現れた。そしてすべてのことがそうであるように、そんな夢も回数が増えることによって衝撃の鋒先も次第に鈍くなっていった。衝撃と痛みは頻度と反比例する。初めが一番辛い。慣れてくる段階を経て衝撃や痛みは自然に内面化する。日常化した衝撃はもうそれ以上衝撃とならない。そんな過程が彼の内面で起こった。彼は夢の中で度々父を殺害した。しかし、それ以上「父の殺害」は彼の心を激しく打たなくなった。少なくとも以前のような強度では。もちろんこの事態はもっと良くない。

一九六六年九月（十五歳）

その人に偶然に出会うまでパク・プギルは自分がこの町に以前一度来たことがあるのに気がつかなかった。

予定された出会いというのはどれほどあるだろうか。人は偶然に出会って思いがけなく別れる。それが人生だ。そうではあるけれどもその出会いはあまりにも思いがけないことだった。昼食の時間だったし、一日のうちで一番忙しかった。彼は隣の建物に賃貸で入居している不動産屋にジャージャー麺と焼き飯を配達し終えて、まさにドアから店に入ろうとしていた時だった。その時、ちょうど少し開いているドアの隙間から顔を出した厨房長が彼を呼んだ。

「また、行ってこなくちゃ。ヒョンジョ、お前ミンドウレ喫茶店を知っているだろう？　うどん二杯だ」

その瞬間、部屋で食事をしていた団体の客たちの中の一人が首を突き出して外を眺めた。その人の顔にしばらくの間驚きと考えられないという表情がよぎった。彼は食器に箸を置いて立ち上がり手で合図をしながらドアの方に近づいた。その時、ヒョンジョはその男を見た。故郷の貧しい教会を頑なに守っていた伝道師。ある落ちぶれた家門の嫁をそそのかして夜逃げしたという激しい非難の噂の主人公。しかし、彼には他の、より鮮明な印象を残して去ってしまった男。

それにもかかわらず彼との出会いはどうしたことか懐かしいというよりは気まずかった。ありふれた喩えのようだが、何の運命のいたずらなのかと思われた。

「ヒョンジョじゃないか。ヒョンジョだね。君がどうしてここに?」

伝道師は彼の手をしっかりと摑んだ。

(『私の中の私』一九二頁)

そのように伝道師と出会った。彼は、伝道師の手を握ってある町のとても大きい教会についていって使徒行伝を暗誦し、十戒を暗誦したことを思い出した。その時まで彼はここがその町だと気がつかなかった。伝道師は以前に比べて少し肥っていて、顔や髪型はよりすっきりとしていた。神学の勉強を終えてかなり大きな教会で仕事をしていると言った。

伝道師はパク・プギルが話をする前に(彼は話をしようとしなかった。どうしてか話したくなかった)、彼が家出をしたのに気づいていた。そしてそうなることも理解できるといった風な表情までつくって見せた。両親がいない子どもが受ける世間からの蔑視と虐待……といった風に、彼は誤解していた。しかし、パク・プギルは相手がしている勝手な誤解を解こうとする気が起こらなかった。結果的には伝道師の誤解が、彼の誤解がなかったらとても長くためらったであろう決断をたやすく下させた。

彼は警察官の妻になって六カ月ほど経った母に伝道師を通して会った。彼女は伝道師が働いている教会に通っていたのだ。

母との再会は彼に何の感動も与えなかった。周りにいる人たちのことなど考えもせず、泣き続けながら自分自身を責め、自分の運命を恨む言葉だけを繰り返している母の様子がしきりに気になって、彼はそこに居づらい思いがしたことだけが鮮明に記憶に残っている。彼は母親が泣き喚いている間、頭を下げたまま何も言わずにいた。理解できない感情の荒廃と不毛。それは自分を除いて他のすべての人を驚かせた。特に、母を失望させた。彼女は息子の無感動に驚き、恐ろしくなった。そのため彼女はもっと激しく自責の念にさいなまれた。

しっくりしない再会を見守っていた伝道師は何度もゴホン、ゴホンと空咳をし、片隅で涙もかれるかと思うほど泣いた後も、まだ泣き足りないのか涙を拭きながら泣きじゃくっている母と低い声で何かを話し合っていた。母はその時に至っても感情をうまく整理できなくて泣きじゃくり充分に話せなかったが、パク・プギルは彼らが自分のことを話しているのだとぼんやりながらも気がついていた。

一九六七年（十六歳）

ソウルに引っ越すと同時にムンガン中学校二年生に編入。

母は警察官である夫を説得できなかった。彼女の夫は前夫の子を受け入れる心の準備が全くできておらず、そんな寛大な心は雀の涙ほどもない人だった。彼は気が短く、すべてに神経質で、家庭でも時々暴力をふるった。伝道師が間に入って話したが、彼は頑として聞き入れなかった。気の毒に思った伝道師が自分がパク・プギルを引き取るとまで言ったが、その時、彼にも家族がいて可能なことではなかった。彼女はいろいろ考え抜いて、ソウルに住んでいる遠縁の親戚に相談することにした。

その親戚が毎月食べるお米をきちんと送るという条件でパク・プギルを引き受けたとは思えない。それより気の毒な母子に対する哀れみのためだったであろう。正確な親戚関係も知らず、彼がおじさんと呼ぶ（おそらく母方の五親等か七親等くらいになるのではないだろうか）親戚の夫婦は早朝に出かけて夜遅く帰ってきた。その夫婦は一日中近くの市場で白菜や大根、ほうれん草などを売っていた。それでもソウルの生活は苦しくて彼らは丘の上に建てられたバラックに十二年間住んでいた。家庭の事情がそうであるだけに居候を特別に世話をする心のゆとりはなかった。初めからそんな期待は不可能だった。幾日も彼らと顔を合わせないことも度々あった。それくらいは何でもなかった。従兄と交代でご飯を炊かなければならなかったし、自分の洗濯は当然自分でしなければならなかった。

その家で生活している間、大人たちから忠告されたことはなかった。もちろん彼にだけそうだったのではない。その家の大人たちは自分の息子に対しても同じく放任主義だった。何かの信念のためにではなく、状況のためどうしようもなく身についた放任。親戚の家に居候したとはいえ、実際には自炊と同じ生活だった。

母はほとんど来なかった。時々手紙を送ってきたが、その手紙に綴られている言葉にもならないほどの胸の痛い顛末がパク・プギルをしばしば惨憺たる気持ちにさせた。母と息子の間がこのような思いがけない運命に置かれなければならない現実に憤りがこみあげた。彼に願いがあったとしたら、悲劇の主人公になっている母の涙の泉を閉じることだった。

学校生活には全く満足できなかった。二年間学校生活をせず、学校の勉強に飽き飽きした後だったのでソウルの生徒たちの勉強についていくのが大変だった。健全な社会の構成員になるために勉強をして学校に通わなければならないという事実に対する懐疑が彼を捉えていた。勉強だけが問題なのではなかった。まず、彼は自分が使っている故郷の訛りに対して見せる級友の根拠のない偏見と過度な好奇心に気分が悪かった(この主題に関連して書いた短い散文が一篇ある。『幸福なマネキン』に載っている「田舎者の思想」がそれだ)。また、彼が平均して同じクラスの友だちに比べて二歳も年上だという点も全く影響がなかったとは言えないだろう。それで今までの閉鎖的な性格がさらにひどくなり、彼はいっそう非社交的な少年になっていった。

彼は誰とも付き合わなかった。習慣のように学校に通ったが、そして少なくとも外見上はおとなしい生徒だったが、それは彼の本来の姿ではなかった。彼の内面では溶岩が燃え盛っていた。その溶岩は爆発する時点と場所を選択できずに、無意味に内部でだけ破裂を繰り返していた。彼はすでに世間に対して知ることは知ってしまった、可哀想な大人びた少年だった。

工業高校に通っていた従兄は未成年なのにタバコを吸い、学校から帰ってくるとラッパズボンに履き替え女の子に会いに出かけていった。父母の身についた無関心を利用して彼は時間を気ままに使った。その従兄からおそらく大げさではないと思われる「女性」体験談を数限りなく聞いた。大部分が気持ちが悪くなる話だったが、パク・プギルがそんな話に何の好奇心も持たなかったと断定するのはよそう。その従兄は『プレイボーイ』という外国の変わった雑誌を家に持ってきて彼に見せてくれたりもしたが、そこに載っている真っ裸の女性たちの写真を見てから数日間は奇妙な気分に捉われて過ごしたりもした。夢の中にそんな女性が現れてきた。彼が夢精をしたのはその頃だった。この記憶は「夢の中の楽園」に比較的詳細に描写されている。

その従兄に対する道徳的ななじりではなく、自分自身に対する羞恥心が彼をその従兄から遠ざけた。彼はその家を出るまでその従兄とほとんど口を利かなかった。

この頃彼は日記を書き始めた。日記とは言うものの、誠実の象徴のように毎日きちんと書き記す日記ではなかった。気が向くまま、ある時は一日に二度も書いたが、ある時は一カ月に一度も書かないこともあった。そこに書く内容もその日にあった事実的な記録ではなく（彼にとってどんな一日も新しかったり特別ではなかった。したがって彼が事実を書こうとしたら彼は一日分の日記しか書けなかったはずだ）、大部分は内面のあやしい動きを精巧に（そのためどうしようもなく濾過されない感情の過程にも陥り）捉えたものだった。その内容だけでは一体この人がその日何をしたのかは分からない、全く日記らしくない日記を書いていた。彼は自分でも意識しないうちにそんな風に自分なりの文学授業を始めたというわけだ。結果的にそうだという意味だ。

一九六八年（十七歳）

彼の母親は三十八という歳で息子を産んだ。その消息を従兄から聞いた。母は直接何も言わなかったし、その従兄の両親である叔父夫妻もどうしたわけかその消息を知らせてくれなかった。彼はこの期待していなかった弟の出現に特別な感情を示さなかった。もちろんその弟は彼とは違う姓を持って生まれた。この国は父親の姓を引き継いで生まれるのだが、その子の父親はパク氏ではなかった。

この年、彼は二つの小さな筆禍事件を起こした。その一つは気候が寒くなり始めた頃に年中行事で強要される「軍隊の将兵」に送る慰問の手紙だった。彼は他の生徒がするように慣行化した常套的な慰問の文章を書くことで自分に課された、三文の価値もない手紙を書く負担を少なくしなければならなかった。果たして「寒さを感じる今日この頃、前線を守るのにどれほどご苦労なさっていることでしょう？　私たちは前線で苦労なさっていらっしゃる軍隊の将兵の皆様の犠牲のおかげで」云々といった風に。すべての軍隊の将兵の皆様が前線で国防のために奉仕しているわけがあるだろうか、また、そんな風なありふれた通り一遍の手紙をどんな真心で彼らが読んでみるだろうかというのは慰問の手紙を義務として書かなければならない生徒たちがする必要のない心配だった。ところが彼はそのルールを犯した。

彼は常套的な慰問の手紙を書く代わりに、常套的な慰問の手紙を書く煩わしさについて書いた。何の感動もなしに書かれたこのような無味乾燥な手紙を読んで感動する軍人が一人でもいるのだろうかという、これは慰問の手紙でなく義務の手紙だと、したがって全国の小学校・中学校・高等学校の生徒たちをすべて動員してこのような慰問の手紙を書くことを強要することはいろんな側面から見て何の得にもならない浪費であり、それこそすぐにでもなくさなければならない下等で不必要な慣行であるという彼の文章は、歴史科目を教えていた担任の先生の目に留まり「前線にいる軍隊の将兵の皆様」に配達されなかった。

その事態は良かったと言えばいいのか、悪かったと言えばいいのか分からない。彼は教務室に呼び出されひどく叱責された上、二、三回顔を殴られた。ちょうど教務室に座っていた先生たちはその手紙を回し読みしたが、彼らの反応は一人残らず、途方もなく生意気であきれたものだということだった。「考えていることが過激ではあるが、間違ってはいないね。文章もなかなか上手だし」と好意的にコメントしてくれたのは国語科目を担当している若い先生だった。その先生はおもしろそうにニコニコ笑いながらパク・プギルの顔をじっと見つめた。

もう一つの筆禍事件は開校記念の行事の一つとして開かれた綴り方大会で起こった。慰問の手紙事件があってから二カ月後のことだった。この行事は全校生徒が参加して詩と散文、習字の中で一つを選んで書くことになっていたのだが、パク・プギルは散文を書いた。「海」、「私の願い」、「父」がその日の散文の題だった。彼は「父」という題で散文を書いた。必ずしもその題が気に入って書いたのではなかった。それより他の二つの題では自分が文章が書けそうにもなかったからだ。散文の主題の一つはあまりにも叙情的だったし、もう一つはあまりにも抽象的だった。この前もそうだったが、今度も彼は自分の文章が周りの人たちの注目、「比較的多くの好意的でない斜視」を受けるだろうとは全く考えなかった。ところが結果はひどかった。彼は三日後にまた教務室に呼び出された。今度は彼を呼んだのは若い国語の先生だったが、その横に生徒の生活指導を担当している倫理と担任の先生がいた。

「文章は、もちろん一時的に想像力の産物であるが、その想像力は現実と一致しなければならない。何のことかと言うと、私たちは想像力をもって現実を超越して現実を曲げたりもするが、しかし、客観的な現実自体の否定は危険であるという意味だ。想像力を通して現実を昇華させなければならず、その反対のことをしてはいけないだろう。私が言いたいことは想像力の限界ではなく、いわば想像力の方向だ。だから……」

私は彼が何の話をしているのか全く理解できなかった。理解できないでいるのは、ずっと指揮棒で自分の掌をトントンと叩いている倫理の先生もやはり同じようだった。彼はあきれたという表情で自分の息子くらいに見える国語の担任の先生を見下ろして苦笑いをしていた。国語の先生は座っていて、彼は立っているのに背の高さがそう違わなかった。とうとう倫理の先生は指揮棒を取って私の肩先を軽く叩きながら、国語の先生のその長く複雑で曖昧な話を簡単に圧縮した。

「だからうその文章を書くなということだ」

「いや、私の話は……」

国語の先生が慌てて言い直そうとした。彼は何かをとても憂慮しているように見えた。彼は何を憂慮しているのだろうか？　私の身の上？　私の身の上が危険な状態に陥っているということなのか？　何のために？　私は何にも考え付かなかった。

彼が創作行為における表現の問題とか想像力の制限のような敏感な主題を前にして彼なりに苦労しているという事実に、その時私がどうして気づけたであろうか。それは私の能力を超えたことだった。

「私が言いたいことは、話をつくり出すということが悪いことだというのではなく、そのつくり出した話が危険なことになる可能性があるということだ。頭の中ではすべての想像が可能だが、それが具体的に文章として形状化され、その上それが事実を基にした自分の告白的な文章である時は……」

「キム先生はまた何の戯言を……。自分の父親をそんな風に勝手に書き並べる奴がどこにいるんだ？」

倫理の先生は指揮棒でいたずらでもするように私の頭をコンコンと叩いて、国語の先生は、困り果てたという表情で父親と同じくらいの歳に見える倫理の先生と、とんでもない二人の先生の神経戦を前にしてどういう態度をとればいいか分からず様子ばかり窺っている私を見比べながら困った表情をしていた。

(「問題児」『生の裏面』三一〇頁)

自分の父に対する非常に写実的な陳述が周りの人たちの精神に衝撃を与え、想像力の弊害を憂慮させることを知ったのは、自分の環境、または運命が他人とは違うという事実を再度確認させた。それは「彼ら」の広くてしっかりとした世界と自分の狭くてみすぼらしい世界の間に堅固な塀をつくり上げる衝動を起こさせた。

綴り方大会で当然彼は何の賞も取れなかった。国語の先生が残念がり激励はしてくれたが、しかし、それは彼を慰労するものではなかった。どうしてかと言うと彼は自分が慰労される必要があるとは思っていなかったからである。それ以後、彼はどんなところにも自分の文章を出したりしなかった。学生時代から各種の文学賞を渉猟してまわる華麗な経歴を持っている他の作家たちとは違って、小説家として文壇に登場する二十六歳まで、彼にはどんなつまらない受賞経歴もなかった。

一九六九年（十八歳）

　中学校を卒業する時、彼はクラスで五人ほどが受ける優等賞をもらった。しかし、彼が受賞する様子を見守った人は誰もいなかった。誰も彼の卒業式に来てくれなかった。そして彼は、卒業アルバムに写った団体写真以外には中学校の卒業式の写真は一枚もない。彼が悲しがったとか残念に思ったという意味ではない。彼はかえって誰かが自分の卒業を祝うために花束でも持ってきたとしたら、その意外な事態がとても不思議に思われぎこちなく感じられたことであろう。言い換えれば、慣れてしまうとどんな傷も傷にならない。

　そしてその年、彼は高校生になった。漢江の川べりにあるミョンソク高校。彼の高校進学はどこまでも彼の母が自分自身でつくり出している自責の念の副産物だ。彼女はすでに学校生活にあまり興味を持たなくなっている彼を諭しながら無理やりに試験を受けさせた。どんなことがあっても男は高校くらい出ていなければ使い物にならないというのが彼女の一貫した論理であり、その言葉の中にパク・プギルは母の財政的援助は高校までだという暗示を受けた。特別に面倒を見てくれる人もおらず、孤児とさして変らない、妻が前の夫との間に生んだ子を自分の家に受け入れられないとしている一人の警察公務員である度量に対する体面も一役買った。その男を説得するために母は生まれたばかりの息子を武器に使った。

高校生になってから彼は親戚の家を出て学校近くに部屋を借りて自炊を始めた。人に貸そうと家の後ろに手抜きで建て付けた狭くてみすぼらしい、そのため昼間でも陽が全く射さない、暗くてじめじめした部屋で彼は三年間、そしてずっと後になって戻ってきて十カ月暮らした。誰も借りようとしなかったこのひどい状態の部屋に対する彼の特異な親しみの感情は格別だった。これは一時的にその部屋と自我を同一視したことから来たものであるが、これに対する内面の心理の微細な動きは彼の未発表の『地上の糧』に精巧に描写されている。

この部屋で彼がすることは、主に何もしないことだった。その次はむやみやたらに本を読むこと。近所にある古本屋にはありとあらゆる本がすべて並べられていた。彼は学校に行くことを除いてほとんど外出しなかったが、唯一の外出は古本屋に行くことだった。一週間に一回以上その古本屋に立ち寄った。読んだ本はすべて返すという条件で彼はお金を少しだけ払ってたくさんの本が読めた。読書も趣味なのかというあまり感心できない反問が一時とても才知のある話術のように通用したことがあった。しかし、彼にとって読書は趣味ではなく慣わしだったことが『地上の糧』のあちこちで述べられている。例えば彼の読書は、アパートの中で一日中閉じ込められているおばあさんが、これといってすることがなく茶筒に入ったお茶を全部飲んでしまったという場合とよく似ている。目標も体系も反芻もない盲目的な貪り。それは彼が世の中に対して門を閉じた結果であり、また動因でもあった。世の中は彼が住んでいる部屋ほど狭く、それより大きな門の外の世界は偽りのものとなった。

この時読んだ多くの本は一つ一つ列挙するのは不可能だ。その読書目録があまりにも無秩序であるためだが、数冊を除いてそれらの本の固有性を区分できないこともその理由である。一度に聞いたいくつかのよく似た話がめちゃくちゃに混ざってしまったこととよく似た混乱が彼の頭の中に起きた。その読書に体系がないことは、例を挙げると彼がジェイムズ・ジョイスの『ユリシーズ』は読んでいながら、カミュの『異邦人』は読んでいないことからも明らかだ。『チャタレー夫人の恋人』をかなり早く読んだにもかかわらず、『ハックルベリーの冒険』はいまだに読んでいない。その結果は選択されたものではない。原因は自明のことだ。彼がどの本を読むか読まないかの決定は、その本が彼が好んで出かける古本屋の棚にあるかないかによって左右されていた。ただそれだけの理由だった。

学校は彼に何の希望も与えてくれなかった。彼が学校に通うのは機械的な行動だった。しかし、彼の成績は普通以下に落ちたことはなかった。嫌になるほどたくさんあるクラブ活動の中でそのどれにも加わらなかったし、たった一人の友だちとも交際がなかった。彼に同情する必要はない。彼は一人ぼっちの状態を全く不便だと思わなかったので。かえって彼は一人でいる時、最も心安らかさを感じていた。誰かが近づいてくると彼はすっかり緊張して固くなってしまうようになっていた。

私に恐れを抱かせるのは人間だ。私は人付合いがとても下手だった。人付合いができないことを他人は許してくれない。そのため私は頻繁に心を傷つけられた。情けない選択ではあるが、そこで唯一の解決策が人に近づかないことだった。しかし、この残酷なそして根深い生理的な寂しさをどうすればいいのか。そういうことから私は自分の訳の分からない寂しさを最も危険なものから警戒せざるを得なかった。

（「あなたもまた生を偽った」）

母は一月に一度ソウルに上京してきた。彼が母のことを記憶しているのは、一カ月の生活費と炒めた豚肉料理。でも彼は母に会えなかった。早朝にソウル行きの高速バスに乗って上京する彼女は夫が帰ってくる前に家に戻らなければならず、当然息子が下校する前にまた高速バスに乗らなければならなかった。

彼はほとんどいつもお金がなかった。母が置いていってくれたお金はいつも法外に足りなかった。彼はそのために外に出かけるのが大変だった。今も昔も動くと金がかかるものだ。貧しい人の家はそのためいつも留守ではない。そうかといって本が借りれないほどの事態が生じたわけでもなかった。有難いことに度々出入りしたおかげで古本屋の主人はお金を払わなくても本を好きなだけ借りて読んでもいいようにしてくれた。その代わりきれいに読まなければならなかったし、たった二晩という但し書きがついた。彼は借りてきた本を一晩で読んでしまった。

思い出すには過酷な貧しさとそれよりも身に染みる過酷な寂しさ、そして思い改めることができないこの世に対するとげとげしい不満と敵意……。そんなことによって日々が成り立っていた。

（『地上の糧』）

しかし、彼は自分の過酷な貧しさと寂しさを克服しようとするいかなる試みもしてみなかった。それによって彼は世の中に対して非難する権利はない。そして彼は非難する代わりに（非難するということはその中にいっしょにいるという意味だ）嫌悪したり忌避したりした。言い換えれば超越しようとした。

一九七〇年（十九歳）

彼はこの年に教会に通い始めた。そして教会で一人の女性と出会った。いや違う。教会に通う前に女性に出会ったのだ。その女性との出会いが彼を宗教へと導いた。彼の内部にあるとも思われなかった意外な熱情の噴出。それより年上のこの女性（日曜学校の学生）との出会いで彼は自分の人生に新しい道を開くようになった。

この事件の終末は『地上の糧』に比較的詳細に再現されている。『地上の糧』はこれまでにどの紙面にも発表されたことがない未完成の原稿だが、彼が初めて書いた小説形式の自己告白である。その分量は三百枚を越えるものだ。

地上の糧

『作家探求』を準備しながら私たちは対象の作家の自伝的な作品を一篇載せることにした。しかし、作家は締め切りが過ぎても新しい小説を執筆できなかった。私たちは今度の取材の過程で見つけることになった彼の処女作に関心を寄せ、たとえ未完成であっても彼の若い時代の思惟の熾烈さを最も覗いてみることができると判断して、この作品を作家の同意を得て載せることにした。もちろん、作家は初め少しためらっていたが、私たちの粘り強い説得を承諾してしまった。『地上の糧』がその作品である。(編集者)

以前から私は年上のある女性との愛を夢見たりしていた。夢見ていたという表現は適切ではない。この夢見ているという言葉の中に夢見る行為者の能動性が身をすくめたまま隠れている。それは私が話そうとする意味ではない。ここで主語は「私」ではない。私は最初の文章を修正して書かなければならない。年上の女性との愛は、そうだ、私が予感したことだ。

すべての予感に悲劇の匂いが染みているということを私はずっと理解できないでいた。今はもう話すことができそうだ。それは宿命の響きのためだ。予感は閲覧が禁止された宿命の世界を知らず知らずの間に覗いてしまった者の頭の上だけにその否定に対する懲罰として落ちる雷、その雷のような天災地変のおののきだ。それで宿命は予感されるしかないもので、すべての宿命は悲劇の光背をめぐらしているものである。宿命的という言葉が悲劇的という言葉と同義語として使われるわけもこれと関係がないわけではない。

その予感——年上の女性との愛——にはもちろん根拠はなかった。予感の霊験に対する期待は出所がはっきりしておらず、対象が曖昧であればあるほど増大する。だから予感はたちどころに人を巻き込む太くてしっかりとした綱となる。捕らえた人の寛容なしにはたやすく解き放たれないもの。私は虜になってしまい（ある意味では自ら進んで）、予感は成就するものだ。

1—1

私は浪漫主義者ではない。私は一度も浪漫主義というものの実体（否、その影でさえ）に触ってみたこともない。私は自分の手で触ってみないものはどんなものも信頼しない。「見ないでも信じる者は幸せだ」と聖書の主人公は話している。私にはそんな理由のためにも幸せと距離がある。私は、イエスの復活を自分の手で確認するまでは信じないと言ったトマスと同じ側にいる。

浪漫主義者になれる基盤というものを私は持てなかった。そのような基盤が別にあるというのであろうか。私はそのように思う。どんなものも虚空に根を下ろせない。いわば浪漫主義者は浪漫主義という一定の苗床で育てられ苗となったものだ。私が思うに、その苗床の苗は少なくとも二種類の器官を体に包んでいなければならない。その一つは美しさを摂取する機能であり、もう一つは自由さを受容する機能である。私が浪漫主義者になれる基盤の不在を語るのはその二つの感覚を体で覚える機会を持てなかったという意味でもある。

まず、私には幼年期がなかった。どういう意味なのかと怪訝に思うことはない。私はとても幼い時も純な子どもではなかった。私の記憶には父親の厳しい鞭の思い出もない。母親の懐の暖かさも憶えているとは言えない。彼らは私の記憶の最も古い層からして不在している。私がその意味を正当に理解できないでいる数個の単語の中で代表的な単語が童心である。私が現在より少し若い時、おそらく私の取るに足らない文才をほめるということだったのだろう。童話を書いてみないかと勧めてくれた人がいた。私はその申し出があまりにも他人事のようで現実感がなく、しばらくの間その人の顔を呆然と眺めていた。この人は私をからかっているのだろうか、とまで考えてしまった。私はその人にそれまで童話の本を一冊も読んだことがないことをどうしても言えなかった。

もう一つ話しておかなければならないことがある。まさかと思うだろうが、あきれたことに私は自然を享受する方法を知らない。私は自然の中に入っていかず、自然は私の中に入ってこない。そこに行く道を私は知らない。自然は、私には、いつも遥か彼方にあるよそよそしい存在だ。自然を前にして一度も感嘆詞を発した記憶がない。不思議なことであるが、当然のことだ。感嘆詞は自然と人間が合一した境地で飛び出してくる呻き声ではないか。美しさに対する反応が全的に人間種族の本能による先天的なものであるという考えに私は同調できない。その感覚もやはり相当な部分は育てられるものなのだ。

私は風景画には飽き飽きする。抒情詩などは私を不愉快にする。それらは私の心情に何の痕跡も残さない。私は他の多くの人が口角泡を飛ばしながら感嘆する、いわゆる多くの名作の前で限りなく単調である私の空ろな心情を睨みながら絶望的な劣等感に囚われたりした。私は不幸だ。他の正常な人たちのように色を識別できない色盲であることを知るようになった衝撃が加わって、一時奇形コンプレックスに苛まれたという事実を告白しておく必要があるだろう。

1―2

十五歳の時からやっとの思いで暮らしていたソウルの生活は、少し大げさに言うと、身の毛がよだつ。思い出すのは酷い貧しさとその倍にもなる残酷なまでの寂しさ、そして取り返しがたいこの世に対するとげだらけの不満と敵意……。おぞましいことだらけで綴り合わさっている日々だった。とは言うもののソウルに住む以前から生は和解しがたい対象だった。あまりにも私は処世術に劣っていた。いや、生きるには処世術が必要だということが分からなかった。そのため私の生は一度も心安らかではなかった。

しかし、あれこれ支離滅裂な話をこと細かく並べ立てるのは穏当ではないと私は思う。かつて私は……とかいった自己顕示を添えた感傷的な回想が、回想する本人を除いて他のすべての人に何の意味があるだろうか。すべての過去は記憶されている過去であるだけで、すべての記憶は検閲された、または取捨選択された記憶であるだけだ。時間は毒をもち、私の自我はあまりにも多くの層に囲まれた巨大な―小さな宇宙である。層ごとに真実があり、その真実はその層でだけ真実である。そのすべての層を貫く銛のような一つの真実はないだろうか？　もしあるとすれば、それは何だろうか？　最も深い、または最も高い層まで到達しなくてはその真実が何であるか話せないだろう。そうだからといって最も深い層や最も高い層にそれが潜んでいるというわけではない。そういう意味ではない。そこまで到達しなければ発見できないものであり、そこにあるものではない。

さて、私が取捨選択され検閲された記憶の中の過去を持って出てくるとしよう。それらは偽りやつくられた話ではないだろう。それらは私の自我のどの層かでけしかけられて飛び出したものだと言えるだろう。そうすると少なくともその層では真実であるはずだ。しかし、ある一つの層の真実がすべての層の真実を担当できるであろうか。それが層を貫く「銛」の真実を代弁すると言えるだろうか。答えるために質問を投げる。そのいくつかの層はどうして存在するのか。自我を形成しているその数多くの層が担当している役割は何であろうか。答えはあまりにも明確でつまらない。それは歪曲するためだ。隠すためなのだ。十九の層は十八の層を隠す。二十の層は十九の層を歪曲する。それらは互いを隠し歪曲するために存在する複雑な機械だ。

私は取捨選択され検閲された記憶の中の過去に入っていくことの無意味さを知っている。過去というものはぼんやりとした下絵、その上にある色を塗り、ある形を描くのは現在の私だ。過去とは、結局印象にすぎない理由がここにある。印象は実体ではない。しかし、それは実体から出てきたものだ。そのため受け入れることができないが、そのため受け入れることもできる。

歪曲された真実であっても真実と言えるだろうか？　水に映った歪んだ月、色眼鏡をかけてみた青い月、そしてアームストロングが写して送ってきたフィルムの中の月、それらが月でないとしたら、何と呼べばいいのか。太陽だというのか、花と呼べばいいのか。それらは月ではないが月だ。そんなことがあり得る。真実ではないが真実なこと。私たちの検閲された記憶の中の過去がそうである。それらは一つの印象にすぎないが、その印象は捏造したものだと一概に言えない。

さて、それではどんな道があるのか。私はためらっている。道が探せなくて？　そうではない。私は自我を形成している、数多くの、互いに対立している層の戦いに耐えられないのだ。私は感じる。私が見捨てられていた頃に対する回想は、結局私の文章を酷くがたつかせているのだ。だから私はそれらを書かないであろう。その代わりに私の記憶のてっぺんに深く刻まれた、そのためおそらく厚かったり薄かったりする複雑な心理の既済の層を銛のように貫いている、決定的なたった一つの印象だけを記録することで満足するつもりだ。それは一人の女性に対する印象であり、また十代後半の一人の男（青少年？　この単語は面映い、面映いことは私の好みではない）が会った一人の女性に対する印象だ。

この文章はだから一人の女性に対する記録であり、また十代後半の腺病質な一人の男（青少年？この単語はあまりにも軽くて無垢だ。私が記憶しているある一時期は決してそんな時期ではなかった）が自分の生の運命として認識した一人の女性に会うことになった成長の記録だ。その時、その男は自炊をしながら一人暮らしをしていた。ソウル、欲望の迷路のようにくねくねと絡み合った、いくら長い間顔を突き合わせて暮らしていてもよそよそしさしか感じられない拠りどころのない都会の片隅で。

1—3

その時、私は十八歳、実に中途半端な歳だった。学制の決まりから言うと高校二年生、とはいえ学校の勉強もその他の生活のすべても同じく活気もなく興味もない時期だった。現実も理想も私からあまりにも遠くにあった。現実は地に足をつけて生きることを許してくれず、理想は夢見ることを許してくれなかった。遥か彼方にある理想であり、ぐらついた現実だった。

その時、私はあまりにも大人になってしまっていたのだろうか。少なくとも考えはそうだった。もしかしてそう考えていただけかもしれない。私は何でも考えすぎる方だったし、それでいつも幸せではなかった。あれこれ考えすぎるのは何かが足りないからだ。その足りない部分を補充しようとする欲望があれこれ考えさせてしまう。ところが考えるということには生産能力がない。それで欠乏の程度はもっとひどくなり、世の中との違和感はさらに増幅される。その増幅された違和感は、またさらなる複雑な考えの下地となる。果てしのない悪循環。あれこれ考える人は世の中をたやすく信じないで、世の中はその人を信頼しない。除け者の対象になった(除け者にされたという感じ)、あれこれ考える人は、復讐するかのように世の中に背を向ける準備をする。そこで他の人に比べて自分があまりにも大きいという考えが突出する。

もちろん傲慢だ。すべての傲慢の基本的な情緒は悲しさと鬱憤、または悲しい鬱憤であり、その根源は挫折感であることを私は知っている。背が低くて葡萄をもぎ取れない時、ある狐は「あの葡萄はすっぱい」と言いながらそこから去っていく。他の狐は「葡萄なんて下賤な者たちが食べるものだ」と言いながらそこから去っていく。去っていく行為は同じだが、どちらの場合も動機は微妙に違う。

おそらく私は後者の狐の方だったであろう。世の中と私は合わない。それは私が世の中にうまく合わせて生きられないのではなく、私が世の中をあまりにも超越してしまったからだという偏執的な考えの真ん中で、挫折感が鬱憤と混じり合った傲慢の哀れな痕跡を見つけるのは全く難しいことではない。証拠もある。貧しさと寂しさと根拠のない敵対心の日々。それらはその時期の私の生の目録である。私の生のすべてだった。それ以外には持っているものは何もなかった。ああ、借りも財産といえばそんな意味ではそれらが私の財産だったと言えよう。

1—4

よくよく考えてみると、あれこれ選り好みしないで貪るようにしていた読書がある。しかし、ありのままに言わなくても想像がつくだろうが、私の読書は決してまじめなものではなかったし、私にとって読書自体が目的だったことは一度もなかった。私は読む本を選ばなかったし、どうしても読みたいと思った本もなかった。そばにある本は十回以上も読んだが、そばにない本をわざわざ探して読んだりもしなかった。理解できない本も読んだし、理解してはならない本も読んだ。理解の可能性や理解の段階のような感覚は私にはなかった。

もう少し直接的な表現をすれば、次のようだ。私にとってはチュ・ドンソンの漫画であれ、ジェイムズ・ジョイスの『若い芸術家の肖像』であれ、セックスと悪巧みだらけの内容の『人間経営』という題名で翻訳されている日本の通俗小説であれ、某新聞社が編纂した時事用語事典であれ、同じものだった。一時期すべてのものがそうだった。より深刻なものもなかったし、より興味深いものとの区別もなかった。このような読書は本に対する冒涜ではなかろうか。まじめでもなく、目的があるわけでもない貪欲な乱読のクセを財産の目録に入れるのはあまりにも長い間着古した下着を顔も赤らめないで他人の前にさらけ出すくらい見苦しい振舞いではないだろうか。そうだ。それはつまらないクセだった。私は鉛筆を手にしている時はそれをくるくる回している。机の前に座ると右の手であごを支える。無意識のうちにそうする。本が目につくと何気なしに手にして読む。

誰かがこう言うだろう。どんなに無意味で無意識に見える些細なクセの一つにも意識の下に深く潜在しているある動機が隠れているものだと。どうして若い時期の読書をそのように罵倒するのか。自虐なのか？　偽悪？　そうでなければ「隠すことによって露わにする」という処世術を実現しているのか？　もちろんそんな主張もできるだろう。そして、無理やり探そうとすると、もちろんそんな主張に対する答えもなくはない。私の貪欲な乱読のクセに隠れている動機があったとしたらそれは次の二つのうちの一つであろう。一つは避難であり、もう一つは隠密な修錬だ。

避難──動機は、すぐに推測できるように、貧しさと寂しさと敵愾心と和解できない恥辱の世界からできるだけ遠くに逃げて身を隠そうとする心理状態に至る。修錬—動機は避難の攻撃的な側面だ。できるだけ遠くに逃げて身を隠すが、いつかは逃げてきた所に戻っていくことを想定して、その時報復するために「隠密に」武器の手入れをして武芸を身に付けておこうとする心がけだ。しかし、まじめでない読書を修錬の過程として理解するのは、私が思うにはナンセンスだ。それが修錬になるためにはまじめな読書でなければならない。ところが私はチュ・ドンソンとジェムス・ジョイスを区別できなかったことをすでに告白した。

まじめさが欠如した読書は武器の手入れをする代わりに非生産的な鬱憤を育てるだけで、武芸を身に付ける代わりにつまらない敵愾心をぐつぐつ湧き起こらせるだけだった。そのすべての動機は外面的にはそれなりに区分されるように見えるが、ところが結局は一つの動機にすぎない。硬貨は裏と表に分かれている。しかし、誰もそれを二つの硬貨だとは言わない。それは一つの硬貨なのだ。

1—5

私は記憶している。世の中は私に心を閉ざしていた。私が世の中にそうしていたように。それは私が世の中に入っていかなかったからだ。私は世の中を充分に理解できなかった。そのために世の中に入ろうとしなかった。ところが世の中はそう考えなかった。世の中を理解するためには世の中に入ってこないといけないと私に言った。世の中に入ってこないため世の中を理解できないというのだ。世の中は自分の懐の中に入ってこない者は受け入れないという立場だったし、私は事前にしっかりと理解できなければ入っていけないという姿勢を堅持した。

理解は鍵で扉を開ける行為と同じだ。それが始まりだ。始まりのない仕事の進行はあり得ない。扉を開けないで誰も中に入っていけないからだ……。私のそのような考えを世の中は理解できず、理解しようともしなかった。いわばそのような立場の差が不和の原因を提供したわけだ。

「対人恐怖症って、聞いたことがあるかい？」

ある日、担任の先生が私に尋ねた。机が一つ置いてあり、長い椅子が二つ直角にくっつけてある狭い相談室の中には彼と私の二人だけしかいなかった。何のため私がそこにいたかははっきりしない。確信を持って言えるのは、私が自ら進んで相談室に行ったのではないということだ。担任が私を呼んだに違いないし、長い退屈な訓戒でもって学校生活への適応、誠実な生徒としての姿勢などを私に注入しようとしていたに違いない。その訓戒の話の終わり頃に対人恐怖症という非常に珍しい症状を私の名札の上につけた。

「……若い時、他人との接触を嫌がり、友だち付き合いを恐れていると、後で社会生活に適応できなくなるんだよ。人生の落伍者になりやすいんだ……。私たちが暮らしている世の中は互いに触れ合って生きていくようにできているんだよ。君はあまりにも閉鎖的なんだ。友だちが一人もいないんだろう？　心を開かないからそうなんだよ。そうしていたら何もできなくなる。心を開いて友だちづきあいをするように努めなさい。他人と話すのを避けないで、ありのままに付き合ってごらん……」

彼は私のことを対人恐怖症だと言った。人の前に立つだけで胸がどきどきして、赤面してしまい、どもってしまい、ついには他人と付き合うことが恐ろしくなる非常に珍しい病気は、思いのほか人生に致命的な悪条件になりうると言った。人生をめちゃくちゃにすることにもなると言った時、彼の表情は本当に駄目になってしまった人生を目の前に見ているように悲観していた。その日の夜の日記に私は次のように書いている。

——彼の診断は半分くらいは当たっている。私の症状は対人恐怖症ではなく、対人嫌悪症、ないしは対人忌避症と言わなければならないだろう。他人は私にとって恐怖の対象ではなく、嫌悪の対象であるにすぎない。

1—6

私が自炊していた部屋は昼間でも変に暗かった。他人に貸そうと本棟の後ろに手抜き作業で無理やりにくっつけたみすぼらしい小さな部屋だった。直ぐにでも崩れてしまいそうな低い天井、一日中陽が射さない北向きに、どうにか壁にくっつけて開けた掌くらいの窓、いつも湿気を帯びていてじめじめしている床……。そこに入ると昼でも電気を点けなければならなかった。ところが私はほとんど一日中電気をつけないで過ごした。あげくには夜にもほとんど電気を点けなかった。私は暗闇の中でじっとうずくまって座り、暗闇の広く深い懐にゆったりと浸かっているのが好きだった。暗闇がどれほど穏やかか、どれほど穏やかで安らかなのか、まるで胸まではまり込みそうなふかふかとしたソファーのようだった。私は度々そのソファーにはまり込んで長い間何もせずごろごろしながら過ごした。始原が分からないところから湧き出る様々な考えが樹林の中を押し分けていったり、そのまま眠りについたり、そうしているうちに恐ろしい夢を見たりもした。

そんな時には何か言いたいことがあるのか（例えば私が払わなければならない電気料とか水道料などを催促するという）家の裏に回ってきた女主人は私が部屋にいないと思って度々そのまま戻っていった。まだ帰ってないのかしら？などと独り言を言いながらしばらくうろついたり、時には私の部屋の戸を引っ張ったりしたが、大体そのまま戻っていった。そんな場合私は気づいた振りをしなかった。そんな風にできなかった。私が少しでも動くと、この深くて穏やかな暗闇がバランスを崩し散らばってしまうような気がしたからだ。

私はその時、暗闇を粒子と認識していたのだろうか。おそらくそうだったのだろう。とても繊細で微細な暗闇の粒子の中に囲まれて、私は息を殺していたのだ。暗闇が解体されるのが私の望みではなかったから。そのように長い間暗闇の粒子の中にうずくまっていると、いつの間にか私自身も暗闇の一部分になってしまうようだった。そのような状態になると外部の動きを感知する目と耳は自然にふさがってしまうものだ。暗闇は私の中に入ってきて、私は暗闇の中に入っていって混ざる。神秘的な合一の体験。そのど真ん中に入っている人間に世の中はもはや存在しない。

そうだ。今、告白するが私の本当の世界は真っ暗な私の部屋の暗闇の中にあったのだ。部屋の戸をあけて出て行くと、直ぐに消え去ってしまう危なげな、私の世界、しかし、私には外部の明るく大きい世界よりもっと親しく、もっと大事だった。否、本当の世界は部屋の暗闇の中にあり、外の明るい中にあるのは偽りの世界だった。影の世界だった。幻覚であり、夢だった。私はその偽りの、影の世界ではいつも不幸だと思った。それはそこが私の世界ではなかったからだ。しかし、この暗闇に取り囲まれた世界はどれほど穏やかで平和なのか。そうだ、何よりここには人間がいない。この世界の平和は人間がいないということに起因しているのだ。

人間こそすべての不和の主体であり条件だ。人間には人間だけが天敵だ。しかし、私の本当の世界は、またどれほど狭くて危なげでいい加減なのか。すべての大切なものがそうであるように、ほんの少しの刺激にも直ぐに揺れ動くではないか。そんなことまで私は知っていたし、そのために外部に向けていた感覚を最大限に眠らせてしまうしかなかった。

たやすく推測できるように、その暗い夜は、いわば他でもない私の自我の投射だった。私がうずくまって座って過ごしていたその狭い空間は実際私の自閉的な内部だったのだ。病的な自意識の過剰、世の中との不和、そしてその結果として自我の地下窟の中に蟄居する行為。ドストエフスキーはそれを「地下の世界」と呼んだ。ここでの地下は、そこが地上ではないという意味で天と言ってもいいだろう。ああ、敵はどこにもいないのに苦痛はあちこちに広がっている。私はその本を私の部屋中に敷かれている暗闇の目を借りてほんの少しずつ読んだ。今も持っているその小さな文庫版の本の行間に引かれた無数の赤い線は共感の表示だったのであろう。共感という言葉だけでは充分ではないだろう。

私が受けた印象はそれよりもっと強烈なものだった。ひいては同志意識のようなものではなかろうか。誰からも支持されない異端の私がここにまたいるのだな、というそんな感じだ。

1―7

その時期、私は切実に同志を探していた。その欲望は、すべての欲望がそうであるように、欠乏から来る欲望だった。大きな欲望は大きな欠乏、欲望がすなわち欠乏の他の側の顔であることを知らない人がいるだろうか。

私は誰とも心を許しあって付き合えなかった。誰にも同質性を見つけられなかったからだ。私が特殊だったからというつもりはない。かえってその反対だ。周りの人たちは私とあまりにも格別に違っていた。もちろん、周りの人たちは私に向かって特別だと言った。特別なのは我々でなくお前だ……。それが異端者を呼ぶ彼らの語法であるのを知らないわけではなかった。私が特殊だとしたら、彼らの意図に忠実であるとすれば、それは特別に知恵が遅れているという意味だったであろう。そんな判断の原因も全くないわけではない。私は彼らが話す言葉の意味を充分に理解できない場合がよくあった。度々あったことではないが、彼らといっしょに何かの話題で対話をしている時、プギル、君はどう思う?と聞かれた時があったが、そんな時返事ができなかったり、状況に全く合わない途方もない話を引き出して同じクラスの友だちから面と向かって責められたりすることがよくあった。そしてそんなことが彼らからのけ者にされる理由となった。

初めから、彼らからのけ者にされることを望んだわけではなかったので、できるだけ一生懸命に彼らの対話の中に入り込もうとした。本当だ。だから精神を集中させて熱中してみたが、それもしばらくのこと、いつの間にか興味がなくなってしまうのだ。初めは気乗りがせず、後では一体そんな話をして何になるんだと思え、そしてお終いには彼らが何の話をしているのか分からなくなるのだった。いつかは数人で一つの主題で熱のこもった討論をしていたのだが、ずっと他の考えに没頭していた私が主題とは全く関係のない話を切り出して、そこに集まっていた人たちに揶揄されてしまった。彼らは大統領選挙に関連した話を交わしていたのに、私は前日の夜読んだ翻訳版の大衆小説の作中人物を頭の中で描いていたのだろう。韓国社会のフェティシズム化傾向に加速度がついたことを如実に証明する作品として心に残るだけのことはあるだろう。そういったキャラクターを韓国の未来のテレビでよく目にすることになるだろうなどと話したのだ。それも法外に深刻な話し方で。彼らはすぐさま汚物を避けるかごとくに横に席を移して討論を続けた。話し終える前に私は自分が失敗をしたのに気づいたが、彼らは私の失敗を容赦しなかった。それこそ覆水盆に返らずで、後の祭りだったのだ。そういう瞬間の耐えられない疎外感は私を狼狽の泥沼に落としこんだ。

そういうことが繰り返されるうちに私は自然と彼らと話す機会を避けるようになった。もしかして彼らが先に私に話しかけなくなったのかもしれない。私は彼らの話が理解できず、彼らは全く私の話を理解しようとしなかった。私が無理して必死の努力をして何か重大で深刻な事実を話そうとすると、彼らは初めら首をかしげたり、フンとおかしな笑いを浮かべながら自分たち同士で目配せをして席を立っていった。彼らはそんな風に私に自分たちが私とは全く違う世界に住んでいることを絶え間なく喚起させた。そこで私はついに彼らと友達になることを望まなくなった。彼らは私と同じ世界に住んでいる人たちではなかったので。私が望んでいるのは私と同じ世界に住んでいる人と会うことだった。私はその未知の人に向かって同志と呼んだ。私は自分と原形質が同じ一人の同志に、本当に切実に会いたかった。彼らの住む世界はどうでも良かった。

私はドストエフスキーの作品の次のような文章を読んだ。「世界が破滅することと私が茶を飲めなくなることとどちらが一大事なのか！　たとえ世界が破滅してしまうとしても構わないが、私は茶を飲みたい時はいつでも飲まなくてはならない」ドストエフスキーが破滅する一つの大きくて皮相的な外部社会と茶を飲むというもう一つの小さくて深い内面の世界を区別しているとしたら、それは正しい、と私はその文章が書かれているページの上の部分に赤いボールペンで線を引いた。

このような意図的な誤読は、その時期の私の精神がいかに深く孤独を感じていて、いかに切実に後援者を得たがっていたかを証明している。私の異端の精神は誰かにより承認され、その精神と密かに交感したがっていた。マックス・デミアンに出会う青年時代のエミール・シングレアが私の夢に度々現れたりした。

繰り返して言うが、本当に願っていたのは私と同じ世界に住む同質の原形質を持ったたった一人の人間に会うことだった。彼に会ってこの殻の、影だけの世界について討論し、これを糾弾することだった。私が見つけ私たちが共有している内密な地下の世界を対話で、心で享受することだった。彼に会うことさえできたら。ああ、そうすることさえできたらすべてのことが可能になるような気がした。

しかし、私と同じ狙いを持っている人とは会えず、したがって何事も可能ではなかった。周りの誰からの支援も受けずに一人で巨大な敵対する世界に向っていた私の気力は尽きてしまった。私はいつも疲れていたし、些細なことでもたやすく傷ついてしまった。周りの人たちに私は過敏に反応し、閉鎖的で、手に負えない人として見られていた。私の暗く小さい部屋は私にとって唯一の逃避の場だった。私は自分の自我の地下室の中に度々隠れ込んで、その暗闇の中でだけ平和を感じた。

そしてそのために、またはそれにもかかわらず、私はとても感触が奥深くねとねとした寂しさに苦しめられていた。その寂しさは同形質の誰かを渇望する私の欲望の裏面に、またはその周りに体をうずめていた。部屋の中の暗闇に体を隠している時、不意に押し寄せてくるその寂しさからはおかしな性欲の臭いがした。感傷でなく肉体が寂しがっていると感じた時のその狼狽を私は忘れることができない。感傷はいつでも贅沢だと言えるだろう。感傷だけでならいくらでも寂しくなれる。しかし、肉体は気味が悪い。肉体の寂しさは悲しく恥辱的なものだ。それは大人の悲しさであり、それが私の体から発散しているのを知って私は自分自身に身の毛がよだった。

2—1

ある日の夜、私は自分の暗い「地下」の部屋から脱け出して近くの川べりに出かけた。そんな日の夜は、特に私は恥辱的な肉体の寂しさに悩まされた。その寂しさをどのように慰めていいか分からずうろうろ落ち着かずにいた。そして知らないうちに家の外を彷徨ったりした。部屋から出てきてのろのろとした歩みで十分ほど歩くと漢江に着く。そこから同じような歩き方でさらに十分ほど行くと第一漢江橋の入口に着く。ずいぶん昔に建てられた不恰好なアーチ型の古い橋を、やはり同じくのろのろと歩いて十五分ほど行くと背の低い草木が生い茂っているとても小さな島が目の前に現れた。第一漢江橋に繋がっているとても小さい島、そこは中之島《チュンジド》と呼ばれていた。そこは橋を渡っていく人たちがちょっと休んでいけるように真ん中あたりにつくられた空間だった。ところが、その長い橋を通り過ぎていく人たちはどんな人たちだったのだろう。一人でその橋を渡っていく人は稀だった。大部分が二人でなければ何人かがいっしょだった。二人の時は若い男女一組で、数人がいっしょの時は制服姿の者たちか、教練の服を着た男子生徒たちがほとんどだった。

中之島の真ん中には軍から配属された戦闘警察隊の検問所があり、その周辺に二つの街灯が設置されていたが、それで島全体を照らすには充分ではなかった。私の記憶では中之島がほとんど暗いのは必ずしもその理由だけではなかった。

まだ日が沈んでいない時でもそうだったが、日が沈み始めるとその島は太古の園、エデンの園に変わった。禁じられているためにもっと誘惑的な禁断の実を触る男と女たちの密林。密林の中でも特に日が射さない草むらや木の陰に体を寄せて座っている男女をいくらでも見ることができた。そして驚いたことにそんな連中の大半が学生かばんを脇に抱えた丸坊主やお下げの男女の生徒たちだった。映画館の立ち入りは言うまでもなく、男女の生徒たちがいっしょにうどん屋やパン屋に座っているだけでも停学処分のような重い処罰を受けることになる厳しい状況を考えてみると、異性間の接触が自由に、そして頻繁になされていた中之島のそのような風景は破格で何とも言えない誘惑だった。

そこは、実はデートの場所というよりはナンパの場所として有名な所だったと私の記憶には残っている。夜の帳につつまれる前にそこに集まってきた男子生徒たちは、同じく二人三人連れで現れた女子生徒たちと暗闇が相手の顔を確認できなくなる前にそれぞれ対になる。ナンパに失敗した者たちは暗くなる前にそこから去っていく。もちろんその中には、おとなしく引き下がらない者もいなくはない。ごろつきたちは夜遅くまで島中を掻き乱しながら歩き回って大声を張り上げたり、デート中のアダムとイブをいじめたり、もっとひどい時は辱めを与えたりした。度々、中之島で様々な事件が起こるのと無関係ではない。

夜遅い時間を中之島をうろつきながら、体をすり寄せ合って座っている男女のぼんやりとしたシルエットを盗み見しながら、彼らが交し合っている何の意味かよく聞き取れない低い話し声を必死に聞き取ろうとしながら私は何を考えていたのだろうか。自分と同質の狙いを持った一人の同志を切実に恋しがっていた。そんな時間には不思議にもその同志の姿は女性として現れた。たぶん、寂しさのためだったのだろう。十八歳の若い体にへばりついている根深い寂しさが対極の性である女性を恋しがらせたのだろう。あの暗闇の真ん中から彼女がゆっくりと現れてその姿を私の前に見せるだろうという期待に私は息がぐっと詰まりそうになる経験をしたりした。

そのようにどうしようもなく寂しさに取り付かれた時は、私は草むらにごろんと寝転んだまま長い間、空を眺めていた。夜、空を眺めていると悲しい。白々とした空の一カ所にちりばめられている星の姿が哀れで、私は時々たまらなくやるせなかった。宇宙の真ん中でさっと流れ、ある瞬間にいきなり消えてしまう流れ星も同じく悲しいものだった。それらのものを眺めながら涙を流したりもした。空にきらめいていたり流れ落ちたりする無数の星は、この世のものではない他の世界の存在を思い出させる。私はその未知の世界にさらに心が惹かれた。その世界に住んでいるすべてのものが私が恋しく思う対象になった。そのうちいつの間にか眠り込んでしまったりもした。また橋を渡りながら大声で歌っている若者たちに起こされてしまったりもした。そしてとぼとぼと、また漢江橋を通るのに十五分、入口まで十分、家まで十分を歩いて帰ってきたりもした。

2―2

時には女性たちの方から私に近づいてきたりもした。様々な思いに心が乱れて堪らなくなり、授業が終わるや否やかばんを持ったままそこに直行する日もあった。そこでかばんを枕にして寝転んでいるとナンパを仕掛けてくるのだ。女のナンパ連中、彼女たちは少しも特別に変わった存在ではなかった。一般の男のナンパ連中が特別に変わっているわけでもないように、ただ禁じられた甘い果実の香りに魅惑されて狩りに出てきた好奇心旺盛なイヴと異なるところはなかった。少なくともその時私はそう思った。

彼女たちの中である女性たちとは結構長い時間をいっしょに過ごしたこともあった。十八歳という歳からくる寂しさのせいだと言えば理解できるだろうか。そこに「同志」に対する期待感が作用したとも言える。微かな灯りの下で互いの顔を半分くらい遮って、夜風に吹かれながらあれこれ言葉を交し合った。いろんな話を、今はもう憶えていないが、その当時には自分なりに深刻で切実な話題であっただろう。ところが私の記憶は言い切る。彼女たちの中で誰も私の心に印象を残した者はいないと。同志なんて言うに及ばず、彼女たちとの会話の中で心の満足は得られなかった。彼女たちは私とあまりにも違っていた。彼女たちは実によく笑ったし、とりとめなくしゃべり続け早口だったたし、表情も奔放だった。そんな様子に私は慣れていなかった。慣れないことは私を怯えさせる。彼女たちと対話をしながらも私の心は彼女たちを頑なに拒否せずにはいられなかった。

ほんの少し言葉を交し合った後ですぐに嫌気がさした私は、夜の中之島に来させた自分の若い肉体の寂しさを呪わずにはいられなかった。同じことなら寂しさに耐えよう。お前の地下の部屋にもっと深い洞窟を掘ってそこに入って横たわれ……。心の中でそう叫んだりした。そして急いで立ち上がる機会だけを窺った。高揚するだけ高揚した私の傲慢な自意識は、ためらうことなく彼女たちを軽薄な通俗主義者と罵倒していた。

彼女たちが度々テレビに出るある歌手の名前を言ったり、映画俳優の私生活を話題にする時、テレビを見る機会のなかった私は「テレビなんかを全部見るのか」という風に言い返して相手を気まずくさせたり、趣味とか好きな食べ物などのありふれた質問をされると、にやっと大人びた笑みを浮かべて話を打ち切ってしまい、相手を見下すような態度をとった。そんな風な対話の中でいきなり私のがつがつした読書癖の産物であるニーチェやモンテスキューの著書の一節をそれらしく引用して相手を崖っぷちに追い詰めたりしたが、それは互いの関係の破局を宣言する自分なりの方法でもあった。

中之島で一度だけでなく何週間も、何カ月も続けて待ち合わせることもなくはなかった。しかし、そんな場合でも相手に何か他とは違う同質感を持ったからではない。ただ、相手の女性のわき目も振らない突進だけが、その理由だった。

2—3

不思議なことでもないが、私に接近してくる女性たちは同質性よりも異質性に関心を示す傾向を持っていた。人が人に惹かれるのは昔から二つのうちの一つだ。私を引っ張る相手は私と同じか私とは違う。第三の誘引力を私は知らない。

彼女たちは「私と違っているので」に惹かれるという方だった。それは彼女たちに私が接近したのとは全く違う道だった。私が期待することがあったとしたら、それは同形質の同志だった。ところが彼女たちは私の異質性に惹かれると言った。同質性のためでなく異質性のために接近する彼女たちを私が受け入れられなかったのは至極当然なことだ。あまりにもたやすく近寄ってくる「異質的な存在」である彼女たちに向かっては私は到底突進できない。恐れのためだ。私と同じでないすべての異質的なものは私を怯えさせる。私は彼女たちに同質性を見つられず避けたりもしたが、また彼女たちの異質性と親しくなることの方が恐ろしくて逃げてしまったのだ。

そんな時は考えが一つにまとまった。彼女たちは私の相手ではない。私の相手は他にいる。私は気楽な話し相手や道連れではなく精神の同伴者、魂の同志を待っていた。年上の女性との恋愛が宿命的なものとして予感されるのがまさにそんな瞬間だった。そうだ。その予感はそのように私の中で長い歳月の間、熟成されてきたのだ。

2—4

多感で優しいものは私を震えさせる。私は優しさや多感なもの、例えば女性的なものをうまくこなす自信がない。うまくこなす自信がないのは、それが私の中にないからだ。女性的なものは私にとって最も欠乏しているものであると告白しなければならないだろう。そしてその大きな欠乏は大きな欲望の喪失であり、大きな欲望は大きな恐ろしさへの餌なのだ。自分と同じ年頃の女性に対する私の二律背反的な情緒に反映されているように欠乏のために欲望しながら、その欲望が遂げられ、私の中の欠乏が満たされるかと思うと、さらに恐ろしくなる。

すべてとまでは言わないが、母はこの点においては責任を取らなければならない。女性的なものの原形は母性だからだ。母性こそ私がずっと体得できなかった欠乏の核心であり、間違いなくこれまで私の思惟と行動を実際に支配し調節してきた動因のうちの一つであると思う。例を挙げればこの記録の最初の文章ですべて述べたように、「年上の女性との恋愛」というそのおかしな予感も、実はそれと同じマザーコンプレックスにすべてとは言わないが原因の一部があるだろう。

私は一月に一度、唐辛子味噌と砂糖を入れて炒めた豚肉を食べることができた。母は一月に一度ずつ私の自炊している部屋を訪ねてきた。私が学校から帰ってくると部屋には食事が用意してあり、炒めた豚肉がフライパンに入ったままお膳の上に置かれていた。そしてお膳の下には飛ばないようにお膳の脚で押さえられた行き先が決まっているいくらにもならない数枚の紙幣。それが私の一月の生活費だった。お膳の脚で押さえられたままの数枚の紙幣とフライパンにある甘辛い豚肉の炒め物、その二つが母が私の部屋を訪ねた痕跡だった。何よりも、豚肉の味は私の記憶の中で独特な位置を占めている。今も私はその匂いから母を、そして母からその匂いを連想できるほどだ。

それにもかかわらず、母にはなかなか会えなかった。学校から帰ってきてみると母はいつも帰ってしまって、いなかった。母はいつも私が学校から帰ってくる前に発ってしまっていた。私は、どうしてそうなのか？という風な疑問は一度も持たなかった。それは列車がレールの上を走るように、りんごの木にりんごの花が咲くように当然のことに思えた。母は忙しかったし、毎日の生活は苦しかった。一日、時間を作ってソウルまで上京してくることはたやすいことではなかった。特に、母は直行バスに乗って二時間以上もかけてJ市から上京し、夕方までには家に戻らなければならなかった。少しでも早く発たないとバスに乗れなかっただろう。息子が学校を終えて帰ってくるまで待っている時間もゆとりもなかったはずだ。

可哀想な母。私たちはこの世に間違って生まれたのです。不時着したのです。ここは私の地ではなく、あなたの地でもないのです。私は母の顔を思い出そうとしてみた。呆れたことに思い浮かばなかった。母の顔はかすんでしまっていた。炒めた豚肉の匂いだけが頭の中にいっぱいになっていた。母に会って顔を見たのはかなり以前のことだった。その事実が私を寂しくさせた。お母さん、あなたは自分の耕している地に留まらなければなりません。それが正しくいいことなんです。しかし、私はそうではありません。そこは私が留まるところではないのです。その現実を私も知っていて、あなたも知っています。私の地は他にあります。私はあなたのところに行かないでしょう。

3—1

その日の夜の出来事をどうして忘れることができよう。一日中細い雨が降り続いていた。国語担当の先生は霧より太く霧雨よりも細い雨を小ぬか雨だと分類した。その分類によるとおそらく小ぬか雨だろう。朝からそのようにきめ細かな雨が静かに降り始めたと思っていたら夜遅くまで止まなかった。どうしたわけか、私はその雨に濡れながら漢江橋を渡っていた。

夜遅い時間だった。人通りもなく商店街の灯りも消えているところが多かった。朝から絶え間なく降り続いていた雨脚が人々を早く家路へと辿らせたのだろうか。私が歩いていった島にも人影が見られなかった。銃を肩に担いで雨具を頭までかぶった戦闘警察官が時々流行歌を口ずさみながら通り過ぎていくだけだった。私はあれこれ考えをめぐらせながら中之島を一巡りした。

エデンの園は狭かった。私ののろのろとした歩みで島を一巡りするのに二十分もかからなかった。そこは島というよりは庭園だった。実際にエデンもそうだったのではなかろうか。いくら広いと言ってもそこは二人だけでも充分に管理できる広さしかなかっただろう。

島を一巡りした時、私は銃を担いだ男に検問を受けて、遅い時間だから早く家に帰るように忠告された。もう一巡りしたいという私の意見は黙殺されてしまった。彼は、雨も降っているし座る所もないのにここで何をしようというのかとなじった。そう言いながら聞き入れないと分かると、その男はおかしな目つきで私を眺め、ハッハッハと笑い出した。なぜかその笑いにはわざとらしいぎこちなさが感じられた。

そのように笑う人を私は一人知っている。彼は私が通っている学校のクラス委員だった。相手がどんなことを話していてもただ声に出してハッハと笑ってみせる特別な人間だ。特にクラスの生徒たちを相手に何かの討論会をリードしていく時、彼が教壇に上がって終始見せる笑いの仮面を私はとても疎ましく感じた。言ってはいけないことだが、私は心の中で彼の顔をめがけて何度もつばを吐いた。

その笑いは彼の単純さや快活な性格のようなものを代弁する代わりに彼の狡猾で陰湿な欲望を示しているように思えた。私はすでに「あれは偽りだ」という断定を下していたのだ。少なくとも私の目にはそのように見えた。彼は、警戒し軽蔑せずにはいられない鉄面皮の「地上の世界」を代表する者だった。そのような笑いを作ってみせる側ではなくその笑いをそのように解釈する側に過ちがあるのかもしれない。そのような意見を出す人もいるかもしれない。疑いと不信、劣等感、そして猜疑と嫉妬。そんな場合、私はこの上なく純真でない側に立つようになる。そして私が純真でないということはある程度は事実でもある。私は純真さの世界を意識が生まれる前に通過してしまった。だからどうすればいいのだ。そのようなわざとらしい笑いが、私にその笑いをつくるためにしわくちゃになった裏面の表情をしきりに想起させることを。

クラス委員の顔を見ながら私は、自分の感情とは関係なく外に見せる外面をあのようにつくれる特別な人の内面に何が入っているのか気になったりもした。だから私はそのような笑いを見せる人を信頼できなかった。ところでこの銃を担いだ検問官の意外な笑いは何なのだ。私は正直なところ少しまごついた。実は、そのように笑う人はクラス委員だけだと思っていたのに、彼はクラス委員ではなかったからだ。

「何ということだ。雨具も着ないで歩くからこんなに濡れてしまったんだろう?」

そいつは私の頭の上に手を載せて水気を振り払ってまでしてくれた。無意識のうちに私はその手を避けた。彼がまた笑った。私は一歩退いた。

「ほほう、こいつ、見かけによらず疑い深いんだな」

今度は私の弱々しい肩を摑んで濡れた服の水気をなでおろしながら言った。

「行こう、灯りのあるところに。行って体を少し温めた方がいいだろう」

私は体を振りほどこうとした。何としてもついていきたくなかった。私は首を横に振った。しかし、そいつの手が私の肩をしっかりと摑んでいた。そいつは右肩に担いでいた銃を左肩に担ぎなおして右手を私の肩の上にまわした。そいつが身に着けている雨具のざらざらした感触が体の中まで伝わってくるようだった。そいつの腕に捕まってしまった肩の痛みと皮膚の中にそのまま伝わってくる冷たい湿気が不快感を増していた。私はその腕に捕まってついていきながらも後ろに体を抜こうと足掻いてみたが無駄なことだった。彼は力が強く、私は力がなかった。そしてその島には人気がなかった。

そいつが私を連れていった所は、灯りのある所ではなかった。体を温められる所ではなかった。彼は詰め所とは正反対の方に私を引っ張っていった。私は事態が非常に間違った方向に向かっていることを直感した。私は足を止めてそいつを眺め、そいつが私を見下げながらにんまりと笑っているのを確認して視線を避けた。私はまた腕を振り解こうとして足に力を入れて踏ん張ってみた。

「ほほう、これ以上歩きたくないようだな。じゃ、そうしよう」

そいつはそう言いながら立ち止まった。かなり大きくどっしりとした木の下だった。木の葉や枝に溜まっていた水滴が時々頭の上や上着にぽとりぽとりと落ちてきた。相変わらず私の肩を彼の腕が抱え込んでいて、そいつの反対側の方では銃がガタガタしていた。

「これ食べるかい？」

そいつは雨具の中をごそごそまさぐった後、何かを取り出し、目の前に突き出した。ビニール袋に入ったパンだった。私は首を強く横に振った。彼はハッハと一度大きな声で笑ったかと思うと、パンにぱくりとかぶりつき口の中に入れた。彼はとても早く食べた。二口三口噛んでは飲み込んでしまっているようだった。小さくもないパンをあっという間に食べてしまった。私はもう家に帰ると言った。少し口ごもっていたかもしれない。おそらくそうだっただろう。私は自分がとても緊張しているのを感じた。

「もちろん、帰らなくちゃ。先ほど私がそう言っただろう？　遅い時間だから早く帰らなくちゃと」

そいつはそう言いながらそれまで肩に担いでいた銃を木の枝にぶら下げて私の真向かいに立った。そして両手を私の肩の上に置いた。彼は片方の手で私の顔を注意深く触った。その手はゆっくりと頬を触り、鼻を触り耳を触った。私はぶるぶる震えながら、意味をなさない言葉をぶつぶつと断続的に漏らしていた。彼が私の口に指を当てて静かにしろといった。私は催眠術にでもかかったように彼の指示に従った。ついにそいつは私の顔近くに自分の口を近づけた。パンの餡のくさい臭いで吐きそうになった。人間の口からこれほどの悪臭が出るものなのだろうか。そのような事態の中でもその点が気にかかった。

私は彼から逃れるために体をひねった。びくともできなかった。そいつは私を捕まえている手にさらに力を入れながら、もう一つの手を私のズボンの中に入れた。私は必死で声を張り上げ体をひねった。しかしそいつの力に太刀打ちできる力は私にはなかった。私は湧き上がる屈辱と羞恥心で耐えられない状態になってしまった。こんなふうになってしまうのではないかという不安がいつも私に付きまとっていた。彼らの世界のこのような暴力を私はいつも恐れていた。私は知っていた。彼らの世界を支配し統制している原理は、力、それも可視的で物理的で暴力的な力だ。その力は外側の人、例えば異邦人に向かって攻撃的に行使される。私はその力の世界に自分を投げ出せなかった。私の世界は、少なくとも彼のような力の原理を信奉していないからだ。

実はこういうことだ。私は彼らの世界を軽蔑したのではなく、軽蔑のため避けたのではなく、恐ろしかったのだ。恐ろしくて逃げたのだ。彼らと親密になった場合、予想される傷に対する恐ろしさのためにできるだけ接近さえも避けようとしたのだ。それが理由だ。私はこの「地上の世界」の攻撃性をいつも可能性のページに記していた。よく考えてみると、恐ろしがりながらも私は逆説的に期待していた。しかし、私が予感していたのはこんなことだったのか。そうではない。厳密に言うと、その攻撃がある形態を持って押し寄せるとは私には思いも寄らなかった。ただ、漠然としていたがこんな風なものではなかった。

私はこの破格に不慣れな経験を受け入れる準備はできていなかった。私は衝撃のせいで私の身体が硬直していくのを感じた。顔が紅潮して瞳孔が今にも飛び出しそうに腫れ上がっていくようだった。

一度に入り乱れた羞恥と悲しみと憤怒と屈辱と絶望感がそのように身体の反応を誘導した。そしてついにそいつがおかしなうめき声を上げながら私の口に臭い舌を押し入れた時、私の屈辱感は絶頂に達し、私の身体はそれ以上耐えられない状態に陥ってしまった。意識は身体に繋がる絆を自ら断ってしまった。そいつが驚いて棒のように硬くなってしまった私の身体から慌てて手を離した。私は雨水が溜まっている草むらにバシャッと音を立てながら倒れていった。

3—2

ある本で、この世での生は人間が脱け出そうとしてあがいている悪夢であるという比喩を用いている文章を私は読んだことがある。ジェイムズ・ジョイスだったか。もしかして違っているかもしれないが、そうであったとしても本来の意味からかなり歪曲されているかもしれない。記憶は事実の味方ではなく、味方になりたい側に味方する。しかし、私たちは自分が記憶していることを事実ではないという理由で、味方になりたいものの味方をしているという理由で拒否してはならないだろう。

真実は必ずしも事実でなければならないことはない。真実は事実よりはるかに包括的だ。私がある文章を読んで赤いボールペンで線を引き、その赤い線がいまだに私の頭の中に残っているという事実が重要だ。どういう意味かと言うと、その本の著者がジョイスだとしたら、ジェイムズ・ジョイスを通して発言するという意味だ。ジョイスを読みながら初めて世の中が悪夢であることを覚ったのではない。私は赤いボールペンで線を引いた。それは、彼を知る前からこの世での私の生はもがき苦しむ悪夢であることを意識していたという意味だ。ジェイムズ・ジョイスを通して私の話をしているのではなく、ジェイムズ・ジョイスに私の言葉を見つけたのだ。彼は私の言葉を前もって、私に代わって話しただけなのだ。

文章は、「私の言葉」の代弁である時だけ、本当の意味を持つ。その他の文章はごみか案山子だ。ごみは使い道がなくなって捨てられたもので、案山子には誰も話しかけない。生、すなわち悪夢、目を開けて見る、だから余計ぞっとする。

3―3

私は来た道を再び辿り漢江橋を非常にゆっくりと歩いていった。服はめちゃくちゃで濡れていてところどころ泥水が滴っていた。でも私は気にしなかった。そんな些細なことを気にする気分ではなかった。

一体そこにどれほど長く倒れていたのだろうか。考えもつかなかった。私は時計を持っていなかったし、辺りはただ真っ暗な闇だった。昼寝をしていて悪夢を見たように頭の中が重かった。気がついた後からも私は自分がどこでどのように、どうして倒れていたのかすぐには理解できなかった。辺りを見回し、大きくてどっしりとした木の枝の間に見える暗い空を見上げた。もちろん星は見えなかった。体中がじめじめした。私は掌で顔をこすってみた。水滴がするすると音を立てながら落ちていった。ここはどこなのだろう。私はどこにいるのだろう……。

私はふと空気がよく通じない湿気のこもった墓の中に閉じ込められている自分自身を想像した。すると、狭くてじめじめして真っ暗なこの墓の中に閉じ込められている私は死体なのだろうか。確認でもするかのように、私はゆっくりと身体を起こしてみた。背骨に沿って水がするすると流れていった。私は寒さのために身体をぶるぶる震わせくしゃみをした。その時になってやっと、どういうことがあったのか事態の輪郭が徐々に浮かび上がり始めた。今更のように湧き起こる恥辱と憤怒で顔が赤くなった。

私は改めて周りを見回した。私を屈辱のどん底に落とし込んだそいつの姿は見えなかった。彼は思いがけない衝撃を受けて意識を失った私を雨が降っている草むらにそのまま放置して逃げてしまったのだ。彼は、私が死んだと断定したのだろうか。そして怯えて身を隠してしまったのか。そう思ったらそう身を処さなければならないのだろうか。そうしても許されることなのだろうか。そいつの行動はどんな理由があっても正当化されない。しかし、私はそんな問題を深刻に考えず、そんな風にもしたくなかった。

そんな状況で私にできる唯一の方法は現場から逃避することだった。この露出された暴力の世界から脱け出し、何とかして早く安穏な自分の部屋の世界に入っていくことだった。自分の暗い部屋の中に身体を横たえてできるだけ深く沈潜することだった。それだけが私が望み、うまくできる唯一の道だった。私はガタガタ震える身体を屈めて、少しふらふらしながら屈辱の島を横切って橋を渡っていった。

車道はがらんとしていた。一体今何時なのだろう。行き来する車が全く見られない車道は、思ったより時間がかなり過ぎていたのを分からせてくれた。橋の欄干にもたれて歩きながら、もしかしてとっくに通行禁止の時間になってしまっているのかもしれないと思った。それまで私は通行禁止の時間になるまで通りを徘徊したことはなかった。通行禁止の時間以降の通行は禁じられていたが、夜遅い時間の町に私は一度も誘惑を感じなかった。その思いもつかなかった通行禁止の違反を、今私はしているのかもしれないという思いの中に不思議な気分が隠れていた。法を犯すことはいかに甘美な味がするか。道のないところに道を作って歩いていくのはいかに息が切れるか。

私は徐々に押し寄せてくる寒さのためにぶるぶる震えながら青く凍りついた唇で呟いた。

「僕はこの世に間違って送り出された。僕は、今、あまりにも寂しい」

そのように声に出した瞬間、私は本当にどうしようもない寂しさが巨大な波となって全身に覆いかぶさる感覚に囚われた。私はもう一度その言葉を口の中で呟いてみた。僕は、とても、寂しい。するとどっと涙がこぼれそうになった。私のようにこの世に間違って送られた私の同胞、私と同一の狙いを抱いている私の同志、私と原形質が同じたった一人の人に対する恋しさで胸がつぶれるような気がした。その未知の対象に対する恋しさに押されて、とんでもない期待を抱いてこの恥辱の島に入り込んできた。その恋しさが、結局、拭いきれない屈辱を体験させたことは認めがたかった。あまりにも恥ずかしく悔しくて我慢できなかった。私は橋の欄干にしがみついてゆらゆら揺れている黒い川の水に向かって滅多やたらに叫んだ。悲しく寂しい獣の高く鋭い鳴き声が、長く尾を引いて水面を走っていった。

3—4

それは予定されていた出来事ではなかった。この世に一つでも予定されていることなどあるだろうか。私の生に関心を寄せている、私より大きなある存在を想定しなくては予定表について話すことはできない。しかし、私はそんな存在を知らなかった。

繰り返して言うが、それは全く予定されていた出来事ではなかった。常に状況の方が強く影響する。ある出来事は予定なしに起こるが、しかしその出来事が起こる状況は準備されているものだ。特定な状況が特定な目的地を目指して追い立てるのだ。どうしても説明が必要なら私にも状況はあった。中之島でのとてつもないアクシデント、雨の中の徘徊、そして何よりも通行禁止の時間に追い詰められたこと。

橋を渡りきる前に私は通行が禁止されている時間に歩いていることに気がついた。車道には車の姿が見えず、歩道には人の姿が見えなかった。するどい呼子の笛の音だけがけたたましい音を立てて飛び交っていた。呼子の笛の音だけが堂々と鳴り響いていた。通行禁止はそんな時間だった。私は心身ともにめちゃくちゃだった。身体は寒さのためにぶるぶる震えていて、頭の中は羞恥心と憤怒で手のつけようがないほど混乱していた。私は今まさに水の中から這い出してきたありさまをしていた。歩いてはいたが、意識はその場で足踏みを繰りかえしていた。

私が直面していた状況に気づかせたのは高らかに響く呼子の音だった。呼子の音は現実の音だった。その音は私に現実の状況に対処しろと指示した。じゃ、どのように対処しろというのか？　私は通行禁止の時間が過ぎた時の呼子の音を初めて聞いたのだが、それは恐怖を伴って聞こえてきた。それは恐怖の伝令のように聞こえた。予測できなかった恐ろしさ。私はすぐさま私の恐怖の根源が理解できた。

その呼子の音はこの世の法を代弁していた。私が知っている限り法はすべての恐怖の出所だ。どうしてそうなのか。法の背景には暴力があるからだ。その瞬間、私の目の前には中之島の銃を担いだ軍人がいきなり飛び出してきた。そいつは片方の肩に担いだ銃をガタガタ言わせながら呼子を吹いていた。そいつがここまで私を追いかけてきたのか。そんなはずはないのに目の前にそいつを見ていた。力いっぱい呼子を吹いていているために醜く膨れたそいつの頬に嫌悪を感じた。醜く汚い頬、その臭い口で力いっぱいに吹いている呼子の音に我慢できなかった。

私は一目散に走り続けた。捕まったら大変だという強迫観念が私を前へ前へと進ませた。車道も歩道もなかった。びっしょり濡れた服からは雨水がぽたぽたと滴り落ちた。どうしたことか片方の足が思うように動かず足を引きずり息が詰まってぜいぜいした。すぐにでも倒れてしまいそうだったが、必死で走り続けた。私は気がつかなかった。そのような必死の脱走が禍の元になるということを。遠くに聞こえていた呼子の音が非常に近いところで聞こえてきた。呼子の音といっしょに大急ぎで走る足音も聞こえた。私の足音ではなかった。間違いなく私を追いかけている呼子の足音だった。そしてそれは考えてみれば私がそのように仕向けたことだった。通行禁止の時間に通りを慌てて走っていく、雨にびっしょり濡れたこの男を不審の目で見ない人がいるだろうか。私は怖気づいて走り続けた。

追いかけてくる呼子の音が非常に近くに接近した時、私はかなり大きな建物の角を曲がりかけていた。息が詰まってこれ以上走り続けられない状態だった。すぐにどこでもいいから倒れ込んでしまいたかった。私は本能的に周囲を見回した。その建物の片隅についている小さなくぐり戸が目に付いた。私はほとんど無意識のうちに身体をぶつけてみた。運よくくぐり戸は閉められていなかった。私は弾丸のようにくぐり戸の中に転がり込んでぶっ倒れた。私はふっと声を出しながら雨水が溜まったセメント敷きの上につぶれた缶詰のように倒れた。ハアハア息をしながら私は目の前で空が白く燃焼されていく絵を見た。頭の中が朦朧として胸の中が息詰まってしまった。意識が薄れていく中でも呼子の音がだんだん遠くなっていくのが感じられた。

3—5

「繰り返して言うが、それは予定されていた出来事ではなかった。予定されていたとしたら、それは状況だっただろう」という趣旨の文章を私は書いた。そうだろうか。私はいきなり以前に書いた文章を書き換えたくなった。私の密やかな欲望は、今いきなり、私の生の予定表を握っている一つの大きな存在を想定してみたくなった。それは、この意外な幸運をたかが偶然の別の名前にすぎない状況の位置に落としめたくないからだろう。より確固たる基盤の上に自分の幸運を載せておきたい欲望が神のような超越者を要請する。この世と人間の生を、地図を見るように眺めている神のような存在があって特定な時間と空間が出会う座標に私を送った。私がここにこのような姿で現れたのはその大きな存在の配慮によってであり、盲目的な状況に導かれたためではない、したがってこれは偶然に発生したのではないので偶然になくなってしまうこともない、より強固で確固たる大きな意志が作用している……といった風に。

私が書いているこの文章の最も大きな弱点は陳腐で取り留めのない無益なことにあまりにも大きな比重を置いているところにある。なかなか前に進まず、度々ぐずぐずしている文章は私の消極的な意志が投射されたものである。私の書いている文章のように、私の意識もぐずぐずしているのだ。それは怠惰とは違う。しかし、そのような理由を言って弁明を並べ立てるところではない。読者たちは作家の内面まで思いやるほど寛大ではない。どういう理由であれ私はあまりにも長い時間ひと所に留まっていた。時間は流れなければならないし、文章は書き進めなければならない。

私は何かの音を聞いた。地面に横たわったまま私の耳は一時、呼子の音を追っていたのだが、その音がだんだん遠ざかっていくにつれて息苦しかった胸が少しずつ楽になるように感じられた。どこかからか犬の鳴き声が微かに聞こえてきた。私は安堵して胸をなでおろし空を見上げた。真っ暗な空にはやはり星は見えなかった。ある音楽が聞こえたのはまさにその瞬間だった。微かな意識の網の間からとても澄んだ美しいピアノの音が漏れ聞こえてきた。私は空の星を見つけようとしていたが、探している星は見えず、いきなりそのピアノの音が聞こえてきた。私はそのピアノの音を星から出た音だと錯覚した。瞬間ではあるが空のどこかに隠れている星が合図をしてきたように思われたのだ。

私は耳を澄ませた。とてもゆっくりと思い出すように鍵盤を押しているようなとても遅い曲調の音楽がそう遠くないところで演奏されていた。もちろん私はその音楽の題名を知らなかった。なぜか聴き慣れた曲のような気がしないでもなかったが、しかし、聴いたことのない曲だった。

聴き慣れたような感じというのは、正直言って音に対する私の鈍感さをさらけ出す表現だ。例えばその感じは西洋人の目に東洋人の顔が区別できないことと同じ水準なのだ。彼らの目には東洋人はどの顔も同じ顔に見え、私の耳には音楽はどの曲も同じ曲として聴こえるのだ。現在もその時も音楽は私にとってあっという間に通り過ぎていく一過性の印象にすぎない。これまで生きてきて私は数多くの種類の音楽を、ある時は自分勝手に、ある時は何気なく聴いた。しかし、それらの音楽は私の耳をさっと通り過ぎ、そしてそれきりだった。私の記憶はその多くの曲を全く再生できない。その運命とも言える夜に聴いたたった一つのピアノ曲を除いては。

その時間のすべてはあまりにも鮮明に私の記憶に刻み込まれて脱け出していかない。ひいては音楽までも。記憶の中に化石のように嵌めこまれたままでそれらは神話として醗酵する。記憶という神話の空間であろう。その空間の中に嵌めこまれたすべての化石はいかに神秘的か。今、私はその化石の中の一つを取り出して「神秘的な音楽」と発音している。そうすると賢明な読者は舌打ちをしながら、すべての化石はどうせ神秘的なものなのに、それが神秘的なのは化石であるからなのだ、と指摘するだろう。そうであると知っていながら私は首を横に振って、執拗に化石以前の神秘を話すだろう。これは化石の神秘ではなく、神秘がそのまま化石として固まって今日に至ったのだ。

誇張ではない。私は地面に横たわったままそのピアノの音を聴いたのだが、その音楽はあまりにも深く敬虔で神秘的だった。手でなく魂で鍵盤を押さえているように思えたし、その旋律の中には音ではなく魂が踊っているようだった。ほとんどこの地上の音ではないように思えたと言えば、私の受けた感じがそのまま伝達できるだろうか。思わず跪いてしまうくらいだった。しばらくして身を起こしてピアノの音がする方に向かって催眠術にかかった人のように歩いていった。音楽はその時初めて私を導いた。そうなのだ。初めて私は音楽に導かれた。その音楽が持っている地上のものではない雰囲気、それが本当の誘引の動因だった。

楽器の音は微かな灯りが漏れてくる内側の建物から聞こえていた。こんな遅い時間にピアノの鍵盤を押しながらあのように深く敬虔で神秘的な音楽を演奏する人は誰なのだろうか。その人のことが本当に気になった。音が漏れてくる建物の方に歩いていきながら私は初めてその建物のてっぺんに建てられた十字架を見た。十字架は真っ暗な空を背景にしてぽつんと立って降りしきる雨と闘っていた。その姿はなぜか悲しく見えた。

窓際に近づいてガラスを通して中をのぞいてみた。広い室内に長いすが列をなして置かれていた。天井のあちこちにぶら下がっている球形の電燈の前にある真ん中の電燈二つだけが点されていた。ピアノはその電燈の真下にやや斜めに置かれていた。ピアノの前には人が一人静かに座っていた。茶色のゆったりとしたセーターの上に長い髪を垂らした横顔がまるで絵のように見えた。女性だった。鍵盤をたたく手の動きにしたがってとてもゆっくりと上体が左右に揺れ、その細くて長い指が動く度に澄んだ奥深い音楽が花のように響いてきた。彼女の手は美しい花を咲かせる長い緑の枝だった。私はそこから突然香りをかいだ。香りは押し入ってきて私の脳を麻痺させた。私は魂を奪われてその香りに引き込まれた。

彼女は長い間ピアノの前から離れなかった。彼女がピアノの前から離れないので私も同じく窓際から離れなかった。彼女は振り返らなかった。私も同じくわき目も振らなかった。独特な雰囲気を漂わせる彼女のピアノ曲は途切れずに続いた。私の内面の深いところの線がピアノの音につれて敏感に響くのを私は感じた。私の内面の、長い間放置されたままで調律できていない、しかしいつでも調律されていっしょに響くことを待っていた古い線はちょうど音に出会ったのだと私は慌てて考えた。旋律は深く物静かで弾力があった。それらは重く底に沈み空気を支えていた。私はその上に意識を横たえて心を奪われてうっとりとしていた。その旋律の弾力のある動きは、不思議だった。それは私の部屋の深く心安らかな暗闇の中に沈みこんでいるような気分を感じさせた。そのように心安らかで、驚くほど穏やかだった。私は思いがけず出くわした感激のため涙がこぼれそうになった。

3—6

どうしたことだろうか。そこに入っていった記憶はないのだが、彼女がピアノの鍵盤の蓋を閉じて立ち上がった時、私は礼拝堂の一番後ろの長いすの上に一人で座っていた。静かに立ち上がった彼女はピアノの椅子を元の位置に戻して振り返った。その顔が微かな明かりの中であまりにも白くて美しく見えた。彼女が立っている所に丸い靄が生じてまるで彼女はそこに浮かび上がっているようだった。私の目はそれを眺めていた。ところが私の耳はいまだにピアノの音を聴いていた。ピアノの旋律がつくり上げた安らかなソファの上に意識を横たえて、すでに私はずっと以前からの私自身の中に深く深く沈していた。

彼女は横の方に歩いていった。彼女が近づいていった所に小さなくぐり戸があった。その戸の横に電燈のスイッチがあった。彼女の手は電燈を消すために壁をまさぐった。私の目はその姿を見ていた。私は、その瞬間彼女が電燈を消すのを望んだのだろうか。でなければ……。どうとも言えない。私には内心二つの願いがいっしょにあった。彼女が電燈を消す前に、後ろの長いすに座っている私を見つけてくれることを。その反面、もう一方では私の姿を見ないでそのまま去ってしまってくれることを。いつも強い願いが勝つものだ。ことの結果はどの願いがより強かったかを証明するものだ。彼女は壁をまさぐっていた手を止めてふと振り返って室内を見回した。ゆっくりと動いていた眼差しが一箇所で止まった。私が座っている方だ。私も無意識のうちに身をすくめた。この推し量ることはできない心の動きをどうすればいいのか。私は、その瞬間、ある敏捷な動物のように周辺にあるものと同じ色に変身できるならすぐさまそうしたいと願った。

彼女が私を見たのだろうか。私は周りの暗闇にまぎれようと動きを止めた。ただ事でない気配を感じたのだろうか。彼女はさらに注意を傾けてこちらの方を見つめているようだった。長い時間ではなかった。すぐに彼女はまた壁の方に手を伸ばしてスイッチに手を触れた。前の方についていた電燈が消えるだろうと期待していたのとは違って私の頭上の電燈に明かりが点いた。電燈は眠りから急に目を覚ますことが嫌なように何度か点滅したかと思うとようやく明かりが点いた。私は不意の奇襲に驚いて目を瞑った。目をしっかりと瞑ったまま動かずその場にそのままじっと座っていた。この醜い姿を明かりの下に赤裸々に曝け出すこと、そして彼女が明るい灯りの下に曝け出された私の赤裸々な姿を何一つ隠すことなく見つめてしまうことは私に羞恥心を感じさせた。恥ずかしさのために私は身動きできなかった。身体だけでなく意識も同じく何かに捕らえられたようにビクともできなかった。

足音は聞こえなかった。しかし私はついに彼女が私の傍に来て立っているのが分かった。私に近づいてきたのはある香りだった。刺激的ではないのに人の心をひきつける、美しく純粋さが漂う香りを私はかいだ。野原を駆け巡っていて転んで草花に顔をうずめて寝転ぶ時、このような香りがするものだ。とある日の早朝に山寺で寝付けず窓を開けた時に吹いてくる風の中にこの香りは漂っていた。この香りの誘惑はどれほど遥か遠いものだったたか。いかなる言葉でも言い尽くせない絶望の深淵だったのか。私は、その時、知った。純粋とは最も強い誘惑だということを。純粋であればあるほど惹かれざるを得ない誘惑であるということを。修道者たちはどのような人たちなのだろうか。最も強い誘惑に魅惑され、弱く些細な誘惑を捨てた人たちだ。彼らは誘惑と闘う者ではなく誘惑に投降した者たちだ。一つの強い誘惑に降伏することによって些細な多くの誘惑を一挙に払い除けた者たちだ。彼女の香りは私にそんな思念を呼び起こさせた。

香りはそのように私に近づいた。美しく澄んだ鈴の音をチリンチリンと立てながらそのように私に近づいた。私はすぐ近くにその香りを感じた。ところが目を開けることができなかった。彼女がすぐ目の前で私を見下ろしていると想像するだけで精神が朦朧としてきた。息が詰まって、思ったように呼吸さえもできなかった。私はさらに力を入れて目を瞑った。目の周りの筋肉が痛くなるほどだった。

時間がどれほど過ぎたのだろうか。千年も経ったような気もしたし、一方では初めからすべての時間が凍り付いてしまったようにも思われた。足音は聞こえなかった。しかし、私は薄くなっていく香りを通して彼女がようやく私の座っている所から遠ざかっているのが分かった。ところがそうとは分かってもしばらく私は目を開けることができなかった。目が開けられなかった。目を開けたくなかった。説明しがたい心の安らぎが私を包んだ。私は音楽と香りの中に入り乱れて朦朧とした。音楽と香りと自意識の渾然一体。思いがけなく私はそこで神秘を体験した。

そのようにして寝入ってしまったのだろうか。私がまた目を開けた時、天井の電燈は初め私がここに入ってきた時のように前の方の二つだけに明かりがついていて、私が座っているより前にある椅子に数人の人が座っていて居眠りしているように前後に頭をゆすっていた。二十分か三十分ぐらい経ったのだろうか。ほとんどが中年以上の女性たちに見えたが、男性の姿もちらほら見えた。彼らは居眠りしているのではなかった。彼らの口からぶつぶつ言う声が漏れていた。彼らは祈っているのに違いなかった。少し遅れて入ってきて私の横を通り過ぎて前の席にいく人もいた。そうだとしたら午前四時は過ぎたはずで、通行禁止の時間も過ぎているということだ。私は頭を下げて祈りをしている人たちを見回した。一度ちらっと見ただけで彼女がここにいないことが分かった。もしかして夢を見ていたのか、と私は呟いてみた。そしてすぐに首を強く振った。夢というにはその深く神秘的な雰囲気の旋律と遥か遠くにある純粋な香りの余韻はあまりにも鮮明だった。

4—1

あることの始まりには責任が取れない部分がある。誰も責任の取れない、ぱっくりと口を開けた真っ暗な領域がある。そこに足を踏み入れたことがある人は首をかしげて、またはわざと空咳をしながら運命だと言う。それは運命的な始まりだと言う。そして私たちの運命的な出会いはそのように始まったのだ、という風に。運命的に、と言葉にした瞬間ほど運命的に思える場合がほかにあるだろうか。問題はそれが運命でなく、運命的だというところにある。私たちは運命を見せることはできない。しかし、運命的なものはいくらでも見せられる。運命はあちこちにあるものではなく、運命を口にした瞬間にその人に運命は宿るのだ。生は認識と解釈の場であるというわけだ。

三日間寝込んで（薬局で調剤してもらった薬が効き過ぎて夜昼となく朦朧とした眠りについてしまった。学校も二日間欠席した。一日中、学校の養護室で寝ていた。養護の先生は薬もくれないで机の前に座ってガムをかみながら女性誌をめくっていた。女性誌の表紙には今人気絶頂の女性のタレントが悩殺的に笑っていて、その右側と左側の下の欄にはその雑誌に載っている記事の題目が赤、青、黄色の太く、細いゴチック体と明朝体の字で書かれていた。その中でも目に付くように大きな字で書かれた題目が目に入った。「LIKE A VIRGIN　初夜に処女のように見せるためのテクニック」未婚の養護の先生が間違いなくその記事を読んだだろうというわけではないが、私は変に赤面してしまった。私は彼女と顔を合わせないように目を避けた）、夜になると、また私は教会に行っていた。抑えきれない力が私の背を押した。薬の作用で奈落の底に落ちていくような眠気に襲われながらも私はずっとそのピアノの音を聴いていた。白く長い指が踊るように鍵盤を抑える様子を見ていた。私は養護室にいる時から心は礼拝堂にいた。

礼拝堂の中は暗くて静かだった。家を出る時確認した時間は九時を二十分ほど過ぎていた。途中で少しためらったが、まだ十時前だろう。私はドアから最も近い一番後ろの席に座っていた。この前に座っていたその席だった。暗い礼拝堂の中の深い静寂が私を妙な気分にさせたようだった。簡単には説明しがたいが、ある特別な空間に入り込んだ感じだった。私は振り返って入ってきたドアを見た。どっしりとした重量感のある木のドアは前後にゆっくりと揺れていたが、ついに動きを止めた。

そのように閉まったドアは不思議な断絶感を惹き起こした。そのドアは一つの空間を違う空間から遮断するドアだった。その違う空間に私は自分の手で直接ドアを開けて入ってきたのだ。そのドアを開けて閉めた瞬間、私は日常の空間から離れて出ていったことを意識した。意味とか次元が全く違う、非常に見慣れない空間に入ったことを覚った。すべてが違ってしまい、新しくなったような感じが加わった。それはびっくりするほど驚異的な経験だった。

私はようやく聖なることの意味を理解できるような心情になった。インド人たちはどこにでもあるありふれた岩に赤い紐を結びつけてその岩を他のものから聖別する。赤い紐に何か特別な力があるからではない。それはただ赤い色のありふれた紐にすぎない。しかし、その赤い紐はその岩が聖域であることを宣言している。するとその岩は聖なる岩と化す。聖は俗の真っ只中に、一つの戸で区別されていた。戸を開けて入っていくと全く違う世界が現れるのだ。

暗闇はどれほど聖に近いのか。昼の煩雑さが惹き起こす世俗の生とこの夜の静かさはいかに違うか。私は聖なる暗闇の中に体を預けて座り、長い間待った。前を見ていながら私のすべての神経は背後に注がれていた。私がそうであるように、手であのドアを押して入ってくる一人の女性を待っていた。彼女は長い間現れなかった。通行禁止のサイレンが鳴り響かないか心配になるほど長い時間が経った時、私はもう帰らなくてはとしばらく躊躇った。私の振舞いがとんでもないことだとも思われた。たった一度、それも偶然に夜遅い時間に飛び込んだ礼拝堂でピアノを弾いている髪の長い女性に会った。その女性にまた会うために（会ってどうするということもなしに）夜遅く礼拝堂に駆け込んできた。

会ってどうするのかという質問はおくとしても、この時間にここに来たら彼女にまた会えるだろうという期待は荒唐無稽なことだろうか。しかし、私はその時すでに合理主義者ではなかった。神秘を体験していたし、聖の感覚を味わった者だった。

後ろのドアは開かなかった。開いたのはピアノが置いてある前方にある小さな戸だった。私は胸がドキドキと音を立てて打つのを聞いた。そうだ。そこに戸があった。彼女は戸を開けて入ってくるとすぐに壁をまさぐってスイッチを押した。電燈がぶるんと震えて点いた。やはり前と同じように前にある二つの電燈だけに明かりが点いた。彼女はすみれ色のドレスを着ていた。長い髪と白くまぶしい顔が私の呼吸を不安にした。ピアノの前に座った彼女は手を合わせてしばらく動かなかった。私は彼女が目を瞑っていると思った。私は暗闇の中で目を開けて目を瞑っている彼女を見つめた。

彼女は十七世紀の敬虔な宗教画家が描いたある絵画を連想させた。その絵の中から直ぐに飛び出してきてそこに座っているように感じられた。この区別された時間、この聖別された空間に彼女と二人だけでいるという事実に私は興奮した。彼女が絵画の中に再び入りながら私を連れていったような感じ、それは初めて接するとても微妙な感情だった。

ようやく彼女はピアノを弾き始めた。私は直ぐ分かった。この前の夜聴いたその驚異の曲だった。その日以後、薬の副作用で朦朧としながら夜となく昼となく聞こえてきた曲だった。その音楽は彼女にあまりにもふさわしい音楽だった。彼女はその音楽の形象のようだったし、音楽は彼女の神経のようだった。私の内面はまた彼女の旋律によって調律された精神で踊り始めた。

一つの決心のような予感がした。彼女はすでに私の魂を虜にした。私は彼女の傍から絶対に離れられないだろう。

4—2

その日以降、私は夜毎に聖なる暗闇の殿堂を訪ねた。彼女は変わりなくピアノを弾いたし、私は一番後ろの席でびくともしないで座り彼女が演奏する音楽を聴いた。彼女が現れる時間は一定していなかった。私が礼拝堂に入る前に音楽を聴くような日もあった。ある日は夜の一二時間近になってそわそわしながらもう帰らなくてはと思い始めた瞬間、遅くに現れたりもした。したがって彼女はピアノの前から離れる時間も一定していなかった。ある日は彼女が私より先に出ていき、ある日は私が先に帰った。ある日は彼女と目があった。しかし、そのままで、彼女はそれ以上分かった振りをしなかった。

私がそんな瞬間に期待したものは何だったろうか。この状況が続くことだったのだろうか。そうでなければ何かの進展？　両方だった。事態の変化を望む漠然とした期待を何かが遮っていた。その何かが恥ずかしさ、または恐ろしさだと言えないことはない。私は前に進もうとする焦った私の欲望に向かって尋ねた。さあ、どこに行こうとしているのか。言ってごらん。彼女をどこへ連れていけると思っているのか……。そして宥めた。渇きを癒す一滴の水も準備しないで喉の渇く砂漠に私を連れて行くな。欲望よ、お前はどうしてそのように渇きに足掻いてばかりいるのか。ここに留まっていなさい……。そうして長い間表面的には何も起こらなかった。自分自身を錯誤なしに説明できる人がどれほどいるのか。根拠のない行動などあるはずがないが、自分の行動の根拠をはっきりと説明するのは簡単なことでないから、私は自分自身でありながら私をなかなか理解できない。それは私が一つの単純な私でないからだ。私はどれほど多くいることか。私は誰なのか、私の行動の根拠は何だろうか、と質問して説明しようと試みる私もまた数多くの中の一人の私にすぎない。

4―3

一体私は何のために夜毎にそこに行かなければならなかったのか。

その答えようのない質問が外部からなされた。ある日の夜のことだった。私はいつものように定刻に礼拝堂のどっしりとしたドアを開けて入り、いつものように一番後ろにある長いすに席をとり座っていた。しばらくしてドアが開く音が聞こえた。私は頭を上げてピアノの横にある小さなくぐり戸に視線を移した。ところがその戸は開かなかった。他の所で人の気配がした。

私は振り返った。私の真後ろに誰かが立っていた。開いたドアは私が少し前に入ってきた後ろにあるドアだったのだ。暗闇の中だったのではっきりと確認できなかったが、輪郭だけでも彼女でないことは確かだった。いきなり私の顔の上に明るい灯りが射した。奇襲を受けて瞬間的に私は顔をしかめた。灯りは相手の手から射していた。しかし、私は相手の顔を確認できなかった。私は恥ずかしくなった。

「誰？」

男のように太い声だったが、女性であることが分かる声だった。歳もかなり取っているようだった。少なくとも五十歳にはなっているだろう。初めからそのつもりで入ってきたようで、その声には鋭い警戒心とすぐにでも飛び掛かりそうな荒々しさがこもっていた。「誰？」という問い詰めは「どなたですか」という問いとどれほど違うことか。相手が「どなたですか」を選ばず、「誰？」を選んだのは明白な事実を一つ示唆している。自分が判断した状況に対する自信を持っているからだ。そう言ってもいいと思われるからそのように言ったのだ。誰もそう言ってもいいという自信なしにそのようには言わない。この女性は私を怪しい者だと思っている。この女性は私を非難している。私はいきなり邪悪な犯罪行為をしでかして現場で見つけられた者のように恐怖を感じた。

「誰？　一体何者なんだい。夜毎に怪しい振舞いをして？」

どんな返事ができただろうか。私はただ顔に照らされた電燈のまぶしさから逃れようと手を広げて目を覆っているだけだった。私の姿ははっきりと照らし出されているのに、私は相手を全く見ることができなかった。これはあまりにも不公平なゲームだ。しかし、ああ、ゲームと言えば。

「話してごらん、こやつ。何をしでかそうと夜毎にこの教会に出入りをしているのだい？　見たところまだ若いようだし、正直に言わないとすぐにでも派出所に連れていくから……」

私が何も言えずにいると、その女性の威圧的な声はより強くなっていった。さらに険悪な言葉が飛び出し、脅迫するような言葉遣いもより激しくなった。それにもかかわらず適当な弁解の言葉は引き出せなかった。何か間違いを犯したようだが、それは今私を叱っている相手に対して犯した間違いだとは正直言って少しも思わなかった。私を叱る人は別の人だ、そんな思いだったし、そのために適当な言葉を見つけられなかったのではないかと思う。そんな私の事情に配慮するはずもない相手はただ私の沈黙にあきれてしまったのだろう。言葉では通じないようだと言って、とうとう私の身体を摑んで引き起こそうとした。その時になってやっと私の口から言葉が飛び出したのだが、その言葉は的外れだった。

「ピアノを聴こうと思って、私はただ……」

「何だって、どうしようもないね。わけが分かるように話さなくちゃ」

私の返事が彼女をさらに怒らせたとは思わない。それより私の言葉の意味がよく理解できなかったであろうし、したがって彼女の怒りを静めるにはとても足りなかったのだろう。彼女は私を引き起こして、私は何の抵抗もできないまま後ろの方に引き出されていった。彼女は声だけでなく力も男のように強かった。どのように防衛すればよいか分からない状況を前にして私の精神は限りなく途方にくれていた。私の口からは手の尽くしようのない精神の露出のように意味のない途切れ途切れの虚しい言葉が不規則に飛び出した。

「ちょっと待ってよ、お母さん」

他の声がいきなり飛び込んだ。この救いの声はどこから聞こえてきたのか。私は電燈の灯りが揺れる間を利用して声のする方を振り返ってみた。私がそれまで大変な思いで相手にしていた中年の女性の後ろに人が立っていた。その人だった。今すぐに現れたのかもしれないし、もしかして初めからいっしょに傍にいたのかもしれない。どちらの場合にしても状況はそう変わらなかった。彼女はすべてを知っている。私を威圧する女性の自信は彼女がいたからだ。そうするとどういう意味になるのか。私を怪しく思った人はまさに彼女だったのだ。どうして怪しいと思ったのだろうか。彼女の立場では見慣れない男の怪しげな行動は当然疑いの対象になったことだろう。それがどうしておかしいのか。それにもかかわらず私はその事実が残念だった。彼女が私を疑ったとは。彼女が私を！ 私の中の裏切られたという激しい動揺を私は不安な心情で覗き込んでみた。

「私が話してみるわ」

彼女は繰り返して言い、その時になって私の胸元を摑んでいたいかつい手が解かれた。大丈夫かい？ どうしようという心配の混じった質問が続き、そして私に向かってもう一度威圧的な言葉を繰り返した後、中年の女性は引き下がった。

壁側にある電燈に灯りが点いた。二人のうちどちらかがスイッチを押したのだろう。私は目を瞑った。目を瞑ってしばらく開けなかった。目を開けるとすぐ目の前に彼女が立っていることだろう。それが私を極度の興奮に追いやった。少し前の裏切られたという激しい動揺など眼中にもなかった。彼女が今、私の前に立っていることだけが重要であり意味があると思われた。そのうち私は不意に心の片隅に湧き起こる不安を感知した。その不安はあまりにも長い間あまりにも静かだという認識からきたものだ。彼女はそのまま行ってしまったのではないだろうか。相手にする必要もないと判断して、私をここに置いたまま……。そのような不安が慌てて目を開けさせた。ああ、彼女は目の前に立っていた。彼女一人、目の前にすっくと立っていた。私の顔をじっと見ながら。私はまた目を瞑ろうとした。

「目を開けなさい。目を開けてちょっとここに来て座りなさい」

私はそっと目を開けて、彼女が指差した所に行って座った。私が座るのを待って彼女も私の横に来て座った。未明の空気から匂ってくる澄んだ香りが漂ってきた。私は息苦しくなった。なぜか私が彼女の香りを吸っていることを彼女が知るといけないような気がした。そして私はとても密かに注意深く息を吸った。私の様子が怯えているように見えたのか。彼女は微笑みながら静かに話し始めた。

「びくびくしないで、良い方なの。私の母よ。頭を上げてごらん、びくびくしないで」

私はそれでも頭を上げなかった。彼女はまたそっと笑った。神秘的な微笑を感じた。見なくても見えるようだった。

「話してごらんなさい。あなたはすでに幾晩もここに来ていたでしょう。この教会に来ている信者のようでもなかったし、そうでしょ？　何か悩み事でも？　信仰生活をしているの？」

何も話さない私がもどかしかったのか、一度にいろいろな質問をしてきた。そして私の顔をじっと見つめた。見なくても分かった。彼女は私の頭の中にある考えを読み取ろうとしているかのように注意深く見つめていた。私は首を振った。何をどのように話せばいいのか。同志、同質の原形質、同じ狙い、年上の女性に対する恋愛の予感……。そんなことをどのように話せただろうか。私は自信がなかった。相手の共感を呼び起こそうとしたら、こんな話こそ論理に従って筋道を立てて説明しなければならないのに、私にはそんな自信がなかった。万が一にも言葉の順序を間違えてめちゃくちゃになって自分勝手な言い方になってしまいそうだった。私自身も理解できない浮ついた話がばらばらになって出てこないという保証はなかった。だからと言っていつまでも黙って座っているというのも馬鹿げたことだった。私は緊張して赤面しながら汗が流れるのを感じた。

「ピアノの音が素晴らしくて」

私はふとそう言ってしまった。そして自分自身でも驚いて口を閉じてしまった。話の内容というよりは、私の口から言葉を発したということに自分でも驚いたのだ。その次に驚いたのは彼女の沈黙だった。私が言い終えた後、彼女は反応を示さなかった。とても短い時間であったにもかかわらず私は彼女がかなり長い間沈黙を守っていたように思えたし、もしかして自分が何か間違ったことを言ったのか、それで気を悪くしたのではないか、と急に心配になった。そのような心配はとんでもない衝動を惹き起こした。私の危なげな一言を補修するためにつじつまの合わないいくつもの言い逃れの言葉が動員される事態をよかったのかと言えばよいのか悪かったと言えばよいのか分からない。

「一日中雨が降っていた夜、もしかして覚えていらっしゃるかしれませんが、初めてここに来た時、偶然にそのピアノの音を聴いたのです。いいえ、偶然ではなくて。通行禁止の時間に呼子の音を避けてここに飛び込んできたのです。雨に濡れながら横になっているとピアノの音が聴こえてきたのです。初めて聴く曲なのに不思議に親近感があったのです。そういうのってあるでしょう、魅惑されたというか。一瞬で引き込まれてしまうような、運命的な、何と言えばよいのかそんな感じでした。うまく説明できませんが……。今も私の内にその音楽が流れています。いつも流れているのです。その時、そんな濡れたひどい姿で礼拝堂の中に入ってきて暗闇の中で身をすくめてピアノを弾く姿を盗み見したのです。他に何の狙いもありませんでした。ただ、それだけでした。音楽です。その後も、ずっと、何の目的もありません。私はただ……」

繰り返して他意はなかったという私の強調は、相手からすれば防御していると聞こえたかもしれない。私は話しながら瞬間的にその点を心配した。彼女は私の内心に気づいてにっこりと笑っているのではないか。私は彼女の表情が気にかかった。頭を上げた。彼女は口元に笑みを浮かべていた。その笑みには私が思っていたよりもっと深い意味がこもっていた。手っ取り早く言えば、彼女は私の話した内容でなく、その言葉の裏面に隠されている動機と私の密かな願いまで見通しているようだった。二、三歩先を前もって見通す人の表情がこうであろうと思われた。彼女の卓越した表情が私の口を閉ざさせた。私のすべてが一時に暴かれてしまったような気分は本当に何とも言えないものだった。私はもう一言も話せなくなった。

どうしたことか（本当に彼女は私の心の中の強烈な欲望の正体に気づいていたのだろうか。それでそうだったのだろうか、でなければ私がした話が納得できなかったのだろうか）、彼女もあれこれ言わなかった。「音楽が好きなのね」と呟いて、しばらく黙っていた後で学生たち向けの礼拝は土曜日の午後五時にあるからその時に出席しなさいと言い添えた。その瞬間彼女の母親がまた現れなかったら、彼女は何を話していたのだろうか。何とも言えなかった。しかし、試みられなかった可能性に対する無念さはそれだけに大きかった。彼女の母親はいつの間にか私たちの横に来て見守っていた。そして彼女はそれくらいでこの似つかわしくない二人が作っている状況を終結させてしまいたいようだった。

「君はもう家に帰らないと。とても遅くなってしまったよ。チョンダン、あなたももう戻らないと」

4―4

彼女の名前はチョンダンだと知ったことはその日の収穫と思わなければならないだろう。追い出されるように出てきながら私は様々な思いに耽った。名前は私にとって重要ではなかった。名前はある事物に対するもっとも制限された定義だ。事物を認識できる他の方法が分からない時、私たちは便宜的に名前をつける。名前を書くことは認識の方法ではあるが、それは最悪な方法だ。名前をつけるのは区別するためであり、認識するためではないからだ。区別を通さないでは認識できない時、人々は名前を使う。それでは区別する必要がない時はどうするのか。区別なしにすでに総体的な認識に至っている場合に名前を知って呼ぶことに何の利益があると言うのか。かえってその新しい名前が本当に認識を妨害したりもするのではないか。私にとってはそうだった。

私は彼女を知っている。少なくともそう思ってきた。これまで彼女の名前を知らなくても私は全く不便を感じなかった。さあ、私はここまで来る間、「彼女」という代名詞だけで充分だった。彼女と発音した瞬間、数多くの不特定な彼女の森からたった一人の彼女が思い浮かぶ。唯一の「彼女」。ところがこの名前、チョンダンは私の知識にどのように寄与するのか。そのどこか田舎者臭くいい加減につくられたような女性の名前は私が認識している彼女の肖像を少し傷つけた。他の名前、より洗練されていて高尚な名前を期待していたわけではない。たとえそんな名前で呼ばれたとしても私が感じた失望感は変わらなかっただろう。私が言いたいのはどんな名前も期待していなかったという意味だ。名前が何であれ私が心の中で描いていた彼女は明確に表せなかっただろうという意味だ。

——私が知っている彼女？　するとその彼女もまた本当の「彼女」ではないのだ。ただ「私」が知っている彼女なのだ。それもまた破片なのだ。「彼女」の破片、無数の破片の中の一つ……。

——しかし、すべての認識は破片だ。重要なことはそれは本当の破片なのか、またはそうでないのかだ。そしてすべての本当の破片は本当の認識なのだ。破片を摑まないと実体に近づけない。私がしっかりと摑んでいる私の破片が重要なのだ。

彼女は私にとって単純な女性ではない。私は魅かれていく。私を引っ張っていくのは一人の女性ではない。私は近づいていく。私が近づいていくのは一人の女性に向かってではない。彼女は一つの標的であり個体ではない。彼女は一つの、別の独立した世界だ。私が出てきた所であり、私が遂には行かなければならない所だ。私の生において善とは何であろうか。それはその標的の下に行って突き刺されることだ。

4―5

次の日も私はピアノを演奏している彼女を見た。私が到着した時、彼女はピアノを弾いていた。私はいつものようにいちばん後ろの長いすに座っていた。説明しがたい安らかで穏やかな感覚が新しく浮かび上がってくるようだった。それはまるで飛行しているような感じに似ていた。私の肩に羽が生えて空を飛んでいるような気分に私は取り付かれた。

いつもより少し早くピアノの前を発とうとしていた彼女は後ろを眺めて少したじろいだ。彼女が私のところに来たら、もしもう一度話をすることができたら……。私はここに来る前から彼女に話す言葉をあれこれ考えていた。私が感じている主観的な同志意識をどのように彼女に説明できるだろうか。難しく苦しいことだった。それに言葉はどれほど不完全なものか。この言葉を捕まえるとあの言葉を見失ってしまうし、それであの言葉がいいと思うとまた他の言葉がいきなり飛び出すといった風だ。あれこれ考えれば考えるほどあれもこれも適切ではないように思えた。完璧な言葉を得たいという思いは、結局どんな言葉も選ぶことができなくした。言葉で何ができるというのか。言葉になった瞬間真実は脱落してしまうのに。最後にはそんな境地にまで陥ってしまった。

したがってその場に座っていた私は何の言葉も準備できないでいた。彼女がゆっくりと私に近づいてきて私の前に静かに立った。彼女の表情は灯りを背にしているせいか少し暗く見えた。口元に浮かんだ微笑にも翳が感じられた。その闇と翳は、私に神聖な雰囲気を感知させた。どうして神聖は闇を背景にしていなければならないのか。私は何かを言おうとした。しかし、言葉が見つからず、その代わりに突然激しい咳がとび出してしまった。喉に引っかかっていた数多くの不自然な言葉が一度にとび出そうとして競り合っているのが分かった。私は慌てた。しかし、意味もなく出てくる突発的な咳は止まりそうにもなかった。私は椅子にしがみついて頭を下げたまま続けて咳をした。

「大丈夫?」

やっと咳を止めて息を鎮めている時、彼女が尋ねた。私は頷いた。手には咳をした時、飛んだつばがこびりついていて、口元にもつばの跡がついていた。手の甲で拭くわけにもいかず、そうかといってどうすることもできずに曖昧な姿勢で彼女を見上げた。

「これで拭く?」

彼女が片手に持っていた本を開いてその中に挿んでいたハンカチを取り出した。私は慌てて手を振った。

「いいから、これで拭きなさい」

彼女は手でハンカチを握らせてくれた。菊の花の刺繍がしてある白いハンカチだった。私はそれを受け取ってからもしばらく躊躇っていた。彼女はただにっこりと笑っていた。私は躊躇いながら掌を拭き、口元も拭いた。ハンカチにしみこんでいた彼女のまろやかな香りが皮膚深く染みとおってきて私の魂を揺り動かした。

私はハンカチをいじくっていた。彼女は私の前に手を差し出したが、私はそのことさえ気づかなかった。私の注意を呼び起こそうとするかのように彼女は私の目の前で手をひらひらと振った。まるで手が踊っているようだった。その時になって私は顔を赤らめながらハンカチを手渡した。彼女はハンカチを本の中に挿んでまた笑った。その微笑は私の内側をすべて見通しているように思われ、私はよい気分ではなかった。

「こんな時間に礼拝堂に来るのは構わないけど、家の人が心配するでしょう? 学生なんでしょう、勉強もしないといけないし……。もう今日は帰って土曜日に来たらどうかしら? この前そう言ったでしょう? 学生たちは土曜日に集まるって……」

「私のこと、気になさらないでください。私がいること、邪魔になりますか?」

私は勇気を奮って聞いてみた。どうしてなのか。私も意識しないうちに少しきつい言い方になってしまった。ああ、私が話したかったのはこんなことではなかったのに……。

「どうしても気にはなるでしょう。さあ、もう帰りなさい。いつか昼間に話をしましょう」

彼女は前のくぐり戸から出ていき、私は後ろのドアを開けて外に出た。

4—6

熱情が激しく燃え上がった。私の中にそんな熱情があったとは。それは何よりも私を驚かせた。私の魂は一つの方向を見つけて止められない速度で突進していった。夜毎に夢を見て、目が覚めると手紙を書いた。自分なりの切実な心情が充分に固まらないままで書かれたそうした文章の一部は後に彼女に伝えられた。しかし、それより遥かに多くの手紙が私の日記帳の中に埋もれたままいつの間にかどこかに紛失してしまった。

時には夢を利用して私は大胆な想像をしたりした。彼女は椅子に座っていて、私はその前で跪いて座り、彼女の裸足に唇をつけた。唇の先から始まって燃えるような旋律が体中を引っかいて通り過ぎた。ある時は役割が代わったりもした。彼女の唇は柔らかくて冷たかった。冷たい唇のぞっとするような恍惚感とは。そんな想像の中で私の精神は限りなく朦朧としていた。闇は深くて私の恥ずかしい意識を適当に隠してくれた。半透明な世界の中で夢として偽装された欲望の発現。今、分かった。私は虜になったのだ。私は彼女から離れられないだろう。ああ、愛という言葉はいかに慣れない言葉なのか。私はその言葉が放出している磁場の中に入ったことがなかった。しかし、他にそれに代わる言葉がないとしたら、どう言えばいいのか。愛と言う以外に。

5―1

母が立ち寄った。豚肉の炒め物と一月の生活費が母の痕跡だった。それらを見た時、急に涙がこぼれた。私は初めて豚肉が置いてあるお膳の前で泣いた。ご飯が、ご飯を食べなければならない人間が、ご飯を食べるために純粋でないように武装しないといけない現実が涙を流させた。生はどれほど寂しいものか。どれほど残酷で悲しいものか。そのようなとてつもない感傷が「文学的」に湧き起こった。私は食事に手をつけられなかった。

5―2

土曜日の午後の教会には人が疎《まば》らだった。塀の傍につくられたベンチと建物の廊下には私と同じ年頃の少年たちと私より年下の少年たちが、二、三人ずつ群れになっておしゃべりをしていた。ドアを開けて入ってきたばかりの青年たちもいた。彼らは互いに挨拶をしながら握手をしたり、けらけら笑いながら話をしていた。そんな様子は底抜けに明るく軽薄に見えた。私には慣れていない情緒だった。彼らは私を知らないし、私は彼らを知らない。私はなぜか来てはいけない所に来たような気がした。入っていかない方がいいのではないか。しかし、何か私を引っ張る力があった。それが何であるか私は知っていた。行動に移すまでには大変なためらいが必要だったが、しかし私の心は土曜日の午後の時間をしっかりと心に刻んでいた。彼女は私をそのように呼んだし、私はそのように受け入れたし、だからそれに応じるのが道理だった。

私はもじもじしながら礼拝堂の中に入ろうとした。入口に立っていた私と同じ年頃にみえる女の子がニコニコ笑いながら私を呼び止めた。

「初めて来たんですか？　二階の教育館に行ってください。青少年の礼拝はそこであります」

そう言いながら彼女は私の前に一枚の紙を差し出した。礼拝の順序が書いてある週報だった。私はそれを持って二階に上がっていった。入口には机が置いてあって、二人がその前に座っていた。一人は男性で一人は女性だった。男性は机に俯いて何かを書いていたし、女性は引き出しを開けて何かを探していた。私は彼らの前を通り過ぎて教育館と書いてあるドアを押して入っていった。いや、そうではない。入っていこうとしていた。入っていこうとしたところ後ろから誰かが呼び止めた。聞きなれた声だった。しかし、振り返って彼の顔を確認するまでまさかそこで彼に会うとは思いもかけなかった。彼は声に出して笑いながら私に近づいてきた。

私が通っている学校のクラス委員だった。クラス委員は大げさに私の手を握って振りながら「よく来た」という言葉を何回も繰り返した。そう言いながらも軽快に笑うことを忘れなかった。まるで自分の家にいるような様子だった。彼のそのような態度が私を疑惑の中に引きずり込んだ。こいつのあの雪のような明るさの基盤はまさしく信仰心だったのだろうか。この宗教がこいつをそのようにいつも絶えず快活にさせているのだろうか。彼に自分の手を摑ませたまま立っている私はとても居心地が悪かった。彼は私と違った世界にいる人だった。彼は彼の世界の代表者だった。どんなことがあっても彼と同じ人にはなれないという思いが私を支配していた。それは私がそれまで固く信じてきた最小限の、力の限りの意地であり自尊心だった。ところがどうして、どうして「彼女」を形象する場所に彼が居るのだろうか。この宗教はどうして彼と彼女を同時に形成できるのだろうか。一つの信仰がどうしてそのように相違する人格を包容できるのだろうか。彼女の世界に彼が入ってきて存在することができるのか。この世界の実体は彼なのか彼女なのか。

私のそのような疑惑と混乱は教育館の中で私と同じ年頃の、クラス委員とよく似た感じの少年たちに囲まれている彼女の姿を見つけながら肥大化した。彼女を取り巻いている風景が彼女を駄目にしていた。あまりにも軽薄で通俗すぎる快活さに取り囲まれ、彼女は神秘性を失っていた。私はその情景に腹立たしくなった。

クラス委員は私の腕を捕まえて彼女のところに連れていった。彼女が微笑みながら私を迎えた。

「僕のクラスの友だちです」

「そうだったの？　知らなかったわ、チュンシクと同じ学校に通っているなんて」

「先生、彼のこと知っていたんですか？」

「そうよ、よく知っていたわ。前からいろんな話をしたもの、そうでしょう？」

クラス委員は信じられないという風に彼女と私の表情を代わる代わる眺めた。私は何も言わず、彼女も微笑んでいるだけでそれ以上説明しようとはしなかった。しばらくして偶然に振り返ってみると、入口の方で彼女がクラス委員と近寄って話をしている様子が見えた。意外にも彼らは私の方を見ながら話し合っているようだった。話しているのはクラス委員で、彼女は頷きながら聞いていた。私はわけの分からない憤怒と羞恥心で顔が赤くなった。間違いなく私の話をしているのだろう。私はそう信じた。クラス委員が彼女にどんな話をしているか充分に分かっていた。私が彼に敵意を持っていたとしたら、彼も私に敵意を持っているだろう。彼と私は違う種族だ。彼が私と違うように私にとっても彼は違うだろう。彼の基準は私のそれと違う。私は違う。彼とは違う。彼に一体何が話せるというのか。顔が赤くなり脈が速くなり胸の中が熱くなった。もう少しで彼のところに走っていって声を張り上げてしまうところだった、思いもかけない衝動を今でも生々しく記憶している。

礼拝が終わり、聖書の勉強をする場で彼女は自分を取り囲んで座っている私と同じ年頃の少年たちに私を紹介した。私は立たされた。彼女が話した。

「さあ、新しく入ってきた友達です。自己紹介をしてみて?」

私はクラス委員を見つめた。彼はしゃあしゃあとした例の表情を見せながらせきたてた。私は席を立ったが、うまく話せなかった。するとクラス委員はすっくと立ちあがって私の紹介を代わってした。

「僕と同じクラスの友だちで、とても特別なんです。名前はパク・プギルで、とても文学的なやつです。どう言えばいいかな、少し無口でまじめで、そして少し反体制的で、それに……。実は私も彼のことよく知りません」

彼は特有の声を出して笑いながら自分の席に座りなおした。彼は自分の知っていることは全部話した。彼の話は正しい。彼は私をよく知らない。どうして彼が私のことを知り得ようか。でも彼は私をとても特別だと評した。その言葉は異邦人ということに通じる。彼も認識していたのだ。私が自分とは違う世界に属していることを。文学的だというのは非現実的だと皮肉っているのだろうし、まじめだとか反体制的だという言葉は、それもまたどこか正常でないことを意中に秘めた表現だったのだろう。

彼が席に座りなおした時、わあっと笑い声が起こった。それは私に対するものではなかった。それより私を紹介したクラス委員の話し方に対してだった。しかしその笑い声は、結局、私を攻撃していた。私は呼吸が乱れ吐き気がした。拍手の音が聞こえた。私は席に座り込んだ。彼女が立ち上がって何か話し始めた。それはそこに集まっている学生たち全員に向けられた公的な教訓だった。クラス委員が彼女のことを先生と呼んでいたのが思い出された。彼女は先生だったのだ。しかし、私の耳には何も聞こえてこなかった。彼女は私には先生ではなかったからだ。

5―3

「他の世界はよく知らないの。私はこれまで教会でだけ暮らしてきたのよ。これからもこのように暮らしたいわ……」

聖書の勉強が終わる頃に彼女の声が私の昏々とした聴覚を目覚めさせた。学生たちと自由に対話を交わす時間だった。彼女はこの教会の牧師の娘なのだろうか。漠然と推測していたので私は別に驚きはしなかった。

「……祈り、ピアノを弾き、花の水を変えて、教会の掃除をして、そして君たちと聖書の勉強をして……」

「でも、結婚なさるんでしょう？」

一人の男の学生がいたずらっぽく聞いた。残りの学生たちも同じ表情で彼女をじっと眺めた。私も彼女を見上げた。彼女は突拍子もない質問をされても別に慌てた様子も見せなかった。しばらく黙ってそっと微笑んでいるだけだった。彼女のそんな落ちつきが、それなりに確固たる信念によって支えられていることを容易く気づかせた。

「もちろんするでしょう。でもそんな場合でも私の計画は変わらないでしょう。私は神学を勉強して牧師になる人と結婚するつもりだから。ずっと前からそのように考えてきたんだから」

「そんな人が居るんですか？」

今度は前の方に座っている女子学生が聞いた。

「そうじゃなくて……」

彼女は少し笑った。

「結婚に他の条件はないんですか？　例えば歳とか性格だとか容貌だとか……」

いちばん最初に突拍子もない質問した男子学生がまた聞いた。学生たちは体を揺すりながら笑った。彼女は意外にも真剣だった。

「そんなことは重要ではないわ。愛には国境がないって言うじゃないの？　……ここまで。君たちがわざと私を困らせているってこと知ってるわ」

彼女は手を振り、学生たちは愉快に笑った。しかし、私は笑わなかった。笑えなかった。

5—4

読書討論かなんかの準備をしてざわざわしている時に彼女がクラス委員の頭をなでている場面を私は偶然に目撃した。彼らは何か話し合っていたようで、クラス委員はずっと快活に笑いながら続けて私の方をちらちら盗み見をしていた。その時の彼の誇らしげな表情といったら。何てことでもないのに、本当に何でもないことなのに、私はそこでそれ以上我慢できない状態に落ち込んでしまった。たぶん自虐心からだったのだろう。

彼らが異邦人をからかっているのだと思った。初めから私にはふさわしくない場所だった。体に合わない服を着たような不便さと窮屈さを我慢する時、私の中は屈辱感でぐちゃぐちゃになっていくようだった。私は初めからそこを去ってしまいたかった。私を我慢させたのは彼女だった。しかし彼女は私を失望させた。彼女は私に傷を負わせた。ああ、彼女が自分の気遣いのなさで私の心を傷つけたことが彼女に分かるだろうか。私はとても気分を害してしまった。

私はその場からぱっと飛び出し、走るように教会から抜け出した。クラス委員が入口まで追いかけてきて私の名前を呼んだ。私は振り返らなかった。二度と再びお前たちの世界には現れないことだろう。私は誓った。結局は傷つけられてしまう不可能な欲望の近くを絶対にうろつかないだろう、二度と再び……。足がふらつき、胸の片隅が冷え冷えと寒くなった。

5―5

――そんなに簡単に？　どうしてそうできるのだろう？　そんなに簡単に放棄できたのなら、宿命まで引きずり込んだその恐ろしい愛に対する予感は何だろう？　中身のない過大包装？　感情の法螺？　そういうことがありうるのか？　私は理解できない。

――私も理解できないのは同じだ。必ずそうでなければならないのか懐疑もあったし、熱情の絶壁から落ちてきながらそこに何があると思うのか？　そこにまともな自我の真っ暗な部屋が広がっていたと言えば、少しは釈明できるだろうか？　私はその自我の部屋の奥深いところに身体と精神を押し込む道しか知らなかったと言ったら？

6—1

母が私に会いに来た。その日は特別な日だった。やはり下校の時間まで待てなかったようで母は学校まで私に会いに来た。それはそれまでにないことだったので私も驚いたし、担任の生物の先生も驚いた。突然の呼び出しを受けて授業中に教務室に入っていった時、母は担任の先生と話を交わしていた。何の話なのか二人とも真剣な表情で、母は韓服を着ている上に上体を蹲めて事務机の前に座っているせいで、そうでなくても小さな身体がさらに小さく見えた。私が何か悪いことをしたのかと思い返してみた。少なくとも保護者を呼び出さないといけないような過ちは思いつかなかった。私がもじもじと近づくと二人が同時に私を眺めた。本を持って立ち上がった担任は、私の頭を二度ほどなでて母に目礼をした。母も慌てて席を立って何度も挨拶をした後、私を先立たせて教務室から出てきた。

「外に出ましょう。一時間授業に入らなくてもいいから」

母はそれが何か大変な特典であるかのように自慢気に話した。校門の外に出てきた母は肉を食べに行こうかと聞いた。私はたった今お昼を食べたばかりだと言った。じゃあ何を食べたいのかと聞いた。私は今はお腹がいっぱいで何も食べたくないと答えた。それでも母はしきりに何か食べさせたいようだった。何度も同じ言葉を繰り返すので、パン屋でアイスクリームを食べると言った。

母はとても老けていた。久しぶりに会ったせいでそうなのか、顔中皺だらけだった。着ている韓服もくたびれて見えた。私はできるだけ母のそんな姿を見ないように顔を背けたままアイスクリームをとてもゆっくりとなめた。母もしばらく黙っていた。悲しい顔で、限りなく罪深い顔で息子を眺めている母の姿は見なくても鮮明だった。可哀想な母。

「成績がとても落ちていたね。もう強情を張らないようにしなさい」

やっと母が口を利いた。ああ、その話だったのか。母が何の話をしているのかすぐ分かった。母には私の成績なんか重要な問題ではなかった。

「チンヨルのお父さんも許可したよ。本当だよ、心配しなくてもいいから」

私はもう母と私をつないでいるとても細い紐までが切れてしまう時が来たのを認知した。これからは豚肉炒めも期待してはいけないし、生活費もこれ以上貰ってはいけない時が近づいたのだ。それはかなり前から感じてきた予感だった。もしかしてその執行日は度々遅らせられていたのかもしれない。まだ成人ではないということ、終えなければならない学業が残っているということ、そんなことが留保の条件となっていた。

私は悲しい目で彼女を眺めた。すでに新しい二人の弟妹の母であり、とてつもなく厳格な公務員の妻になっている母に私はあまりにも長い間負担となっていた。母は私を家に連れて帰ろうとしている。母の夫が許可したって？　母はそのように言っている。その人が？　そんな人が、一月に一度、彼女が夫に知られないように息子に会いに行くのをさせないようにしていたのか。そして一年近くも顔さえ見られないようにしていたのか。私は知っている。母が言わなくても私は知っている。一月に一度ずつ彼女は夫に知られないように家を出て、往復四時間もかかる高速バスに乗って私のところにやってくる。ところが長く居られないために彼女はいつも息子の顔も見られずに帰っていく。ああ、彼女がくれるそのお金の入った封筒も、またどんな蔑視と虐待の隙間に隠しておいたものなのだろうか。私は知っている。母のため息を知っている。彼女は息子を哀れに思うために、そして身についてしまった罪責感のため、息子を無理やりにつれて帰ろうとしているのだ。

「母さん、母さんはそこで暮らしなさい。そこは母さんの家です。母さんは一度母さんの家を失いました。再び家を失ってはなりません。しっかりと捕まえてください。そこは母さんの家です。ですが僕はそうではありません。僕の家はそこではありません。そこは僕が行くところではありません。僕は行きません。さあ、お帰りなさい。そしてもう来ないでください。来なくてもいいです」

私は立ち上がった。これ以上居ると涙をこらえるのが大変だった。ところが涙を見せたのは母の方だった。母は手で座りなさいと指図した。私は座らなかった。私は母に断固とした意志を見せなければならないと思った。そしてパン屋のドアを開けて外に出た。母が急いでついてきた。

「プギル、先生が二時間いっしょにいてもいいと言ったよ。二時間は大丈夫だから」

「もう戻ります」

私は校門に向かって歩き出した。母の足が速くなった。バタバタと足音を立てて追いかけてきた母は私の手を握っておんおん泣きだした。

「無情な子、可哀想な子……」

その言葉以外に他の言葉を忘れてしまったかのように母はしばらく「無情な子」と「可哀想な子」だけを繰り返していた。その二言の中に彼女の心境がすべて言い表されていた。根気よく自分の主張を繰り返せず、私の拒否の意志に合わせて自分の提案をそっと引っ込めるしかない母の胸の痛い心情は分からないわけがなかった。しかし私はそうであればあるほど冷たく振舞った。すでに決心が固まっていた。他の方法がないでもないのでは、という問いは、この場合あまりにも明白に無益で安易なものだった。母の家に入って彼女の新しい家族といっしょに住むというのは私の欲望とは何のかかわりもないことだった。したがって母には残念なことだったが、私にはそうではなかった。びくともしないで頑強に歩き続けられたのも、そんな私の意地のせいだった。母もどうしようもないと考えたのだろうか。母は懐から急いで封筒を取り出し、私の手に握らせた。私はその封筒を握り締めた。我慢していた涙が一度に流れ出るようだった。私は涙を見せないように母から顔を背けた。

私は走って学校の中に飛び込んだ。振り返らなかったが、涙を拭きながらいつまでもそこに立っている母の姿が、私の脳裏にこびりついていた。

6―2

その日の夜はやりきれないほど心が乱れに乱れてしまった。すべてのものから遠く離れてしまったような極度の孤独さを感じて落ち着きを取り戻せなかった。学校から帰ってきた私を待っていたのは炒めた豚肉が入れてあるフライパンだった。その見慣れた母の痕跡が私を耐えられなくした。寂しく悲しかった。生きるとは何なのか、今さらどう言っていいか分からないが、私がしているすべて、特に学校生活や勉強に何の意味があるのか、誰かに聞いてみたかった。

私はかばんを部屋に投げ込んでそのまま家を出た。どこでもいいから歩き回りたかった。私はどの道と言わず手当たり次第に歩き回った。できるだけ何も考えないようにした。しかし、雑多な思いがあちこちからしきりに押し寄せてきた。うじゃうじゃと湧き出る蛆虫の群れのような思いが乱舞してずっと頭の中が濁っていた。私は日が沈むのにも気づかず、空腹も意識できなかった。どこをどのようにどれほど歩いたか分からなかったし、また分かりたくもなかったし、分かる必要も感じなかった。時々精神の虚しさを代弁するように眩暈を感じ、冷や汗を流した。疲れきって棒のようになった足をようやく休ませた所は教会だった。初めそこに行くつもりはなかった。だから私は教会の長い椅子に座り込んでいる自分自身に驚いたのだ。

そこには誰もいなかった。窓を通して射してきたかすかな月の光を受けてピアノが光っているだけだった。私はそれを睨みつけていたが、他の発光体の方に目を移した。建物の真ん中に大きく木の十字架がかかっているのが見えた。月光はそこにもかすかな光を照らしていた。十字架はいつもそこにあった。ところが私はそれまでそれを注意深く見つめたことがなかった。そこにそれがかかっているということさえ意識できていなかった。私の関心はいつもピアノに向かっていた。今日になって初めてその十字架を見た。どうしてだろうか。いきなり何か意味を発見したかのような心境で、私は目を大きく見開いてそこを睨みつけた。

その十字架も私を見ていた。私がそうであるように十字架もやはり私一人だけを見下ろして立っていた。あまりにも集中して睨みつけていたために目が痛いと思った瞬間、十字架の周りにかすかに光背が垂れ込めるのが見えた。私は頭を振った。しかし靄のような光背はずっと十字架を取り囲んでいた。私は当惑した。我知らず頭を下げていた。初めて祈ることができるような気持ちになった。それはあまりにもおかしく突然の衝動だった。私は目を瞑った。誰かがすぐ目の前に座っているような気分になった。私はゆっくりと自分の話を始めた。初めは口の中で静かに呟いた。そうしているうちに少しずつ唇を動かしながら声に出して話し始めた。とても理解心のある誰かがとても近い所でまさに真剣に私の話を聞いてくれているような思いが、声に出して話すようにさせたのか。

私の中にある話を私は限りなく話し続けた。私の内部にそれほどたくさんの話が蹲っていたのだろうか。それは驚くべきことだった。いろんな話が何から何まで出てきた。それほど溜まっていたとは自分でも気づかなかった話が、誰にも話せず誰にも話そうとしなかった話の数々がすべて出てきた。幼い若くしてこの世を捨てた父の話も出てきたし、その父のために不幸になった母の話も出てきた。幼い時に会った教会の伝道師の話も出てきたし、学校の話、クラス委員の話、「彼女」に関する話も出てきた。感情がこみ上げてきて私はすすり泣いたりもした。まるで告白をしているようだった。そしてその告白は尽きることがなかった。私は終始私の目の前で私の話を真剣に聞いてくれる相手を意識していた。ところが私は目を開けることができなかった。目を開けるとその相手が直ぐに消え去ってしまうようなもどかしい気分がしたからだ。

ああ、休む間もなく話を続けていて私は覚った。私は今まで話し相手を探していたのだ。人々がなぜ祈るのか分かるような気がした。それは自分の話を心置きなく率直に話すためなのだ。何の不平も言わずに限りない忍耐と根気で、とても私的で密やかな話を聞いてくれる相手を探して人々は祈りの場に姿を現すのだ。その他に何の意味があるのだろうか。私の話を真剣に聞いてくれる相手、私は今までその相手を探せなかった。だからいつも私の日常は不安で寂しく空腹感を覚えていたのだ。

(一体どれほど時間が経っていたのか私は分からなかった。時間は私から身を避けて逃げ出していた。私は時間を超越していた)私は肩に置かれた暖かくて柔らかい手に気がついた。その手は独特な香りを漂わせていた。私はその手の持ち主が祈りの対象であることを疑わなかった。

「あまりにも長い間祈り続けているようね。もう夜の十二時を過ぎているわ」

彼女の声が私の耳元で静かに響いた。

「今か今かと祈りが終わるのを待っていたのよ、今までどう過ごしていたのかも気になったし。話し合いたかったのに、そんな時間なかったでしょう?」

彼女がずっと前から私の傍にいたという事実は、私に二つの疑問を浮かび上がらせた。誰かがすぐ傍にいて私の話を真剣に聞いてくれていると感じさせたのは彼女だったのか、というのが一つで、すると彼女は私の告白をすべて聞いてしまったのではないか、というのがもう一つだった。彼女の表情から私はそのような意味を読みとった。それにもかかわらず不思議に私は嫌ではなかった。私は羞恥心も屈辱も感じなかった。その不思議な心安らかな気分は、彼女の次のような振舞いによって確保され、証明された。意外にも彼女もやはり自分の話をすると言い出したことがその証拠だ。その瞬間、私の座っていた空間は、この世から急に離れ出て非常に特別な意味を持つ空間に変わった。私の空間に彼女が赤い糸を載せたのだ。

「今度は私の話をするわ。私には父親に対する記憶が全然ないの。私がとても幼い時に亡くなったからなのよ。母は教会を転々としながら私を育てたの。母が何をしているのか知らないでしょう？教会の雑事をすべて引き受けているの。教会では雑務係と言っているわ。だから私はいつも教会で暮らしたの。教会は母の職場で私には遊び場だったの。幼い時から人見知りする私は他人と付き合えなかったし、外に出て行こうともしなかったわ。ここが私の世界。他の世界はよく知らない。今もそうなの。この頃は母を手伝って教会の仕事をいろいろとしているわ。それが楽しみなの……」

彼女の声はとても深いところから聞こえてくるようだった。彼女は私に向かってささやいていると思った。

「私が自分の話をしたのは、君に勇気を与えたかったからなのよ。チュンシクからも大体の話を聞いたけど、ごめんなさいね、先ほど祈っているのを聞いてしまったわ。勇気を失わないでね。信仰を持って祈りながら一生懸命に生きていると、神が導いてくださるわ。さあ、いっしょに祈らない？私が祈ってあげたいのだけど……。さあ、目を瞑って、手を合わせて……」

私はその言葉に従った。私は目を瞑って手を合わせた。彼女は私の手の上に自分の手を載せた。彼女の手は暖かく柔らかかった。その暖かさと柔らかさが私の意識の最も深いところにまで入り込んできた。私は息を殺した。彼女は唇を少し開いて祈り始めた。

私はすでに彼女の声を聞いていなかった。絶望と虚無の深淵で奥深く希望が芽吹き始めるような驚異的な絵画のような場面を私は目の前で見ていた。逆らえない運命がその瞬間私の手をしっかりと握ったと感じた。私は運命を避けないだろう。運命が逃げようとしたら、逆に私の方から運命をしっかりと引っ張るだろう。私は彼女が祈り終える前に、彼女をしっかりと見つめ、愛しているという代わりに神学の勉強をして牧師になると言った。

6―3

そして私はこれから何を書かなければならないのか。

見慣れた結末

1

他人の目には筆舌に尽くせないほど深刻で重大な決断に思える、したがってその決断を誘い出した動機も当然深刻で重大なものとして判断されるある出来事に対して、実際に当事者はとても些細な理由を主張したり偶然のことだと言い立てて思わず笑ってしまうことがある。確かに人によってことの重大さを量る秤が違うこともあるのは常識だ。傘売りとわらじ売りに関する比喩は世間では知られている。一つの事実（雨が降るという）に対する二人の商人の幸福と不幸は対照的なものだ。一方の商人が幸せな時、他方の商人は不幸せだ。だから誰かの幸せは他の人の不幸せがくれた贈り物だ。というわけで傘売りがわらじ売りに私は幸せなのにお前はどうして不幸せなのかと聞いたり、反対にわらじ売りが傘売りに私は笑っているのにお前はどうして泣いているのかと問い詰めるのはよくない。しかし、彼らは雨が降ったり降らなかったりする現象に自分たちの期待や挫折をことごとく賭けている点でよく似ている。天気が彼らの幸福と不幸を左右している。雨はできるだけ降ってほしくて、できるだけ降らないでほしいものなのだ。

ところがここにそうでない人がいる。雨が降っても降らなくても全く何ともない人。この人は一生懸命自分の嗜好や情況、またはその時の気分によって雨が降ってほしいと思ったり、雨が降らないでほしいと呟く。それだけだ。この人が一日の天気ととり結ぶ関係は先に述べた二人の商人のそれとはまるっきり違う。この人は何か違うものに自分の幸福と不幸を賭ける。

　しかし、価値の相対性を打ち出すのがよいというわけではない。そんな風な常識的な答えだけではどこか物足りなく充分ではない場合もあるものだ。例を挙げると、私にはパク・プギル氏の場合がそのように思われる。彼は自分の生の方向を決定的にねじ曲げてしまったとも言える若い日の画期的な決断について話しながら、少なくとも私にはあまりまじめとは思えない動機を言い立てた。女性、そして衝動、または偶然……。彼は終始真剣だが、そしてその真剣さをアピールできないでいるが、どうしてそれだけでそんな決断が可能であり得ただろうか。私は信じられないというよりは不審の念を持ち、したがってその当時を回顧した告白的な小説『地上の糧』(この作品は彼が初めて、つまり彼が小説家という公の名を得る前に書いた、未完成のかなり長い小説だ。彼はなぜかいまだにこの小説を発表していない。ひょっとすると発表する考えは全くないのかもしれない。この作品の存在は私との対話の中で彼の言葉を通して偶然に確認したのであって、彼は昔の恋人の古いラブレターを取り出して見せるように注意深く、もじもじしながら見せてくれた。彼は頑なに「完成もしていないし、またきちんと書けていないので」とごまかしたが、そんな言いわけとは裏腹にこの作品は彼の執筆用の机の一番上の引き出しに保管されていた。もちろん原稿用紙のままだったし、そこに置かれてかなりの時間が経っているせいで、その原稿用紙は黄色く色褪せていた)を全部読み終えた後、私はとても虚しい気分になった。

　その時、ふと最近読みかけたままのボルヘスの短篇の文中の一節が頭の中でぐるぐる回り始めた。

その一節はなぜか鮮明ではなかった。大体の雰囲気は思い浮かび輪郭も描けるのだが、正確な文章がどうしても思い浮かばなかった。無視してもよかったのだが、そして実際そうしてもいいくらい大したことではなかったのだが、それにもかかわらず、もしかしてそうだからこそ余計になのか、すべての神経がボルヘスに注がれた。ボルヘスの文章を見つけるまでは何もできない状態になったのはどうしてだろうか。私は急に重要な課題に向き合った心情になりその本を探した。読みかけたところを開いて机の上に置かれたまま「ボルヘス」は私の右手が届くところに斜めに横たわっていた。私は急いでページをめくりながら問題の文章を探した。短篇の題は「ドイツの鎮魂曲」だが、そこには次のような一節が書かれていた。

「私たちが自分の不幸を自ら選択したという考えほど巧妙な慰安はない」

この文章は矢のように飛んできて私の胸に突き刺さった。その瞬間ボルヘスが私の心情をそのまま代弁しているように思えた。パク・プギル氏は自分の生を自ら、それも非常に独創的で顕著に普通の人とは違う動機によって選択したと主張することで（小説の中だけとしても）巧妙に慰安にしているのではなかろうか。彼には慰安が必要だ。しかし、誰も彼を慰労しない。彼を慰労する人は自分しかいないことを誰よりも自分自身がよく知っている。だからパク・プギル氏は自らを慰労しようとしているのだ。そんな考えが頭の中から消えなかった。

牧師になろうとした動機は全くその女性（それも歳がずっと上の）に対する愛（それも運命だという表現を度々してはいるが、どこか衝動と偶然の嫌疑が濃い）のためという彼の主張に反してどのように理解できるだろうか。どうして女性なのだ。どうして神に対する認識と信仰が全くない一つの魂がただ一人の女性のために、ただその女性を愛するために、全くその方便で、神のみ旨を守り、伝播しながら生きていかなければならない場に飛び込めると言うのか。少なくともそういった類の決断はもっと重く真剣な省察と苦悩の結果でなければならないはずだ。何よりも自分が従おうとするその神との相当な水準の親交が基盤になければならない。そしてその目的もまた自分が信奉する神に対する絶対的な献身と奉献でなければならない。少なくともそのように告白しなければならないのではないか。それがないとすれば、私たちがその領域を聖なるものの場として分別しておく意味がどこにあるのだろうか。

しかし、彼はそのように話さなかった。この世は全く彼の味方ではないと固く思い込んできたこの閉鎖的で不満だらけの変わった高校二年生は、ただ一人の女性に愛されたいために、少なくともその時点で神に対する確固たる信仰が不在の状態で、牧師になることを決心したのだ。

愛しているという告白の代わりにそのとんでもない決心を女性に告げながら、彼の小説『地上の糧』は筆を置いている。もちろん彼の説明どおりこの作品は未完成であり、その点は十分に考慮されなければならないだろう。彼は間違いなくもっと書きたいと思った話があったはずだし、当然そうでなければならない。そのような決心をした後の事情がもう少し詳細に記録されていたら（仮に彼が神学校に進学する意味を付与するある霊的な体験があったといった風な）ある程度の理解を確保しやすかっただろう。しかし、どうしたことか彼はそこで記述を終えてしまった。そして二度と書かなかった。

少なくとも現在までは。他の作品にもそんな経験に対しての言及はみられない。したがって私たちは彼が筆を置いた時点をねらって思惟の網を投げるしかない。

2

私はすでに彼女の声を聞いていなかった。絶望と虚無の深淵で奥深く希望が芽吹き始めるような驚異的な絵画のような場面を私は目の前で見ていた。逆らえない運命がその瞬間私の手をしっかりと握ったと感じた。私は運命を避けないだろう。運命が逃げようとしたら、逆に私の方から運命をしっかりと引っ張るだろう。私は彼女が祈り終える前に、彼女をしっかりと見つめ、愛しているという代わりに神学の勉強をして牧師になると言った。

（未発表中篇『地上の糧』）

彼の年譜によると、彼は実際に高校を終えた後、すぐに神学生になった。自分が神学校に進学した理由として一人の女性に対する愛が運命的に介入していることを告白したこの作品が、現実をどれほど反映しているのか、当然私は気にかかった。

もちろん私は一篇の小説が回顧録なのか自伝なのかを区別できないほど馬鹿ではない。そういう意味ではない。私もやはり、いっぱしではないとしても一応は小説家だ。しかし、作品と生が一致する部分に出会う時、読者は当然興味を抱く。作家はもちろん自分の生を事実そのままに書いたりはしない。そうしないだけでなくそうできるわけもない。どんな作家も写真家であることを望まないし、またたとえ望んだとしても写真家になれるわけがない。事実そのままを書くって？　誰がそのようにできるだろう？　記憶されていたり話された事実は、結局抜粋された事実であるだけだ。選択と排除を通して「事実」が構成される。そこに屈折と歪曲が入り込んでくる。それが作品だ。

ところが私たちには事実、または事実と言われることに対する迷信がある。ある作家が書いた小説が事実といえば興味が湧く。ひいては小説家が小説を書いたのではなく事実を書いたと信じたがったり、事実を書けばいいのにとまで思う。私たちはそれほど緻密でもなく賢明でもない。事実を書いたとしても小説家が書いたもので、どこまでも小説だ。百パーセント蒸留状態の事実はない。特に、小説の中に入っていくとさらにない。それにもかかわらず事実、または事実と言われるものは私たちを揺り動かす。事実に対する私たちの信奉は小説を作家の生と重ねて読ませる。今の私も例外ではない。私はパク・プギルの小説をパク・プギルの生の上に重ね合わせようとしている。彼が自分の生をそのまま写していると信じているからではない。私たちは、彼が自分の生を素材にして書いた小説だとしても、それは選択と排除を通して再構成された生で、またそこに屈折と歪曲が加えられるのは不可避なことだという点を認めなければならない。そうするとその小説を彼の生に重ね合わせようとする試みにどんな意味があるだろうか？　彼の小説に彼の生を重ね合わせることは可能だろうか？　彼の小説に彼の生を重ね合わせることは不可能であるが、だからこそ、なおさら重ね合わせることには意味がある。

選択と排除、そして屈折と歪曲は彼の選択と排除であり、彼の屈折と歪曲だ。彼が選択した排除だ。彼が屈折して歪曲する。そうであるから彼の作品に見られる事実は彼が選択して排除し、彼が屈折して歪曲した事実だ。私たちに蒸留された「彼の」事実を分からなければならない必要性や理由はあるだろうか？　壊されていない彼の純粋な「事実」を知ることが私たちに何の意味があるのだろうか？　私たちに意味がある、つまり私たちが知らなければならない必要性や理由がある事実は、彼が選択して排除した、彼が屈折して歪曲した事実だ。その事実だけが意味のある事実だ。事実の選択と排除、そして屈折と歪曲の過程を通して彼は自分の本当の意味のある、言うべき必要がある事実を私たちに話すだろう。繰り返して言うが、私たちに意味のあることは彼の事実ではなく自分の事実を選択し排除する、屈折して歪曲した彼だ。私たちは彼の作品を通してまさにそれを読み取る。

一人の作家の作品はどんな風であれその作家のものだ。作家は自分の生の意識、無意識の多様な破片を選択し、排除し、歪曲という方法を動員して巧妙に操作をして小説をつくり上げる。生の破片は時には小説の表に現れたりもするし、また度々目に付かないように隠れていたりもする。生がなければ小説もない。したがって小説の中で私たちが発見しなければならないのは、破片の中に隠された作家の内密な声であり、破片を継ぎ合わせた事実の復元ではない。しかし、読者は本の外側にいて、作家の書いた文章は本の内側に閉じ込められている。読者は作家に会うために本の中に入っていかなければならない。読者は一人の作家が書いた小説を読むことによって、その作家の小説に現れていたり隠されている破片を探し出し、自分の経験と想像力に頼りながら総合させて自分なりに一人の作家につくり上げる。そういった意味で小説がなければ生もない。

読者に重要なのは小説の中に現象化した、または小説の中で読者が見つけ出した作家であって、現実の中の作家ではない。そんなことは重要でないというのではなく、考慮する状況ではないという意味だ。しかしながら読者はよくそこで混同してしまう。読者たちの意識の中で小説家の文章はあまりにも簡単に物書きの現実を志向する。私たちは一人の作家の小説から構成された一人の人物の肖像と彼の生をあまりにも自分勝手に現実の中の作家と同一視してしまう。だから小説以前の作家の現実を復元してみようとする、しがない夢を見てしまう。よくない癖だ。よくないが避けられない。どんなにまじめな読者でもこの癖から解放されることはない。読者は、そういう意味で皆とんまだ。私も例外ではない。

「どうして？　そのようにしたらいけませんか？」

パク・プギル氏は短くそういう風にだけ言った。私は彼が苦々しく笑っているような感じを受けた。質問に対する答えとして質問を選んで最初の質問に戻すこのような対話術に私は弱い。こういった反問はよく最初の質問自体を問題にすることで答えを終えてしまうからだ。それが聞き返しの効用だ。私は当惑した。「そうしたらいけませんか」と反問することで彼は私の質問自体を無視してしまい、陳述のマイクを私に向けた。彼の質問の中にこめられた意味はあまりにも曖昧で私はどう答えていいかすぐには決めかねた。初めは、「女性との愛が神学校に進学する動機として作用したらいけませんか？」という意味に思われた。ところがすぐに他の声が聞こえてきた。「小説の中にそのような人物をつくり上げたらいけませんか？」という問いだった。

一つに、文章の中で二つの意味を込めたこんな風な衆人の意見のような表現に対処するためには、話者の意中がどちらに比重を置いているのかを見破らなければならない。彼は私の質問が「神学校への進学」の動機に向けられていることが分かっていながら、そんな風な曖昧な修辞法を使って「小説の中の人物創造」の方に対話の方向を変えようとする意図を見せた。私はそのように判断した。すぐさま優柔不断に相手にすることではないという判断をした。もちろん私が彼の質問に答えなければならないとしたら、二つの質問とも、「かまいませんよ」になるだろう。そうあってはいけない理由は何だというのか。しかし彼が願っている方向に向かうわけにはいかなかった。

「私の疑問は、他のことは分かりませんが、そんな類の特別な決断、例えば自分の生を賭ける究極的な関心と関連する決断であるならそんな動機ではなく、いわばもっと真剣で深刻な……」

私は一生懸命だった。しかし、うまく説明できなかった。私はどもりながら同じ言葉を繰り返した。そこで彼はまたその短い、戦略的な反問を繰り返して駆使した。

「どうして？　いけないのですか？」

私が受けた印象は彼が私に対して納得できないというより、このような話題が気に入らないようだった。その点は、彼が生まれて初めてこの小説を書いたにもかかわらず、完成しないでいるとか完成させられずにいるだけでなく発表まで留保してきた事情と何らかの関連があるのかもしれない。彼がこの小説を書いたのは、まだ小説家として認められていない時のことだったし、したがって彼には世に公開する意志が全くなかったことだろう。事情がそうだったとしたらこの小説は、彼の他の小説に比べて相対的に「事実」に近い可能性が高い。万が一彼が他の読者を念頭におかず告白するように、または日記を書くように書いたとしたら……。そうしてみると度が過ぎた自意識の噴出と過剰な感情の痕跡が著しいという記憶が残っている。もちろんそれは未熟さの証拠として理解できるだろう。その差は、はっきりとは区分できない。

今、私が関心を持っているのは、この作品の文学性ではなく、歴史性だ。作家はできるだけ文学性の領域でだけ論議することを願う。

いや、初めから論議しないことを願う。歴史的事実を問題にしようとする私の意図を彼はとても嫌がっているように見えた。文学性と歴史性の間で私たちは表に出さずにぶつかり合う。誰が引き下がらなければならないのか彼も知っているし私も知っている。話したくない気まずい返事は望ましくない。私はそれ以上は聞くべきではないと考えた。

するとこの文章はどうすればいいのか。私は彼の生を彼の文学と関連させて再現する仕事を引き受けた。正確に言うと、彼の書いた小説に彼の生涯の翳を取り出すことが私に課された仕事なのだ。一次的資料は彼の告白だ。告白はすべての資料に優先する。しかし彼はここで協力的ではない。彼が口を閉ざすと私の口も閉ざされる。

だからと言って方法が全くないわけではない。闇の中では手探りをすればいい。私には他に資料はない。言葉と文章はもちろん違う。しかし、言葉が彼のものであるように文章もまた彼のものだ。文章は言葉より少し直接的でない代わりにより慎重だ。直接的なことも美徳だが、慎重さもまた美徳であるに違いない。直接的な美徳を放棄する代わりに慎重さを選ぶのも悪くはない。時に慎重さの中に微妙な事実の屈折が入り込んできたとしてもどうしようもない。

とても度数の高い眼鏡をかけた教授が眼鏡越しに彼を睨みつけた。火かき棒のように黒くてやせ細った顔だった。

「この学校を選んだ動機を話してみたまえ」

彼は答えられなかった。不思議に唇が乾いた。彼は舌で唇をなめた。しかし唇の乾きはなくならなかった。その教授は根気よく彼が答えるのを待っていた。面談者である教授の鋭い眼差しが彼の心臓を見通しているようだった。動機を話してみろと？　教科書のような質問だ。面接場に入ってくる人が当然予想しているはずの公式的な質問。したがって教科書的な返事があるはずだった。ところがなぜ彼は唇を開けなかったのか。彼は自分が早く答えなければならないことをよく知っていた。うそをついてはいけないことも明白だった。彼の前には三人の面接官だけでなく大きな十字架が壁にかけられていた。十字架はそれこそ最も厳格な面接官だった。そこにも目がついていて彼を厳しく睨みつけているようだった。まさに彼の唇をかさかさに乾かせているのはその十字架――十字架の目だったのかもしれない。

彼が唇をなめ続けていると火かき棒のような老教授の横に座っていた、眼鏡をかけていないずっと若く見える教授が笑みを浮かべながら促した。

「緊張しないで……。さあ、話してみなさい。誰が勧めたのですか？　誰かの影響を受けたかもしれないし、また自分一人であるきっかけから献身を決断したのかもしれないし……。それを聞いているのです。難しく考えないで率直に話してみたまえ」

彼の目はせんかたなくセメントの床を見下ろしていた。セメントの床はまだらになっていて、ところどころひびが入っていた。彼の古ぼけた靴がうごめいた。そして彼は頭を下げたまま、乾ききった唇をやっと動かした。

「教会の先生が……勧めてくれたのではなく、何と言えばいいのか……」

そこで彼はまた言葉が切れた。十字架から鋭く重い光が降り注いだ。背筋から熱気が上がってきた。彼は額の汗を拭いた。話の続きを待っていた老教授がまた尋ねた。彼の声には少し苛立ちが感じられた。

「何が言いたいのかね？　誰がどうしたというのかね？」

「教会の先生の影響を受けたと言いたかったのです」

「よろしい、分かった」

教授はそれ以上尋ねなかった。面倒だとでも言うように手を振りながら書類の上に何かを書き込んでいた。

続けて尋ねられたら彼は話しただろうか。彼はどんな話をしただろうか。奨学金なしには勉強できないという切羽詰った事情を？　教会で知り合った女の先生の勧めで？　彼女から受けた信仰心の感化？　それは真実だろうか？　少なくともそうではない。その女の先生は彼の決断にほとんど絶対の影響力を行使した。彼女はとにかく彼が神学校に進学したことに責任がある。彼はそれ以上他の男の妻になってしまった母の援助を受けられなかったし（また受けたくもなかったし）、そのため万が一勉強を続けたかったら自分の力で学校に行かなければならなかったのも事実だ。教会は貧しい彼にとても寛大だった。彼の決心を見抜いた教会は彼が神学生になったら部屋を提供すると言った。聖書の勉強を教えてくれた女の先生は彼の強力な精神的後援者になっていた。彼女は彼の衝動的な決断が真剣な重みを増すように助けてくれた。しかし、そうは言うものの、彼は自分自身に満足できなかっただろう。

そうではない、そうではない。そういうことではない。そういうことは表面的な口実にすぎない。うわべはどう言ってもうわべにすぎない。真実は、いつもそうだが、より内密でひときわ私的だ。彼はその道が彼女の元に行ける唯一の道だからそうしたのだ。彼は彼女の望んでいることをしようとしたのであって、自分や他の誰かが望んでいることをしようとしたのではない。ひいては神さえ彼の行動の動因になりはしなかった。

彼は神に降伏しようとずっと以前から考えていたところだった。その道だけが彼女の元に行けるからだけであって他の理由はなかった。彼は彼女を通してだけ神を理解し、彼女を通して初めて神と会うことができると考えてきた。彼は彼女に会わなかったら神に対して全く知らなかっただろうと信じていたし、もしかしたらそれは事実だった。それにもかかわらず、また不思議なことに彼女に近づくためには神を通さなければならなかった。彼女は神の元に行く橋で、神はまた彼女の元に行く橋だった。彼は神が望むことなら何でもできると信じたが、それは神を見失うと彼女の元に行くことさえできないためだった。彼は彼女が望むことなら何でもしようとしたが、それが彼女が望むことを通して神の意志（御旨）を理解したためだった。

彼は面接官にそんな話を全部話すことができただろうか。話したとしたら彼らは彼を理解できただろうか。

（「時間の賦役」『流刑地日記』二三一頁）

いつも表現されていることがすべてではない。いや、どうせすべては表現できるものではない。私たちはその事実を知っている。時には隠すために表現したりもする。しかし、どうであれ表現されたものを通してだけ真実に到達できるのも事実だ。私たちに重要なのは真実であり、全体ではない。大きかろうが小さかろうがすべての歴史は意味と真実に対する記録であり、起こったすべてのことに関しての事実の記録ではない。立場と世界観による選択と排除、屈折と歪曲の過程を私たちは解釈と言っている。そして話すだろう。歴史は、結局、解釈だ。私たちはその真実を知っている。

この作品の作中人物に付与した、彼のアンドレ・ジイドの小説『狭き門』のジェロームのようなキャラクターを彼は快く認める。以前過ごしたあの暗くて閉鎖的な小さな部屋でのがつがつと貪るように読んだ読書目録に、アンドレ・ジイドがある。魂の幸福以外に何をさらに願うのか？とジェロームは激しく叫ぶ。アリサは聖なるもの……と静かに呟く。するとジェロームは彼女の膝に顔をうずめて、悲しさのためでなく愛にあふれて子どものように叫ぶ。

「あなたなしには私はそこに至ることができない。あなたなしにはできない。あなたなしにはできない」

彼の小説の中で一人の女性に対する若者のほとんど献身に近い絶対的な没頭と熱情を見せてくれる場面はここだけでなく何カ所もある。特異なことに彼の小説に登場するある女性たちはあまりにも完璧でとてつもなく理想化されている。その人物たちの非現実的な神秘感、それこそ若い時代のパク・プギルの内面に一人の女性がどれほど固く密着していたかを間接的に、しかし非常に象徴的に表わしている。その人物は「感覚と理性の間で絶対に揺れ動かない秤の支柱のような均衡を持って」(『壁との対話』の彼女)いて、「完璧な母性、そして限りなく天真爛漫な子どもの純真さ、それに加えて賢者の知恵……」(『あなたはまた生を騙す』のミオク)を兼ね備えた女性だ。「彼女」に対するパク・プギルの賛美はそれに留まらない。遂に彼女は「天に根をはって生きる、根源が違う植物」(『夢の天』の彼女)に喩えられる。この「彼女」たちは一人の女性だ。その名前を私たちは知っている。キム・チョンダンが彼女の名前だ。

3

彼女はパク・プギルに、彼の表現をそのまま使うと、運命だった。しかし、彼女にはパク・プギルはどんな存在だったのだろうか。彼女が教えていた単なる教会の日曜学校の生徒だったのだろうか。彼女は彼の内面に燃えていた彼女に向けた熱情に気がつかなかったのだろうか？　そうではなかったようだ。熱情は人の内面に火をつけ正しい判断をする器官を黒く焦がしてなくしてしまうが、そして熱情はどうせ炎なのだからその属性上、一定の方向を見つけると捕らえようのない速さで燃え上がっていく。かといってパク・プギルの態度は全く一方的だったのではなかったようだ。彼が彼女に感じたその説明できない同質感を彼女もやはり感じていたようだと私は言いたい。

実際に二人は多くの類似点を持っていたが、その類似点の中で最も目に付きはっきりしているのは閉鎖性だ。彼は、自我の透写に他ならない自分の暗くて狭い自炊部屋に自らを閉じ込めたまま、そこでだけ歪んだ安定感を感じていた。この世の何ものも彼を慰められなかった。彼女に会うまではすべての人はただ他人で、敵で、事物で、地獄だった。

彼女はどうだったのか？　彼女は違っていたのか？　教会という垣根の中に座り込んでその外には出たことがない上、出ようともしなかったと彼女は告白している。これからの生活もそうであろうという観測を彼女自らしている。教会は彼女の閉鎖的な自我を隠せるのにふさわしい枠にすぎなかった。

教会でなくても、彼女は何かで枠を作ったであろう。偶然に、または不可避的に教会が彼女の垣根になっただけだ。パク・プギルの「狭くて暗い部屋」がそうであるように彼女の「教会」もやはり閉鎖的な空間だ。彼女の「教会」は彼の「狭くて暗い部屋」と全く同じだ。教会の中にいながら社会に向かって開かれている、または教会の教えを通して社会とのつながりを確保するようになった大部分のキリスト教信者とは違って彼女はできるかぎり教会の内部へだけ入り込もうとした。彼女は社会を知らず、知ろうともしなかったし、そのために恐れた。すでに明らかなようにその点はパク・プギルも同じだった。彼もまた社会を恐れたし、嫌悪した。彼らは、互いに違うところに立っていながらいかに似ているのか。パク・プギルを虜にしたのは彼女の信仰心や聖なるものではなく、実は彼と同じ、自分に似た閉鎖的な雰囲気だったのだ。パク・プギルは彼女が自分と同じ種族だとたやすく気づき、その点に魅了された。彼女も同じことだったろう。

彼女がパク・プギルから意外な告白をされてとても驚いたことは、大して強調するほどのことでもない。その時彼はまだ高校二年生だった。もちろん同じ学年の生徒たちに比べて二歳年上だった。そうだとしても彼女との歳の差がないわけではない。それに何と言っても彼らは先生と生徒の関係だった。年下の教え子から突拍子もない愛の告白を受け入れるくらいの心の準備を彼女に望むのは無理な話だ。

しかし、パク・プギルがすぐに気づいたように彼女もまた自分とパク・プギルが同じ部類の人間であることに程なく気づいたのではなかろうか。この質問に直接、正確に答えるのは不可能なことだ。

私たちの前には現在彼女がいないからだ。彼女はいないが彼女に関する資料はある。資料はここでも大切だ。私は彼が神学生になる直前に彼女から貰ったという、今でもすらすらと暗唱できる長くもない手紙一通を引用しようと思う。

彼がいきなりとんでもない告白をした時点から約一年くらい時間が経った後だった。その一年は彼女が彼を知るに充分な時間だっただろう。手紙の内容は、彼女もやはり彼にただならぬ感情を注いでいたことを、彼の無謀にも見える熱情も全く途轍もないことではないことを類推させる。

「夜、本を読んでいてふと誰かが肩越しに私を見つめているような錯覚に陥りました。私の首もとを恥ずかしくさせる息づかいが聞こえたのです。私は本を閉じましたわ。これは一体どういうことなのかしら。私の領域の中に誰か違う人が入ってきたことなどなかったのです。こんな感じは、私にはとても慣れないことだったのです。何なのかよく分かりませんの。でも静かに自分自身を眺めてみると嫌なことではないようですわ。時々私はプギルを見ながら鏡の前に座っているように思ってしまいます。

馬鹿らしく聞こえるかもしれませんが、私はすでにプギルが川べりに立って魂に匕首を突きつけるような感動的な説教をしている様子を目の前に描いてみたりします。それはおそらく私が夢見てきた、でも私にはできない自画像だと思います。ところでなぜ私はプギルに私の姿を見てしまうのでしょう。負担をかけるつもりはありませんが、プギルは間違いなく素晴らしい牧師になると信じていますわ。

私たちの共通の神にあなたのためにいつも祈っている人がいることを記憶しておいてくださいね」

この手紙を受け取った時、パク・プギルはすでに神学校の入学が決定していた。その決定はもちろん彼が自発的にしたものだ。最初彼が愛を告白する代わりにその言葉を口にした時は、自分自身は認めたくなかっただろうが、多少衝動的な面がなかったとは言えない。その衝動は彼女のため、彼女に向かって触発されたものだった。そしてその衝動を具体化させたのは彼女だった。もちろん初めに彼女は彼の真剣さを疑った。彼の軽率さを叱り宥めた。全生涯をかける、とても深刻な決断であることを理解させようと努めた。しかし、彼女はすぐに彼の途轍もない真剣さに引き込まれてしまった。重要なことはここでも人間的な親密感だ。彼女は危険であることも知らず（どうしてそれを前もって知ることができたであろうか？　いや、そのような憂慮が入り込む余地がどこにあっただろうか？）自分に似たところに引き込まれていった。何度か繰り返して意見交換を経た後、一年にもならない前に彼女は最も積極的な後援者になった。彼女は心から彼を牧師にさせたいと思った。

彼女がどの瞬間からパク・プギルの愛に応えるようになったかを問い詰めるのは可能なことでもないし、また意味のあることでもない。類推できるのは、二人の対話が主に教会で深夜になされていた点だ。時には礼拝堂の前のベンチで肩を並べて月の光を受けて座って話した。彼らは多くの話を取り交わしたわけではない。それはそう悪いことではなかった。沈黙が言葉より人を親しくさせる時もある。

もちろんほとんど夜通し低い声で対話をしながら過ごすこともあった。彼らの対話形式は先生と生徒がするようなものだった。しかし、そんな条件がそれほど力を発揮できない状況がある。私たちは予想できる。深夜の空気がどれほど隠密で濃艶であるかを。夜の空を覆っている空気は昼のあの繁雑で散漫な空気ではない。夜の帳が下りながら空気は変わる。夜はどうして話がよく通じるか。夜の特別な空気のためだ。夜には余程のことがないかぎり雑音が入り混じらない。

特に、彼らが座っているところが神聖な気運がめぐっている聖殿であったことも付け加えて話しておく必要がある。暗闇は聖なるものの濃度をさらに増す。暗闇によっていっそう聖なるものになっていき、聖によって暗闇はいっそう深くなっていく。暗闇と聖なるものが彼らを包み込んだ。その暗くて聖なる空気の中でいっしょに座っているだけで不思議な一体感に浸ったような気になったと推測できる。どんな話をしていたのかは実は重要ではない。どんな話であったかは関係なく、何も話さなくても構わない。一体感は言葉を通路としない。それは夜の空気の中にある。夜の空気はとても隠密に、しかし精巧に空気の中に露出した魂を包み込む。彼らは誰よりもその特別な夜の空気の中にいっしょにいた。そんな条件だけで充分だったのではなかろうか。

しかし……と尋ねてみる。彼女が具体的に彼に対する自分の普通でない感情を表現した時点はいつだったのだろうか。どの瞬間から彼らは自分たちの同質性を言葉で認め始めたのだろうか。繰り返して言うが、それを追跡するのは可能なことでもなく、また意味のあることでもない。しかし、どうしても探そうとすると、彼がその手紙を印象深く記憶していることを根拠にしておおよそどの時点だったか見当を付けられるだろう。この手紙で彼女は初めて先生としての関心ではなく恋人としての関心をほのめかしたと考えられないだろうか。少なくとも彼はそのように読み取ったと思われる。彼が読み間違えたのだろうか。私たちはそのようには話せない。この手紙から他のどんなことを読めばいいと言うのか。誰がそうできるだろうか。誰もそうできないとしたらパク・プギルだけが特にそのように読まなければならない理由はないのだ。推測するに好奇心と憐憫と好感の複雑な過程を経ながら、彼女の感情は次第に濃密になり隠密になったのだろう。そしてその微妙に他の色合いを帯びているそれぞれの感情はもつれた糸のように絡まったまま彼女の心を長い間支配した。

4

神学生になって彼はすぐに寄宿舎に入った。彼の部屋は四階にあり、南向きだった。毎朝、広い窓ガラスを通して陽射しが降り注いだ。新入生が寄宿舎に入るのは強制的に規定されている義務だった。しかしそのような規定がなくても彼は寄宿舎に入っていただろう。彼にはそうするしか道がなかった。すでに他人の妻であり、彼が会ったこともない二人の子どもの母親になっている母から続けて一月に一回ずつお金の入った封筒を受け取るのは、辛く苦しい母の立場を考えて彼自ら避けなければならなかった。彼が望んでいたのは彼を取り巻いている因縁から完全に断絶されることだった。母は彼と因縁を結んでいる最初で最後の綱だった。

その決定はもちろん母の反対にあった。母は懐事情が苦しくても続けて自分の息子に生活費を送金したがった。そうすることによって、そうしてこそ彼女は母である立場を維持したかったのだろう。そうしなければ息子に対する、運命に対する負債の思いを少しも拭うことができないと考えたのではなかろうか。彼が母の財政的支援を断ると言い出した時、彼女は息子の内面に母親である自分に対する不満や恨みのようなものが絡まっていると判断した。

母のそのような判断はすべてが誤解だとは言えない。実際に彼の内部では母に対する愛憎が複雑に交差していたし、その事実を「母性欠如」という表現で明らかにもしている。しかし、それがすべてではなかった。彼に意図があったとしたらそれはただ断絶だけだった。彼を取り巻いている、彼が心底嫌がっている、彼の意志とは関係なしに彼の運命に介入している、目に見えない綱のような、本能的で原始的な因縁からの断絶。

因縁の綱に閉じ込められて生きている人を未開人と呼ぶ。未開人が生きる方式は本能的であり、理性的でなく不自由で没価値的で原則がない。エゴとエゴの延長にすぎない家族が未開人の世界だ。文明人の自由は何よりもまず因縁からの自由でなければならない。

（「私はどうして未開人か」散文集『幸せなマネキン』一〇七頁）

母の保護から離れることによって、彼は少なくとも心理的にはすべての血筋から解放された。自分の意志とは関係なしに人為的に張り巡らされていた不可抗力の権威の干渉から自由になった。彼はそのように考えた。もうこれで私は完全に一人だ。一人という言葉は自由だという言葉と同じだった。そしてその状態こそ私の本来の姿であり、切実に夢見ていたことだ……。しかし、この世に羨ましいことが一つもないこのような孤児の大言壮語からはどうしたわけか、鬆《す》の入った大根のすかすかとした感じがした。

その頃、彼は従兄と一度通話をしたのだが、彼を通して何の希望もなく今も故郷で暮らしている伯父の消息を聞いた。彼は今はもう気力が衰えていて寝たままで過ごす時間がとても多くなったという。度々パク・プギルの名前を口にして首を長くして待っているという話もした。彼にはその話は訝しかった。先祖の墓に火をつけ故郷を逃げ出すという人倫に背く行いをした者を彼が許したことが到底信じられなかった。その人がそのように気骨のない大人であるはずがない。

従兄は、時間ができたら一度故郷に下りてきて伯父に会ってはどうかとは最後まで話さなかった。従兄が話さなかったからといって気がつかないパク・プギルではなかった。しかし、彼は気がつかない振りをした。故郷に帰る道は永遠に開かれないだろうと考えているわけではなかった。そうではなく、ただそうなるような気がしていた。そうではあったが、その日、従兄が話の終わりに言った一言が、パク・プギルの乾ききった胸をしばらくの間動揺させた。

「お前の消息を聞いて父が泣いたよ」

その言葉だけで充分だった。彼が泣いたとは。とても信じられなかったし、唖然としてしまった。それほどにまで気が弱くなった伯父の姿はすぐに思い浮かばなかった。幼い頃、伯父は権威の象徴だった。伯父はあまりにも大きく見上げる存在だった。威厳のある声と隙を見せない動作と堂々とした歩き方。時代の動きにうまく乗れなくて身震いするほどこの世に嫌気がさして時々寂しい影を漂わせたりしたが、いつも堂々としていて、こせこせするような伯父ではなかった。話を始めると、必ず司法試験にパスしてお前の父親が叶えられなかった夢を実現しなければならないと、没落した家門の復興を幼い甥にかけていたその思いに対する記憶が生々しい。伯父が泣いたとは? 彼は聞き返さなかった。聞き返さなくても分かりきったことだからだ。彼の沈黙に痺れを切らしたのか。何も聞かないのに従兄は付け加えた。

「お前が牧師になる勉強をしている話を聞いて……」

彼が神学校に入学したという消息がどうして伯父に涙を流させたか。その消息がどうしてそんなに衝撃的だったのか。しばらく彼は自問した後、そういうこともあり得ると自ら答えを出した。母も彼の途轍もない決定にすぐに納得ができないでいた。よりによって神学とは? どうして? それが彼女の反応だった。しかし、彼女はそれ以上問い詰めたり聞き返したりしなかった。その場でも母の胸の中に入り込んでいる自責の念が完全に働いていたのか。理解できないという感情をとても失望したという表情に出してしばらく見つめてはいたが、それだけで終わった。母は泣かなかった。

ところが伯父は泣いた。伯父の失望の大きさがそのまま伝わってきて、彼はすこし虚脱感に陥った。

権力を気ままに行使する独裁者は受け入れがたいが、没落した独裁者のみすぼらしく悲惨な姿もまた受け入れがたいものだという、そんな心情になった。伯父はそれで自分の願い（自分の代に没落した家門をどんなことがあっても死ぬ前に復興させようとする、そしてあの世に行って先祖に会っても恥ずかしくないようにする）がもうそれ以上叶わない夢となったと断定してしまったのだ。没落した家を興すためには司法試験に合格することが唯一の近道で、またそれがこの世で最高の価値あることだと信じていた頑固そのものの人間にとって、信じ期待をかけていた甥が神学の勉強をして牧師になると決断したことこそ受け入れがたい裏切りで癒しがたい悲しみとなったのだろう。

司法試験に合格することに執着する伯父の心理は、推測しやすいものだが、それがそのまま権力の創出と関連しているからで、いわば、彼が考えるにこの世で最も価値があり意味のあるものは権力の所有だったわけだ。しかし、聞いたことも見たこともない牧師とは一体何なのか。それは権力と関係のない場に自分の椅子を移して座るという意志の表現ではないか。そうなるとこの家門はどうなるのか。先祖にどのように顔向けができるのか。そのように無益で意味のない決定がどこにあるのか……。彼が泣いたのはそういう理由だ。いずれにせよ、辛うじて維持してきた自分の期待と願いが遂にがらがらと崩れていくのを見ながら、彼は我知らず流れる涙を抑えられなかった。そういうことだったのだ。

そうすると伯父はこれまで人倫に背いたその甥に期待をかけていたのか。故郷を――故郷が想起させるすべての因縁を――捨ててしまおうと、父の墓に火をつけて逃げ出した悪い奴を……。それにもかかわらず過去に幼い甥に施していたその執拗な洗脳の効能を信じていたというのか。

そうだったようだ。伯父は彼が司法試験の勉強をするだろうし、いつかは合格するだろうと期待していた。そしてパク・プギルが先祖の前で自分の面目を立ててくれることを信じていた。ひょっとして伯父が本当に信じていたのは、甥の能力ではなく自分の洗脳と欲望の効能だったのかもしれない。彼が涙を流したのも、甥が選んだ意外な進路それ自体に対する失望のためではなく自分の期待と欲望が挫折したことに対する虚脱感と絶望感のためだったろう。

率直に言って、その瞬間は心の片隅を突かれたようにちくちくとした痛みを感じた。それは、どういうやり方であれ、彼が捨てて逃げ出してきた故郷に相変わらず意識の一本の綱が繋がっているという証拠でもあった。故郷とは、周知のごとく単なる山河でなく人間なのだ。

しかし、彼は何の反応も見せなかった。いつまでも黙り続けることによって血筋から落ちこぼれていった者の自由を必死に演技した。

5

彼は学校では図書館の司書の仕事を手伝い、日曜日には教会の雑務を手伝いながら必要なお金を稼いだりした。幸いなことに教会は仕事をくれてかなりの金額の生活費を提供してくれた。学校でも教会でも仕事はそう大変ではなく、意外に気が楽だった。彼はもうこれからは何でもできるような気がした。暗くてじめじめした物置のような部屋から明るく日が差し込んでくる寄宿舎に彼の居場所が移ったのは、この時代の彼に関する一つの象徴だった。彼は物置小屋から神学校に、暗闇から光へと出てきた。その間に聖なる暗闇の空間である礼拝堂がある。彼を光に導いた彼女がいた。あまりにも長い間、暗闇に慣れていたパク・プギルに神学校の突拍子のない明るさがひょっとしてある掻き傷をつけたりはしなかったか、と聞くのはおかしなことではない。神学生のパク・プギルの様子はすぐには目に浮かばないからだ。

「その頃の思い出の一つは、神学生たちの間での異常なほどの卓球ブームでした。寄宿舎の食堂の横に広い卓球場があったんです。卓球台が十台ほどあったと思います。その横を通り過ぎていく時はいつもポンポンとピンポン球の音が聞こえたものです。その音の合間に歓声も入り混じって聞こえました。そこはいつも卓球を楽しむ神学生たちでにぎやかでした。祈りの声は聞こえなくてもピンポン球の音が聞こえない時はないという冗談まで飛び交ったものです。卓球大会も度々開かれていたと思います。どうしてそうだったのかよく分かりませんが、それは大変な卓球ブームでしたよ。卓球のラケットを一度も握ったことがない人でも寄宿舎で一学期だけ過ごしたら卓球の専門家になるという話もありました。ところが私は寄宿舎で四学期も過ごしたのに卓球を習いませんでした。その二年間に一度もピンポン球を持ったことがありません。よく分かりませんが、その学校に通った学生の中で卓球を習わなかったのは私一人だけでしょう」

私はこの文章を書く前に彼が通った神学校に彼といっしょに行ってきた。新しく開発されたソウル郊外に移転したその学校の校庭にも卓球場があった。ラケットでボールを打つ軽快なポンポンという音がその時もしていた。汗を流しながら歓声を上げている学生たちの様子が健やかに見えた。

私にはその現象を分析してみる考えはない。また、そんな必要も感じない。ただ、明示的であれ黙示的であれ、かなり多くの否定的な禁令に取り囲まれているはずの、または先立ってそのように断定して敬虔を身に付けようとする学生たちとしては、その全体としてあまりにも厳粛で真摯な雰囲気に押しつぶされて原初的な活力をどんなやり方にしろ発散せずにはいられなかっただろう。そのような意味でその異常な卓球ブームが、言い換えれば一種の排出口の機能を果たしたのではなかろうかと想像してみただけだ。そんなやり方で、彼らは神学校の雰囲気を身に付けながら体質化していこうとしていたのではなかろうか。

パク・プギルがそのような熱気から超越していたり無関心だったとすれば、それはどういう意味なのか。彼が他のことに関心を寄せず、ただ熱心に勉強にだけ取り組んでいたという意味で卓球の話を言い出したのではない。この話の焦点は、勉強をするために卓球を習わなかったというのではない。反対だ。彼は他のことができず、できることもなかったので図書館にだけいたというのだ。もちろん彼はいつも本ばかり読んでいた。本を読んだが、言うまでもないことだが、その読書は必ずしも学科の勉強と関連しているものではなかった。本がそばにあると彼はその本を読んだ。それはただの癖にすぎないと彼は書いている。「私は鉛筆を手にしている時はそれをくるくる回している。机の前に座ると右の手であごを支える。無意識のうちにそうする。本が目につくと何気なしに手にして読む」(『地上の糧』) 彼がうんざりするといった思いもなしに何時間でも同じ場所に座っていられる唯一のことが読書だ。祈祷室で幾晩も夜を更かした者もいる。たとえば彼と同じ部屋の先輩の中でそんな人が一人いる。パク・プギルにはそんな場所が図書館だった。そこでなら彼は幾晩でも夜を更かすことができた。

彼は卓球を習わなければならなかったし、他の学生たちのように卓球を楽しまなければならなかった。そうしていたのなら彼自身の誓願を触発した「彼女」から独立できたはずだ。そうしていたら彼の人生は違っていただろう。神学生たちの卓球熱は適応の過程だった。卓球を軸にして彼らは神学生になっていった。ところがパク・プギルは卓球場を避けた。それは彼が神学校の雰囲気に適応できていないことを、または適応しようとする意志が足りなかったことを証明している。

彼は特別なことがないかぎり図書館にうずくまって座り本を読んでいた。図書館に行けばいつも彼の姿があった。勤務時間には閲覧室の窓口で、そして勤務時間以外にはブラインドが下ろされている西側の窓際の片隅で。

本を読むことは彼にはあまりにも慣れたことだった。彼のがつがつと漁るように本を読む習慣は、この世に対する内気さと敵意を同時に育てていった幼年時代から形成されたものだった。茫々と生い茂った草地を見つけた羊たちは一箇所に集まってむしゃむしゃと食べない。羊たちはあちらで一口、こちらで一口といった風に草地を跳び回ることから始める。その理由はそこにあるすべての草を少しずつでも味わってみようとしているからのように思える。それと同じことだ。パク・プギルもそうだった。図書館はそれこそ青々とした草地だった。目の前に広げられた本を見ているだけで彼は幸せだった。いつでも取り出して読める本がいくらでもあるので、彼は神学校が好きだった。羊たちと同じく彼もまた図書館の陳列棚の間を手当たり次第に探し回ってあの本この本と読み漁った。

一冊の本を読んでいて気が変わったら本を元に戻し、他の本を取り出して読んだ。図書館にあるすべての本を味わってみるというのが彼の思いだったのだろう。他のことに関心を持つわけがなく、仮に他のことに関心持ったとしても、それに心を傾ける時間はなかった。

6

「シケンブジニオエテクダサイチョンダン」

この短い文章は記憶されるだけのことはある。この文章はいくつかの事実を示唆しているので重要だ。その一つはこのあまりにも平凡でとても日常的に思える挨拶の言葉が、その当時としては最も至急の通信手段だった電報用紙に書かれて配達された点にある。彼は何か重要な試験を目前にしていたのだろうか。たとえば司法試験や外交官試験のような？　そうではなかった。彼がこの電報を受け取ったのは二回生だった一学期の期末試験を目前にしている時だった。彼はその時、図書館で学生たちが返してきた書籍を整理していて、電報が届いたと知らせてくれた人はルームメイトの一人だった。彼がその伝言を聞いて無意識に壁にかかっている時計を見ると、時間は夜の八時を過ぎていた。

この頃は祝賀電報などもあって電報の事情も違っているが、その当時、電報は大部分の人にとって不慮の事故や不吉な使者のようなものだった。電報で知らせないといけないほどの緊急な知らせは、たいていよくない場合が多かった。パク・プギルも例外ではなかった。電報が届いたという知らせは、彼を当惑させた。ふと彼は誰か、具体的には母の不慮の事故を予感した。他でもない彼女が自分にそんな風にいたずらっぽい電報を打つなんて想像もできなかった。あまりにも意外だったので電報用紙を手にしても到底信じられなかった。

信じられないことこそ感激の条件だ。信じられなかったのは全く期待していなかったという意味で、期待していなかったという意外性は人を感激の渦の中に巻き込むのに充分だった。感激の要因は実現した内容（大きいことが重要な）にあるのではなく、それが実現された形式にある。突然なことと意外性が私たちを感激させる。どちらかといえば軽率な方ではない彼女が、そんな風な重要でない挨拶の言葉を電報という緊急の手段を動員して知らせてきた。この意外な事件は何を示唆しているのだろうか。彼女は彼を感激させたいと思ったのだろうか？

同じ発源地から二つの明白な事実が浮かび上がる。その一つは、少なくとも彼女にとってその重要でない挨拶の言葉がとても重要だったこと、したがって打電行為もやはり重要でないとは判断できない事実なのだ。彼が「試験を無事に終えること」は彼女にとっては少なくとも重要だったにちがいなかった。パク・プギルは一篇の小説で、自分とのキスを賞品に恋人の学習意欲を掻き立てる一人の女性を登場させたことがある（『生物学概論』）。この女性は恋人を愛しているのではなく「馴らしている」。「男は女の愛を得るために机の前を離れない」。『生物学概論』の女性は、なぜかパク・プギルの彼女を連想させる。もう一つ推測できるのは彼が覚えた感激の先取りだ。彼が電報を受けた時の感激は、彼女が前もって味わった感激でもあった。彼女がそんな風な電報を打とうと計画した時、その感激はすでに彼女の内部にあったと言ってもよい。彼女は感激させるために電報を打ったのではなく、感激状態にあったため電報を打ったのだ。考えてみよう。それは全く期待も想像もできなかった行為だった。彼女にそんな行為をさせた力は何だったのだろうか。些細でつまらないだけでなく幼稚で馬鹿らしくさえ思えることに意外な意味を与え、それを行為に移させる力を私たちは知っている。それは感激で、その感激の背景には愛が存在している。愛でなければ何が些細なことに意味を持たせられるだろうか。愛でなければ何か想像さえできない意外な感激を私たちに贈ることができるだろうか。

　その短い電報文に私たちが見つけなければならないより重要なことの一つは、彼女が使っている丁寧語だ。電報用紙に彼女は「試験無事に終えてください」と書いた。彼女は「試験無事に終えて」とも書けただろうし、「試験無事に終えること」または「試験無事に終えることを祈る」とも書けたはずだ。

　彼らの特別な関係を考慮しなくても、電報は文字数によって料金が決められるためにできるだけ短く簡潔な表現を使うのが普通だ。「……すること」のような動詞の命令形、そして「……て」のような語尾を省略した要望を表す文章が電報の用語として多く使われるのはそのためだ。余程のことでないかぎり電報用語として丁寧語を使わない当時の慣行は、逆に彼女の丁寧語に意味を与える。歳はかなり下で何と言っても自分の教え子でもあったのに、彼女がいつからか丁寧語を使うようになった意外な事実がこれで明らかになったわけだ。

いつからだったのだろうか。手紙文や電報文のような文語体だけそうだったのではなく、日常の対話においても、もちろん二人だけでいる場だけだったが、彼女は丁寧語を使った。初めは二人とも何かぎごちなかった。しかし、時間が経つにつれて徐々に自然になった。

この事実はいずれにしても私たちが確認した内容をより明白に証明している。それは愛の役割だ。愛は想像もできないことをさせる。愛は、それがなければ考えもつかないことを可能にする。それがいつからだったのかその時点を尋ねるのは、繰り返して言うがつまらないことだ。私たちはここで彼女が彼の磁界の中にはっきりと入ってきた事実だけで満足しなければならない。その事実がどうして重要なのか。彼にとって彼女は唯一の女だったからだ。

7

彼にとって女は生涯で二人しか居なかった。一人は母で、もう一人は彼女だった。

すでに観察してきたように父は彼にとって原罪のような記憶としてだけ残っている。この世の仕組みを意識し始めた瞬間、彼は自分がその時まで父親だと思っていた人が偽りの父親であるということを知った。父親は実は伯父であって、彼には父親がいなかった。父がいないなんてあり得ることだろうか。それは衝撃であり、それで彼は機会あるごとに父を探しだそうとした。彼の試みは周辺の人たちによって度々遮断されてしまった。彼らは、父がある寺で司法試験の準備のための勉強をしていると繰り返し話しながらそこに行かせてはくれなかった。

彼は分からなかった。自分の父がとても近いところに、彼といっしょに暮らしている事実を。父は監禁されていて、彼は父が監禁されている裏庭の片隅にある物置小屋のような部屋の近くに出入りするのは禁止されていた。かなり長い間禁じられている理由を、彼は裏庭に植えられている柿の木のせいだと思っていた。禁令を下す人は説明をしない。禁忌には理由や条件がない。だから禁令なのだ。太古の園を散策していたエホバがそうであったし、伯父もやはりそうだった。命令する者は「するな」または「行くな」と言う。受信者は質問できない。禁令が宣布される通路はいつも一方通行だ。例外はない。

そしてある悲しいほど空が澄んだ日の午後に、彼はこの世で一番不幸な男、オイディプスになった。監禁された男はこっそりと裏庭に入ってきた彼の前に長く伸びた手の爪と足の爪を突き出して見せ、見てごらん、とても長くて汚いから醜いだろう、切らないといけないだろう、と同意を求める眼差しを投げかけた。彼はその男の眼差しがあまりにも悲しく思えて、彼が望んだとおりに伯父の机の引き出しを開けて爪切りを持っていってあげた。その明くる日の早朝、家族に知られないように柿の実を拾いに裏庭に入り込んだパク・プギルは男の横たわっている身体とぐっしょりと溜まった血を見た。男は自ら手首を切って死んでいたのだ。

悟りとはいつもあまりにも早くかあまりにも遅く来る。それがすべての悟りが苦しさを同伴している理由だ。男の死が処理される過程で初めて過酷な認識をすることになった。しかし、その認識は不思議にぼんやりとしていて風邪薬を飲んだまま映画を見ているように全く実感が湧かなかった。真っ暗な映画館に入った時、初めはぼんやりとしていた物体が時間が経つにつれて少しずつその姿を現すような現象が彼に生じた。少なくとも彼において悟りというのは暗闇に足を踏み入れるのと同じだった。

父殺しの認識は、しかし時間の流れと共に次第にはっきりとしながらしきりに彼を苦しめた。今は父は不在でなく原罪だった。原罪は時間で消せない。原罪の重みの前では時間も無力だ。彼は度々父を殺す夢を見て深く眠れなかった。時々父に殺される夢を見たりした。しかし、彼はそれを誰にも話さなかった。そうできなかった。誰も彼の味方ではなかったから。この世の中はあまりにも彼とは違っていたから。精神異常の父が家の大人たちによって監禁されていたように彼もまた世の中から監禁されていたから。少なくとも彼自身はそのように判断して早くから世の中に対する敵意を胸に秘めて生きてきたから。

母が傍にいたとしたら、もしかして違っていたかもしれない。母になら自分の内面を曝け出せたのではなかろうか。もしかして……。ところが母はその時すでに彼の傍にはいなかった。母は急に村から出ていってしまったし、忌まわしい噂だけが黄砂を吹き飛ばす激しい風のように吹きまくっていた。教会の伝道師と駆け落ちをしたという噂を彼は信じなかった。信じられなかった。父を探しにいく道を遮断した大人たちは、今度は母を探しにいく道を遮った。母が去ったことに対して責任のある話をしてくれなければならない大人たちは互いに申し合わせたように口を閉ざしてしまった。彼らからはっきりとした説明は期待できないと気づいた彼は何も問いただささなかった。夫の精神疾患と家門の荒廃化に対する責任を追及する嫁ぎ先の目上の者の無言の圧力が彼女を実家に追い出したという事実を彼は後になって知った。

母はどこにもいなかった。父がそうだったように母もいなかった。母がいたとしたら、ああ、そうであったら父の墓に火をつけて逃げ出すようなことはしなかったもしれない。そうであったら、何とか世の中が少しは彼の味方でもあると感じたかもしれなかった。しかし、人生には仮定というものがない。すでにできあがったことに仮定法を使ってあれこれ言うのは愚の骨頂だと言えよう。

母に再びめぐり会った時、彼女は違っていた。母はすでに他の男の妻になっていて子どももいた。そんな外形的な条件よりさらに違っていたのは、パク・プギル自身の意識だったのかもしれない。母にめぐり会っても全く感動は生じなかったと彼は述懐した。すべてに関心がなく感動することを知らない性格はそれ以前から固まっていたと説明を付け加えてはいた。しかし、数年ぶりに母に会ったにもかかわらず、彼に抱きついて滝のような涙を流して泣く母をじっと見つめながらも何の動揺も感じなかったとは、少し納得しがたい。私たちはここで二人が別れていた時間の間隙に恋しさとか親和の感情ではない他のぎごちない感情が入り込んでいたことにたやすく気づくことができる。例えば母の罪責感と息子の絶望感、または母の怨恨と息子の敵対感のような。

彼は母とそりが合わなかった。世の中とそりが合わないように母ともそうだった。母から離れて彼は完全に一人になることに成功した。そしてそれこそが彼の本当の不幸だった。母は自我の延長ではなく、彼が嫌悪し恐れている世の中の一部分として現れた。そのため彼は、母が心に傷を受けると知りながらも、母に近寄れなかった。世の中に対して感じる距離感を母にまで感じなければならない現実に対して、パク・プギルはそれほど驚かなかった。

そのような意味から考えると、彼にとって女は彼女一人だけだった。そうではない。彼には女は一人もいなかった。母は彼に女を感じさせてくれなかったし、キム・チョンダンは単純に一人の女性だとは言えなかったからだ。母性に対する残酷とも思えるほどの飢えが年上の女性である彼女に積極的に接近させたのだろうという仮定は可能なことだ。そして彼にそのような欲望が全くなかったわけではなかろう。実際に彼は彼女に多くの面で頼ろうとしていたし、驚いたことにパク・プギルはそうしながら心の安らかさを感じた。幸いなことには彼女は母性的な面を持っていた。気質とは関係なしに長い信仰生活によって身についた彼女の教養と徳性は、パク・プギルの偏狭な自我の目には一見寛大さと雅量の表象のように思えた。そのため彼は誰にも到底言えなかった父殺しとそれに関連した秘密まですべてを話すことができた。

それにもかかわらず、すでに何度も繰り返して言ったように、彼女は彼にとってただ一人の女性だけでいるわけにはいかなかった。すべてではなかったが、いろいろな側面から彼による彼女の描写にはアプトン・シンクレアのエバ夫人に対する崇拝の匂いがする。エバ夫人は女性として愛の対象になったのではなく、ほとんど神聖としての崇拝の対象になったのではないか。エバ夫人を愛することにより、シンクレアは自分が神聖の影の中に入っていることを悟る。パク・プギルが彼女と結んでいる関係もそのようなものだ。性の区別がないところに彼女はいるのだ。

パク・プギルの愛にそのような要素があったのは祝福であろうか。残念ながらそうではなかったようだ。同じく有限な一人の人間を崇拝に近い盲目的な愛で愛するのは絶壁に裸で立つことである。さあ飛び降りてみろ、と悪魔が誘惑する。「お前が飛び降りてもお前の愛がお前を受け止めて髪の毛一つ傷つけないようにしてくれるはずだ」。この場合、愛の盲目さに落ち込んだ者には、愛は試みるものではないと悪魔を窘《たしな》める知恵と余裕がない。自分の愛を見せつけるためにも彼は飛び降りるだろう。しかし、残念なことに愛はそれを受け入れてはくれない。愛は絶壁から身を投げ出す無謀な恋人を受けとめる能力を欠いているか、(能力があったとしても)そんな風な試みの対象になりたくないと思う。どちらであっても悲劇であるに違いない。

特別なことがないかぎり彼らは日曜日の午後に時間を作って会った。初めは他の人たちといっしょに会うことが多かったが、次第に二人だけで会う機会が多くなった。パク・プギルは他の人たちといっしょに混じって会うのをとても嫌がったし、たまにそうなると、パク・プギルはそのような場が耐えられないようだった。

彼は独りよがりだった。周囲の人の目には、彼はいつも塞ぎ込んでいて、理解しがたく、閉鎖的で、その上偏屈なまでの精神の所有者に見えた。神学校では彼のそのような性格はもっと著しく表れた。彼はいつからか自分の独占欲を隠そうとせず、唯一彼女と二人だけの時間を過ごしたがった。彼女はできるだけ彼の意志を尊重しようとしたが、この問題で言い争うこともあった。

彼らは他の恋人たちのように近くの喫茶店でお茶を飲んだり、演劇を観に行ったり公園を散策したりした。他の恋人たちがするように？　そうだ。彼らはすでに恋人の段階に入りこんでいた。しかしそれはどこまでも外から見てそうだったということだ。遠くから外に表れた様子を見る人の目には実体が見えないものだ。そして真実は大部分見えないところに隠されているものだ。

彼らは恋人ではないというわけでもないが、普通の恋人ではなかった。女性はいつもあまりにも大きい存在で、男性はいつも幼い。単純に男性が年上の女性と付き合っているという意味ではない。男性は度々ごてるし、手のつけようがないほど無理を言う。理由もはっきりしない些細なことで苛々して、根拠のない想像と疑いで相手を苦しめるのも彼だ。その上、女性は姉や母親のように対処する。話し方がそうだし、眺める眼差しがそうだ。そのため彼女が彼に使う丁寧語が時には適当でないような感じもする。

例えばこんな風に。会う約束をした喫茶店に約束の時間より早く来て座り込み、待ちながら男はやきもきする。一分毎に時計を見て、訳もなくトイレに行ったり来たりして、入口からずっと目を離せないでいる。たいてい女は男の忍耐が限界に至った頃になってドアを開けて現れる。女性がとても遅れたのではない。男にはその時間が短くてもいつも長く感じられる。男は女の都合など全く考えない。そんな余裕は彼にはない。彼には焦りがあり、不安なのだ。そのためドアを開けて入ってくる彼女の、いつもと変わらないおとなしく静かな歩き方にぶつぶつ文句を言い、普段と同じ落ち着いた声にまた腹を立てる。

「遅かったよ、また。どうしてもっと早く来れないの？　僕が待っているなんて思わないの？」

「ごめんなさい。たった五分遅れただけなのに。抜け出してくるのに大変だったの。知っているでしょう。聖歌隊の練習で遅くなったの。抜けるなんてできないじゃないの」

「抜け出せないって？　どうして？　僕なんてどうってことないっていう意味？　他に用事があれば僕に会うことくらい、いくらでも無視できるという意味ですか？　だから僕に会うのは他にすることがないから会うってこと？　そういうこと？　その程度だったんですね？　あなたにとって僕はその程度の意味しかなかったのですね？　本当に僕が大切で、僕たちの関係が重要だと思ったら、どんな集まりだって抜け出すことできるじゃないですか？　……僕は一時間以上も待ったのに、何のために遅れたって？　どうしてそんな風に言えるんでしょう？　たかが聖歌隊、練習しなくったってどうだというんですか？」

そんな風だった。とんでもない想像、とてつもない飛躍、あきれた過剰反応……。この火のような執着をどうすればいいのか。時々相手を指差しながら大きな声で怒鳴ったりした。そのため運ばれてきたコーヒーが床にこぼれることも度々だった。

「私は……弁解のようですが、愛を知りませんでした。もちろん彼女を愛していました。私の命よりも愛していました。いや、愛していると考えたのです。彼女は私を生かしている唯一のエネルギーだったからです。ところが今考えてみるとそれは愛ではなかったのです」

彼はすっかり冷めてしまった一口のコーヒーで喉を潤し、苦々しく笑った。彼の苦々しい笑いの後ろにふと悔恨の情のようなものが映るのを私は見逃さなかった。秋になると卵を産むために川の上流に上ってくる鮭のように時間を遡ってくる記憶が彼の魂に生じさせている波長を、彼の表情から私は読み取った。私は彼を促すことができなかった。彼はかなり長い間休止符のような表情をしていた。そしてまたぽつりぽつりと自分の話を始めた。時々苦しくてそうなのか顔をしかめ、時には恥ずかしさのために顔を赤らめた。

「執着……焦り……不安……そんなものが私を苛立たせたのかも……」

彼女と別れる時、彼は彼女が言葉を尽くして断っても、彼女の家、つまり教会の前まで送っていくと言い張ったりもした。家の近くに来ても彼は余程のことでないかぎり帰ろうとしなかった。彼女は誰かに見られるから早く帰りなさいとしきりに言った。すると彼はまた文句を言い始めた。誰かに見られて悪い理由は何なのかと、一体何を恐れているのかと、僕が嫌なのかと、僕はあなたには恥ずかしい恋人なのかと、僕を愛していないのかと変な言いがかりをつけて食い下がるのだった。女はそんな男を宥めようと必死だった。男はもう少しだけ、もう少しだけ……と言いながら彼女の家の近くを何回も歩き回ってからやっと帰っていった。そんな日はたいてい寄宿舎の門限時間である十時を過ぎてしまっていた。

十時の門限時間を過ぎてから寄宿舎の入るのは並みの努力ではできないことだった。敬虔文書科目の点数が足りないと卒業するのに支障があるだろうという脅迫交じりの小言を聞かされたし、長文の理由書と覚書を書いていっしょに提出しなければならなかった。彼の恋人はそれをよく知っているためにできるだけ早く帰らせようとしたが、プギルはそんな恋人の努力を無視した。彼女は無理やり背中を押すようにして彼の手にタクシー代を握らせた。そのお金はタクシー代を払っても余る金額だった。そんなやり方で彼女は度々彼に小遣いを渡した。本を買って読みなさい、と言ったりもしたし、もっと直接に小遣いないでしょう?と聞いたりもした。そんな時、男はもじもじした後、結局はお金を受け取った。まるで気が進まなくても母が差し出したお金の入った封筒をどうしようもなく受け取ったように。

形式が内容に及ぼす影響は無視してはいけない。たいてい行動は意識にそそのかされるが、意識が行動によって決定されることも度々ある。反復される行動は意識の方向を変えたりもする。こんな風な逆の垂直関係が、男の精神に形にならない屈辱感のようなものを植えつけなかったとは断定できない。彼らの関係はそのように設定されてしまった。この世のすべての恋人たちが同じような類型で会い、愛するのではない。百組のカップルがいれば百の類型がある。ある恋人たちは兄妹のように会い、ある恋人たちは友達のように過ごす。父娘のように、または母子のように付き合う恋人もいなくはない。最初に設定された関係がそのように違うからだ。

パク・プギルはいつも女の前であまりにも苛立っていた。不安で焦っていた。自信がなかったからだ。そうしていると自然に理性を失って興奮したりもした。その興奮はたいていの場合、自分の胸の内でつくり上げたものだった。興奮する人は状況を正確に判断する機能を失ってしまう。その人は自分自身の興奮している胸のうちだけを見る。他の人の立場なんて全く配慮しない。そうであってはならない。恋人の前で恋人はまっすぐに立っていなければならないのに、彼はそうできなかった。この関係は不安定だ。だから事故が起こる。

8

彼が図書館で灯りを点している時間に、ある人は祈祷室で灯りを暗くしていた。例えば彼と同室のK先輩がそうだった。そして全く違う人もいた。

パク・プギルの小説の中で寄宿舎で同じ部屋を使う、それぞれ違う性格を持った人物たちに関する記憶が比較的鮮明に再現されている作品がある。作家の意図によって図式化された感じがないでもないが、それにもかかわらずその頃のパク・プギルを再生するのにこの作品はとても大切な資料であるように思われる。「砂漠の夜」がまさにその小説だ。

彼らは暇さえできれば論争を繰り広げた。論争を誘発したのは政治、または政治に対する感覚の差異だった。もちろんそれは広い意味での政治だったたし、信仰や神学の実践的（倫理的）側面を包括した概念ではあった。

記憶ではその頃「政治神学」の登場こそ最も大きな波紋を呼んだスキャンダルの一つだった。神学のジャンルに入ってきた政治、しかし人々は特に当惑したようではなかった。すべての人たちが大便を見つけたハエの群れのようにウィーンウィーンと羽音を立てながらためらうことなくたかってくるだけだった。それが私にはまた不思議だった。そうだ。私にとって政治とは大便にすぎない。野良犬やハエでなければ群がってはいけない、というそんな理由は到底ない。その「大便のような」政治の闖入は、しかし我々の時代の意識領域を完全に覆してしまった。私は不安で悲惨だった。神学校の講義室まで入り込んできた政治の荒々しい波が不安であり、その波に身を乗せられなくて悲惨だった。

政治はいつの間にか誰もその領域の外に抜け出すことを許さない丈夫な網になっていた。この網は丈夫で目が細かかった。薄暗い喫茶店の隅や夜遅い時間の寄宿舎で政治は神学という名前で神学生たちを虜にした。たいていはささやくように話し合われていたが、時には自分の感情を抑えられなくて大声を出したりした。政治は時代が私たちに投げかけた公案だった。それを通して救いに到達できるという幻想が時代を支配した。神学校の学生たちはその公案を考え抜こうと必死にしがみついた。

ところが、私はどうしてそうなのか、その流れに巻き込まれることができなかった。彼らの努力はただ風を捕まえようとする無駄な努力にすぎないように思えた。彼らが暇さえあれば繰り広げる、どうせ平行線にしかならないものをめぐってなされる政治的な立場と信念の勢力争いなど私には全く納得できなかった。考えてみれば、世の中にあるすべてのことが風を捕まえようとするような苦労にすぎないと考える私には、それはあまりにも当然のことだったのかもしれない。

（「砂漠の夜」作品集『砂漠の夜』七九頁）

主に寄宿舎で論争を繰り広げるのは、Lという同級生とKという先輩だった。Lという同級生とKという先輩とCという同僚が、話者である「私」といっしょに寄宿舎の同じ部屋を使っている。LとCと「私」は二回生だ。この小説の中に出てくる表現をそのまま使うと、Lの神は「抑圧された者の、改革を要請している、政治的な神」で、だから彼はジェームス・コーンとモルトマンとクチエレズを読む。Kという先輩は違った立場を見せる。彼の神は「祈祷室の中にいる。一度も至聖所（旧約聖書時代に神殿や幕のうちの神がいる最も神聖な場所）から抜け出さない」。だから彼は何かにつけて祈祷室で夜を更かし、ただひたすら「たった一冊の本だけ読む人」になると豪語している。彼が言う一冊の本というのは、当然、聖書だ（彼は聖書だと口にすることさえ不敬だと思っている人だ。そのように言う人を彼はとても嫌がる。どうしてかと言うと彼にとって聖書は多くの本の中の一冊の本ではないからだ）。

Cは神学からは少し外れた文学志望生だ。彼は神を「人々の中にいる。この場合の人々は普遍的な意味での人々だ」。彼の関心は「人間の心霊の中に隠れている神を目覚めさせることだ」。具体的には彼は「遠藤周作の『沈黙』やラゲルクビストの『バラバ』のような小説を書いて真理の端緒だけでもいいから表現してみたい」という夢を持っている。彼は個々人の固有な生に注目している。魂でだけ人間を理解しない点ではKとは違うし、集団よりは個人を優先する点ではLと区別される。構造の改革に対しては否定的であるというよりは特に関心を示さない方だ。そのためKやLが個人の救いと社会の救い、または信仰と行為に関する熱のこもった論争をする時、何も口出しはしない。自分の立場が多く投影されていると判断されるこの人物Cを通して、作家はKとLを鋭く対比させる。

他のところでパク・プギルはその時代の若い神学徒たちの意識の地図をもう少し具体的に描いてみせたことがある。「砂漠の夜」を充分に理解するためにも、若きパク・プギルの内面を覗くためにも、その文章は引用する必要があるだろう。

……政治と宗教の間に私たちは存在した。時代は私たちの人生を放置しなかった。私たちが時代を作ったのではなく時代が私たちを作った。それが私たちの時代が不幸な理由だ。時代が決して無責任な傍聴者ではないという事実を私たちは今知った。

（中略）

私たちの存在を位置づける二つの大きな座標が政治と宗教だ。それらは垂直と水平に交差している大きな壁になり、その中に私たちを閉じ込めた。壁は四つの空間をつくり上げた。私たちはそのどこかに属した。問題はどの壁に閉じ込められているかだけだった。閉じ込められない壁を選ぶ権利は私たちにはない。

政治的な位置づけを見定められる線は左から右に描いて、形式と改革の性向を確認した。宗教的位相を見定めるもう一つの線は上から下に表示され、保守と進歩の水準を検討した。その二つの線は一つの点で出会って十文字を作った。私たちはその座標の上のどの地点かに自分を位置づけなければならず、いつもその位置が恥ずかしくなく安定しているかを綿密に検討しなければならなかった。時代はそんな風に私たちの生に介入した。

「君の位置はどこなのか、図表に表示してみろ……」

時代はそのように独裁者のように命令した。私たちはその声から少しも自由になれない。私たちが躊躇うと、その声は自ら指になり、図表の一点を指してみせた。

「ここだ。ここがお前の位置だ……」

大部分の人はその指摘に困惑するしかなかった。どの位置も完全でなく、どの座標も安全でなかったからだ。

自分たちが堅持している原則と理念に従わないという理由だけで道徳性を疑われることはよくあることだ。初めから他の側の人たちは原則や理念など持っていない取るに足らない無頼漢のように罵倒されたりした。したがってどこに位置を占めていようと、いつも堂々としてはいられなかった。一カ所で褒め称えられる者は、他の位置では貶められることを覚悟しなければならなかった。すべての位置ですべての人に歓迎されるのはあり得ないだけでなく、そのようになることを望む人もいなかった。

そして大部分の人たちは急いで自分の位置をつくり、自発的に自分をその中に閉じ込めようとした。自分を閉じ込めている壁をもっと高くもっと丈夫にしようとする試みも生じた。人々はその壁が自分を保護するためにつくられたものではなく、自分を閉じ込めるために生じたことを理解していないか理解できない振りをした。

彼らが理解できないことがもう一つあった。壁を作ったために区分ができた。壁がないと区分もなく、また監禁もないだろう。途轍もなく遠くに思える他人の部屋は、実は壁を壊すと一歩も離れていないところにある。部屋はただ壁のあちら側とこちら側にあるだけだ。しかし、誰もそのように考えない。したがって壁を壊さないといけないと考える人がいるわけがない。壁が壊されるだろうという仮定でさえ不届きなことであった。

皆が囚人だった。時代という巨大な監獄に閉じ込められた、時代がまさに自分を閉じ込めている監獄で、自分が囚人であることさえも知らない、だからいっそう憐れなのだ。

（「時代の顔」散文集『文学を取り囲んでいるもの』一〇〇―一〇三頁）

彼は自分が神学の勉強をしていた二十代初めの時代的な気流を、このように多少図式化して描いてみた。彼がその図表の一つの線を宗教性、すなわち神と人間の関係設定に還元したことは非常に興味深い。もちろんそれは彼が神学を勉強しているキリスト教信者であることを念頭に置いた時、理解できることでもある。そうではあるが、私たちは必ずしも座標を十文字につくる必要があるか尋ねてみたくなる。その理由は宗教的な位相と政治的な立場は互いに影響を与え合う関係だからだ。つまり、自然に宗教的な保守は政治的な保守に連結するし、宗教的な進歩主義と政治的な進歩主義もまた一卵性双子のようによく似合う。その理由を説明するのはそう難しくない。宗教または神に対する関係が何であるかは他でもない生に対する態度が何であるかなのだが、生の態度とはすなわち倫理または政治に対する立場により左右されるからだ。宗教的には保守的でありながら政治的には進歩を標榜したり、宗教的には進歩を打ち出しながら政治的には保守を見せる現象はどこか不自然ではなかろうか。保守なのか、進歩なのかを尋ねる一つの質問だけで充分でなかろうか。そのような反問もあり得る。

彼はその頃の現実が単純なものではなかったと答えている。

「それは……そのように単純な図表を描くことが、その時代から事実上不可能になっていることを明らかにするためでした」

社会全般に維新政治〔一九七二年からの朴正熙による独裁政権〕の影の暗雲が垂れ込める中で現実の内部から火山の動きのようなものが注意深く予め備えられていたのだが、その火山の動きの強度と角度を認識する水準の微妙で複雑な位相整理の必要性が不可避になったという説明だ。一概に進歩と言ってもすべてが同じものだったわけではなく、同じく保守の顔も一つだけではなかった。ある一方にだけたやすく身を任せられない人々が生じ、彼らにも彼らにふさわしい位置がなければならなかった。その頃いろいろな分野で起こった最も活発な論議は、位置を探すこと、または位置をつくる模索で、それらはこのような状況の緊急さと不可避さを代弁している。

位置があるとその位置を占める人が生じるのは当然だ。道をつくるのは人だが、いったん道がつくられると人々がその道に押し寄せるのも世の慣わしだ。位置を作っておくとその位置の真実を求めて飛び込んでくる群れが生じる。初めは微々たるもので、そして混乱していた。しかし、間もなくその中で自律的な動きが現れ始め、直ぐに信念と価値観の微妙な差異によって秩序よく位置を占めていった。個人が堅持している宗教の性向と政治の性向の偏差はだんだん少なくなり、それによって人の意識はいっそう複雑になった。

（「時代の顔」前書、一〇五頁）

進歩と言ってもすべてが同じ進歩ではなく、保守と言ってもすべてが同じ保守ではないという自分の意中を表現するためだと彼は言う。しかし、必ずしもそれだけではないようだ。他の要因もある。この図表から彼の交流範囲が神学校周辺に限定されていたことがたやすく推し量れる。いわば、彼の図表は彼の視線が及ぶ範疇内で描かれたものだ。

9

彼の位置はどこだったのだろうか。この質問に対する答えは「砂漠の夜」に漠然と描かれている。この小説の中には前述したとおり数人の人物が登場する。その人物たちは彼が前もって設定した座標の中のいずれかの部分を代表しているように思われる。たとえばLとK先輩の両極的な対比はおそらく彼が描写した「時代の顔」を表象しているように思われる。Lは闘士だったし（またはそうであることを望んだ）、Kは修道僧だ（またはそう望んでいる）。Lはイエスを政治的なメシア―預言者として理解し、Kはイエスを霊的なメシア―祭祀長として理解している。「時代の顔」に見られる図式を借りて言うと、Lの位置は左下で、Kの位置は右上だ。彼らは対称的だ。

その間にCがいる。この人物は、前にも言ったように文学志望生だ。皮相的に見るパク・プギル自身を最もよく投影しているように思える人物だ。何よりも文学志望生だという点がそのような連想を自ずと喚起する。そしてある程度はそのような連想は間違っていないと言える。しかし、彼の回想によると、文学はその時までは彼を捕まえてはいなかった。他の多くのことと同様文学も彼の関心外だった。山が重なっていたら後ろにある山は隠れて見えない。低い山が高い山を隠すこともある。山の高さがある程度影響するが、目との距離が及ぼす影響ほどではない。高さに先んずるのは距離だ。彼には一つの山が非常に近いところにあった。だから後ろにある山が目に入るわけがなかった。

この時代のパク・プギルを最も良く表している人物は実は話者である「私」だ。「私」は二人のルームメイトが政治を主題にして討論を繰り広げる時、彼らの熱気にあきれてしまう人物だ。しばしば「私」はそっと席をはずしてしまう。そして一人でいられるところを探す。祈祷室と図書館がそこだった。その中でもより居心地よく、より孤立しているのは祈祷室だ。「私」は祈祷室の暗さを愛する方だ。しかしどうしてか何のためか祈祷室に「私」は長く居れなかった。祈祷室は「私」には、酒が好きでない人たちが喉の渇きを覚えた時に飲むビールのようだった。最初の一杯は美味しくてすっきりする。ところが二杯目からは苦くて美味しくない。「私」は祈祷室に長く居ると必ず居心地が悪くなってそこから出ていったりした。そこで図書館がいつも「私」の居場所になる。

観察者の姿をしているこの人物の中に自分自身の姿が相当部分反映されていると推測できる客観的な事実がある。例を挙げると、小説の中の彼もやはり実際のパク・プギルのように図書館で司書の仕事を手伝いながら学費を稼ぐ。図書館は単なる仕事の場でなく精神の避難所、または魂の小さな部屋と考えている点も似ている。Cはそこで一日中過ごしていると言えるくらいだ。パク・プギルもそうだった。彼は度々学生たちがすべて帰ってしまった空っぽの図書館で夜遅くまで本を読んでそのまま寝込んでしまったりした。パク・プギルもそうだった。彼は本を読むこと以外に他のことには何の意味も見つけられないと言う（同書、九二頁）。パク・プギルがそうだった。この人物にも本を読むこと以外への関心は全く見られない。Lやその同僚たちにほとんど強制的に自分の意見を述べるように強要された時、彼はたった一度自分の思っていることを曝け出した。

「政治？　それは地上の遊びごとだ。大便だ。互いの口に互いの大便を食わせることだ。僕にそういうことを要求するな。僕は大便は嫌だ。野良犬でも銀蝿でもないから……。こんな話がある。数年間戦争があったんだ。数多くの都市が破壊され数え切れないほどの人たちが犠牲になったんだ。戦争がやっと終わったのだが、その時まで地下の研究所で顕微鏡だけのぞいて実験をしていたある科学者がちょうど研究を終えて外に出てきて次のように言ったんだ。今までここで何か起こっていたのかと。政治？　どうして大騒ぎしているんだ？　どうして政治に関してそれぞれの意見を言えるようにならなければいけないのか？　水上生物の生態学に対してそのように、また石器時代や鉄器時代の遺物の発掘に対して話すことができるように……そのように……」

（同書、一二二頁）

Lはもどかしそうに「私」の肩をトンと叩きながらボニノやクチエレズを読めと勧めた。「私」はもう読んだと言った。Lはまたジェームス・コーンとモルトマンを引き合いに出した。「私」はそれらもすでに読んだと言った。Lは今度はどうしても理解できないといった目つきで「私」を眺める。それなのにどうして……？　そんな目つきだ。彼は到底理解できないといった表情で首を振る。「私」はすぐには何の返事もしない。一方が口を閉ざすと対話は続かない。論争はもっと不可能なことだ。「私」は信念とか意志の補助または支援なくして純粋な科学で政治を取り扱えると信じる。彼が解放神学を読み民衆神学を読みながら、いかなる動揺も体験しなかったのはそんな態度の表れだ。読みはしたが影響を受けなかったのだ。そんなことがあり得るだろうか？　そうであり得るという信頼こそ、とても主観的な信念であり、最も大きい意志ではなかろうか。事実だけを問題にする自然科学的な客観性がどうして意志と立場について同時に問う理念の領域にまで有効であり得るだろうか、という質問は妥当で自然だ。しかし、そんな質問は「私」を説得できない。

このような頑固な立場は政治にだけ限ったことではない。「私」は自分の宗教に対しても、この考えを維持しているように思える。宗教に対してそうあり得る人であれば、政治に対してはいくらでもそうあり得るのではなかろうか。

私に、宗教は、政治と同じく、読書と探求の対象だ。それだけだ。私の発言は間違いなく不敬だ。不敬という言葉の宗教的性格に私たちは慣れている。その言葉が含んでいる危険や恐怖は宗教的な雰囲気から派生したものだ。「何に対する不敬」であるかを明らかにしないまま私たちはその言葉を使う。それは宗教がすべてのことの中心である時の言語習慣だ。しかしどうだろうか。宗教または神に対する不敬を言うのが自然であるとすれば、学問やその他のどんなものに対する不敬を話すのも自然であるべきではなかろうか。宗教に学問とか他の何かに反する行動をさせた時、それは宗教に対する不敬と呼ぶ。学問に宗教とか他の何かに反する行動をさせた時、それはすなわち学問に対する不敬になるだろう。これから不敬は「〜に対する不敬」なのだ……。

（同書、一〇九頁）

政治に対してはどうか分からないが、神学の勉強をする人物を前面に打ち出して宗教を貶すような発言をするのは破格だ。少なくとも私にはそう思える。いや、彼はそのようには話さない。彼の話し方はより巧妙だ。彼は神や宗教に関心がないのではない。しかし、その関心は真面目な意味での「究極的な関心」とは距離がある。彼の言葉どおりに言うと、それは「不敬な」関心だ。これは初めから宗教などには関心を傾けないこと以上に危険なのではなかろうか。

宗教は信念と信仰の領域だ。その中にそれなりの体系がもちろんないのではない。それより精巧な体系が備えられていることを知っている。しかし、その体系は厳密に言って主観的なものだ。絶対の信頼と全的な献身を前提にしてつくられたものだ。それなしに信仰を持つ人の身分に入れる道を私は知らない。特定の宗教に没頭するとか、そうでないと言う時には、この全体が守られている。つまり、自分の信念と信仰心が捧げられるとか、またはそうできないという次元なのだ。その過程で神と人間、魂と肉体、天と地の間に葛藤と懐疑が生じ、彷徨と救いのドラマが誕生する。

しかし、パク・プギルの小説に登場する主人公たちは、神と人間の問題を深く詮索した他の作家の主人公たちとは違って懐疑と葛藤、彷徨と救いのドラマからはあまりにも自由だ。もっと適切な言葉で言うと、この作家は初めからそんなことを全く問題にしない。どうしてそうなのだろうか？　どうしてパク・プギルの小説に登場する人物たちは宗教の中にいながらそのように単調で乾いているのだろうか？　彼の神はどうして彼を興奮させないのだろうか？　どうしてそうできるのだろうか？……可能な答えは、彼は神に近づくことを望みながら（彼は本当に望んだのだろうか？）神さえ世の中（彼がそのように嫌悪して敵対視する）の一部分として理解しているからだろう。

彼はただ自分自身にだけ関心を寄せる。チョンダンという女性は自分の分身にすぎない。彼は彼女を通して物置のような小さな部屋の暗闇から脱け出したが、彼が彼女を選んだのは実は彼女もやはり暗闇だったからだ。彼は彼女の中に自分自身を見た。自分を映してくれる鏡である彼女に、鏡に映った自分自身に彼は愛を溢れさせた。だから彼の彼女への没頭はナルシスの自己愛にすぎなかったのだ。

彼は度々学者としての姿勢を表に出したりするが、学問とは信念や信仰の領域ではない。合理性と理性を唯一の規則とみなすこの領域は信仰心があるかないかを問わず、信仰の内容がどうなのかだけを解剖しようとする。学者はすべての形態の信仰に関心を見せるが、その関心は解剖用のナイフを手にした医学生のそれ以外の何ものでもない。宗教に体系がないわけではないが、それはとても私的で主観的であるだけでなく信奉する者の絶対的な献身を前提にしている体系であるため、合理と理性の刃の前では当惑するのだ。宗教に没頭する者は全体を見る。全部を見る者は部分の欠陥には目を配らない。しかし、宗教を解剖する者は部分を見る。部分を見る者は部分の欠陥に目が届くと最後まで全部を見ることができない。だから信奉者にはすべてのことであっても、解剖者には何でもないものになってしまう。

宗教を探求と解剖の対象として取り扱う者が落ち込む陥穽がここにある。その陥穽は深く虚しく少々のことでは脱け出すことは難しい。人を解剖すると何が出てくるか。解剖された人の内部に数キログラムの脂と数リットルの水分と数メーターの内臓、そして大便がいっぱい詰まっている。解剖者はそこで宣言する。この人は数キログラムの脂と数リットルの水分と数メーターの内臓と、そしてとてつもないほど大量の大便で構成されている。脂と水分と内臓と大便が人間だ。精神や魂は？　そんなものは一ミリグラムもない……。これが真実だろうか。解剖者の分析はもちろん間違っていないが、そしてその分析に価値が全くないわけではないが、それは部分的な真実であり、部分的な価値だ。そして科学——理性と合理という名の——、この受け取ることができる真実とはいつも部分的だ。人は解剖せずに見なければならない。全体を見て初めて完全に見ることができるのだ。

「砂漠の夜」の話者である「私」が堅持している立場の不安定さは火を見るより明らかだ。だから小説の中の話者は中心をつかめず度々揺れ動く。おそらく作家が知らぬ間に欲を出したのは、その図表のどこにも所属しない超越的な精神、つまりその図表をさっと跳び越えてしまう、そのように軽くそれほど空虚な列外の精神を設定してみようとしたからなのかもしれない。不可能な欲望だ。作家の狙いは正しいが、欲望の風はあまりにも激しい。彼は風向と風速を配慮することを忘れたようだ。だから彼の矢は的に当たらず外れてしまう。重く硬直した現実は、その座標—垣根を跳び越える軽くて空虚な自由を許さない。そのために彼の小説の中の人物たちは自我の洞窟の中から出てこない。

彼は自分の洞窟を壊してほとんど出てこようとしていたところだった。世の中を敵としてではなく友だちとして抱きしめようとした。しかし、現実はそんなに甘くなかった。そこで彼はかえって、よりいっそう深い洞窟を掘った。そしてその洞窟の中にありとあらゆる本を隠しておいてがつがつと読み漁った。本の現実は重くもなく硬直もしていない。本の現実は、彼にお前の位置はどこなのかと追及しない。干渉もしないし、非難もしない。彼の読書の目的は本自体にはなく、社会の中で自分が立つ場に対する外部の圧力から逃避することにあったのかもしれない。しかし、彼の逃避は成功しなかった。結局、洞窟の中は神がおわします場ではなかったのだ。

パク・プギルの神学校時代が実際にそうだったのではなかろうか。彼は神学校の講義室と図書館と寄宿舎に留まりながら、実際には相変わらず彼が通った高校の前にある狭くて暗い物置のような部屋で暮らしていたのではなかろうか。陳腐な質問を投げかける時、その陳腐さを隠すためによくする、ぎこちない微笑を私は浮かべて静かに尋ねた。

「そうだったんですか?」

彼は否定しなかった。意外にも躊躇わなかった。

「今はずいぶんよくなった方ですが、安心して何かの集団に溶け込めなかったんです。いくら正当で高尚な名分と理念で飾り立てられていても……。いや安心できるとかできないということではなくて、なぜか集団に溶け込むのが極まりが悪く恥ずかしく思えてうまく振舞えないんですよ。かなりよくなったとはいえ、今も同じことですよ。今も群れになっていっしょに動き回ることは、あまり好きではないですね。私はそれを信念とか意思の表現だとか、または信念や意思の欠如だというより一種の癖か気質のせいにしたいですね。例を挙げると、私は人の前で歌が歌えないんです。歌は上手な方ではありませんが、かといって全くの音痴ではありません。ところが人の前では歌えないんですよ。そんな場所では火が点いたように顔が真っ赤になって、息苦しくなってしまうんです。韓国人は二人以上人が集まれば歌を歌ったり歌わせたりするでしょう？ 自分が好きで歌うのはそれなりにいいですが、嫌がる人にまで無理やりに歌わせるのはどうかと思いますけどね。子どもの時から人の前で歌を歌わなければならない時が一番辛かったです。そういう理由でいまだに人がたくさん集まるところは避けるようになってしまって……。どんなに周りに溶け込もうとしてもできない人っているもんですよ」

前にも少し話したように、この主題と関連してとても興味深く思われるモチーフが一つある。それはある長篇小説に書かれていたエピソードだが、その小説の中で、分厚い眼鏡をかけたモーツアルトの音楽を楽しみ背がすんなりと高いハン・チョングクという名の生物学専攻の学生は、恋人から奨学金を受けたらキスをしてもいいという約束を取り付ける。彼はただ恋人とキスがしたいために夜を徹して勉強していると描写されている。彼女は彼を自分の思い通りに操っている。もちろん悪意があってではない。彼女もやはり彼を愛している。それが理由だ。恋人に対する善意の影響力の行使。それが彼女が選んだ愛の方法だ。その生物学を専攻している学生は、恋人から学内で騒々しく起こっている様々な紛争に気を取られて振り回されたりすると会わないと脅迫されたりもしている。恋人の要請は彼にとってはまさに命令だ。彼女の脅迫といったところで何になろう。彼は、彼女が言うとおりにそのまま覚書を作成する。彼はどうして、どうして覚書を書けというのかと聞き返さず盲目的に服従する。ただ愛されたいがために(『生物学概論』)。

私的な恋愛感情が時代や社会に対する態度の決定にまで影響を与えることができるという意味で、この話には価値がある。

ハン・チョングクという学生と同じようにパク・プギルも恋人からデモに参加しないようにという要請を命令として受けたのだろうか。もしデモに参加したら会わないという脅迫もいっしょに? 彼女は充分にそういうことができる性格を持っている。おそらく彼女はパク・プギルがわき目も振らず勉強だけを一生懸命にするのを望んでいたはずだ。そして実力があり、誠実な「主の僕」になることを願っていたはずだ。彼は彼女の前で覚書を書いたか、書かなかったか、そして彼女が本当に恋人の学習欲を高めるために自分とのキスを景品として差し出したかは重要な問題ではない。あり得ることでも、あり得ないことでもある。しかし、いずれにせよ彼を動かした力を外部から探そうとした時、どうしても彼女に注目しないわけにはいかないことに留意しておく必要があろう。

そうだからと言って彼の態度のすべてが彼女の影響によるものだと言ってしまうのは、どこか慎重ではないような気もする。彼女の意志は、すなわち彼の意志でもあったはずだ。だから彼女の要求を受け入れることが、全く大変だったり負担だったりはしなかったのだろう。その理由は、彼女の要請が自分の中にある要請と違わなかったからだ。前にも言ったように彼女は彼の別名だったのだ。彼は彼女に他の誰でもない自分自身を見つけた。そういう事情にもかかわらず、彼女がパク・プギルにそのような要求をしたのが事実なら、そこには意味がないはずがない。どうしてそうなのか？　彼女の要求がなかったなら、なすことすべて自分の意志だけだと思ったはずだろうが、今になってはそう思わなくなっていた。彼は社会と時代に対する自分の態度が内部から惹き起こされたものだと考えず（またはできず）、彼女から出てきたものと断定する（またはそう思いたがる）。自分と自分の意志はあまりにも自然に引き込まれてしまった。彼はただ彼女が要求するから行動する（と考える）。愛する人の意志を受け入れるのが愛だ。彼は彼女を愛している。彼女の意志を受け入れない理由はない。いや、そうはできない。彼女こそ彼の「主」だ。彼は「主」の命令を犯すことができない（と自分を諭す）。「主」を喜ばせるのが彼の生の意味であり、彼の幸せだ（と自分を洗脳する）。

こういう理由の中で、彼の地盤は彼自身ではない。残念なことに神のようなある超越的な存在でもない。彼女だ。すると彼女は、この男性からこれくらい持ち上げられる対象になったこの女性は、幸せなのだろうか？　そういう風には話せないだろう。彼に彼女は完全さのイデアだ。しかしそんなことは不可能だ。誰が完全であり得るか。だから彼女は虚像であり得る。彼がつくり上げた完全さの虚像。彼が見て、望み、頼り、夢見た彼女は実像ではない。彼は自分自身の頭の中に創造した完璧な女性を彼女に投影したにすぎない。

この命題はとても重要な一つの事実を警告している。彼を支えているこの人工の地盤が壊れてしまうと、彼の存在自体が同時に脅かされるかもしれないという事実がそれだ。彼の期待を充足させるために彼女は絶対者にならなくてはならない。しかし、彼女はそうできず、完璧さは彼の夢である以上、この地盤はいつかは壊れる危険を抱えている。

10

私たちはここで彼の小説『青い椅子』を読まなければならない。この小説は少し悲しく寂しい。おそらく作家の経験がほとんどそのままコピーされたように思えるこの作品において、彼は若い時代の自分自身の生を支えていたその地盤の意外な危うさと不安定さを露わにしたかったのだろうか。

この小説は「その時、私は寄宿舎の食堂の窓際に座って食事をしていた」で始まる。彼女が彼の学校を訪ねてきた。彼は食堂に座って彼女がそう高くない丘をゆっくりと上ってくる様子を窓ガラスを通して見ていた。初めは彼女であるはずがないと思った。彼女がこんな時間にこんなところに現れるわけなどないと思った。彼は食事の手を止めて窓ガラスを開けた。彼女はさらに傍に近づいた。間違いなく彼女だった。彼女が私に会うために学校に直接訪ねてくるなんて……。彼の胸は激しく鼓動し始めた。腑に落ちない思いや気がかりはすぐに消え去った。今までとは違った形で会うのがうれしかった。彼はためらうことなく席を立った。自分でも気づかないうちに足取りが速くなった。

そして彼はふと足を止めた。ある思いが興奮を冷ました。彼女が自分に会いに来たと必ずしも断定できないという疑問が不意に襲いかかった。自分に会うつもりなら、連絡もしないでそのまま学校を訪ねるなんてあり得ないという考えに繋がった。他の用事があったのではなかろうか。私のこと以外にこの学校に用事がないわけでもないだろう。実は、彼女はこの学校の卒業生だったからだ。考えがそこにまで至ると同時にまさに開けようとしたドアの前で彼は回れ右をした。

彼は外には出ないでドアの傍に立って彼女の動きを窺うことにした。彼女は濃いグレー系のワンピースを着ていたが、それは彼の好みの服装だった。手には小さなハンドバックとそう厚くない本を一冊持っていた。風がそよそよと女の長い髪の毛を空になびかせていた。陽射しがまぶしくて彼女は鼻の辺りにしわを寄せていた。その瞬間、一筋の疑惑がスパイのように忍び込んできた。彼は彼女を見ているのに、彼女は彼を見られないでいること、彼がじっと見つめていると彼女は知らないでいること、それが彼を緊張させ、また密やかな喜びの中に身を置かせた。

彼女が丘をほとんど上りきったと思われた時、誰かが彼女を呼び止める様子が見えた。四回生に復学した学生だと思うが、かなり歳を取っていてみんながおじさんと呼んでいる男子学生だった。何の話を交わしたのか彼女の顔に明るい微笑が浮かんだ。彼は瞬きもせず、注意深く窺った。男子学生が彼女を片隅に連れていこうとした。彼女はしばらくためらっているようだったが、寄宿舎の方を一度ちらっと見上げた。そして二言三言、話を交わして上ってきた道をまた降りていった。肩を並べてゆっくりと歩きながら二人は何か続けて話を交わしていた。その後姿がとても仲睦まじく思えた。

彼らが仲睦まじいと感じた瞬間、彼の胸の中に我知らず嫉妬の炎が燃え上がった。理由のはっきりとしない憤怒が彼の胸を熱く煮えたぎらせた。彼は、彼女がどうしてあの男と仲睦まじく見えるのか自分自身に尋ねた。それは深刻な疑問だった。彼は全くそんな感情が理解できなかった。そしてその男子学生に腹が立ち、彼女にはもっと腹が立った。嫉妬だったのだろうか。おそらくそうだろう。彼の感情は、自分の恋人である彼女が他の男性と愉快に笑い合って足をそろえて歩いていく姿を許さないと虚勢を張った。

食堂にまた戻ってきたが、食欲はもうすっかりなくなっていた。ご飯が半分以上残っていたが、彼は何も食べられなかった。彼はかなり長い間その場に座わり、そのまま寄宿舎に戻ってしまった。胸の奥には相変わらず炎が燃えていて、脈は息詰まるほど速く打っていた。一体どういうことが起きたというのか。何も起こらなかった。丘を上ってきた彼女が知人に会って校門から出ていっただけだ。それが何の一大事なのか。一大事であるはずがなかった。しかし、彼には深刻だった。

本を開いたが、いつものように没頭できなかった。読めるはずがなかった。とうとう寝台にごろんと寝転んだ。落ち着かず苛々した。私はすぐにまた起き上がり狭い部屋を行ったり来たりした。彼女に会ってみよう、勘違いかもしれないが、もしかして彼女は自分に会いに来たのかもしれない。彼女は校門前の喫茶店にいるだろう、行ってみよう。心の片隅で静かにささやく声が聞こえた。しかし、他の声が荒々しく怒鳴りつけた。お前に会いに来たのならどうして他の男といっしょにあのように愉快そうに話しながら丘を降りていったのか？　その男がお前かい？　お前に会いに来たのなら、彼女はどうしてその男と愉快そうにしていたのか？　腹が立たないのか？

お前を追い出すとは？　お前は自尊心もないのか？　その声が私の神経を極度に鋭敏にした。私は布団をかぶり、また横になった。もちろん寝ようとしたのではない。寝ようとして眠れるものでもなかった。私はその姿勢で目を瞑り、私の胸のうちの炎を宥めようとした。しかし炎は全く宥められなかった。

かぶっている布団のせいもあったが、心があまりにも入り乱れて興奮していたために、廊下に設置されているスピーカーを通して私の名前が放送されている声も聞こえなかった。誰かが廊下を通り過ぎながら私の部屋のドアをドンドンと叩いた。

「ヨンギル、部屋にいないのかい？　電話だって、電話」

声の限り大きく一度怒鳴った後、その声の主はバタバタと足音を立てながら去っていった。電話の知らせを無視してしまおうと思いつつ、私は布団を投げ捨てて大急ぎでとび出した。寄宿舎の部屋に戻って布団をかぶって寝ていたのは、まるでその放送を待つためだったかのように思えるほどだった。私は自分自身に指示した。落ち着け。息を整えて、落ち着け……。

廊下の端に電話器があった。寮からは電話をかけることはできず、外からかかってきた電話だけ受けられる受信用の電話だった。寄宿舎の管理室から誰々さん、電話ですよ、と放送されると、そこに走っていって電話を受けるようになっていた。私は注意深く電話を取った。私は電話をかけてきた人が誰か目星がついていた。彼女のはずだ。いや、彼女でなければならなかった。彼女が電話さえもかけてこなかったとしたら絶望のため自殺でもしてしまいそうだった。

予想通り電話器の中からは彼女の声が聞こえた。私は一切何事もなかったような振りをしようとした。しかしそれはたやすいことではなかった。私は自分の荒い息づかいがとても気に障った。

「ちょうどいたのね。よかったわ。いなかったらどうしようかと心配していたの」

「どうしたんですか？　どこですか？」

「どこだと思う？」

彼女はくすっと笑った。その笑いの中に自分自身の手柄をこっそりと表わそうとする彼女の飾り気ない純真な心が読み取れた。気分は悪くなかった。その瞬間私は少し前までの激しい感情も忘れてしまったかのように感激する準備をした。ああ、一体私はどういう奴なのか。自分で自分が分からない。

彼女が口を開いた。

「学校よ」

「何かあったんですか？」

「いいえ、ヨンギルに会いに来たの。勉強しているかどうかチェックしようと思って……。そうしたら駄目？　私はここまで来ても、もしかして会えなかったらどうしようと、とても心配したのに……。よかったわ。どう、出て来れそう？」

「そこ、どこですか？」

「ここは、本館の三階の端にある休憩室」

「分かりました」
私は受話器を下ろすと同時に彼女を許した。そして一瞬であったとしても彼女を疑った自分を非難した。思慮の浅い奴。天下一の大馬鹿者……。私は廊下の片側にあるトイレに入って顔を洗い、鏡を見ながら髪の毛を梳き、髭をそった。服も着替えた。そしてもう一度鏡を見た。彼女が訪ねてきた。彼女が私に会いに来た。彼女が私に会いに学校まで訪ねてきた……。私は本館の三階に向かって飛んでいった。少しでも彼女を待たせたくなかった。少しでも早く彼女の顔を見たかった。飛んでいくような気分というのはこんなものなのだろうか？　私の肩を空から引っ張り上げるような、それは何と表現すればいいか分からない特別な感じだった。

（『青い椅子』一三〇―一三二頁）

彼女がいきなり自分に会うために学校に訪ねてきたことに彼は感激した。神学校のキャンパスは狭い。そして彼女はその学校を卒業して二年しか経っていなかった。いまだに彼女の顔を覚えている人がキャンパスのあちこちにいるわけだ。校門に足を踏み入れてすぐ一人の復学生に出会ったのだ。ところが「彼に会うために」彼女が学校に訪ねてきたとはどういう意味なのだろうか。彼は、彼らの秘密めいた関係を公表する段階に入っているのだと彼女の意中を前もって判断した。それは間違いなく感激の理由になるものだった。
コーヒー、牛乳、缶入りジュースなど、簡単な飲料水とパン、ハンバーガー、ビスケットなどを売っている休憩室にはテーブルが五つあったが、その中の三つのテーブルに学生たちが座っていた。男女が混じって座っている一つのテーブルには彼が知っている同じ科の学生が二人いた。彼が休憩室のドアを開けて入ると、すぐに彼らと目が合った。彼は少し得意げになって彼らと目で挨拶を交し合った。彼らに彼女を見せびらかしたかった。彼女の完璧さを自慢したかった。

ところが彼女の姿は見えなかった。その休憩室は一目ですべてが見られるくらい狭かった。したがって実際きょろきょろする必要はなかった。それなのに彼の目はあちこち忙しく動いた。

一番前のテーブルに座ってコーヒーを飲みながら他の人と愉快そうに対話をしている男性が目に付いた。その男性も顔をこちらに向けて彼を眺めた。丘を上ってきた彼女と会って校門の外に連れていったその学生だった。もしかしてと思いよく見たが、その男性の前にも男性が座っていた。そんな必要もないのに彼は良心が咎め急いで顔を背けた。彼女はどこにいるのだろう。

かといってそこから離れるわけにはいかなかった。彼女は間違いなく本館の三階の端にある休憩室で会おうと言った。彼はほとんど反射的にコーヒーの自動販売機の方に近づいていった。残念なことにポケットの中には小銭がなかった。彼は売店の陳列台の方に近づいていきながら呟いた。彼女はどこにいるんだろう？　両替をしてまた自動販売機に向かいながら彼はまた呟いた。彼女は三階の端の休憩室にいないでどこにいるんだろう？　背後で何かの気配を感じた。さっきのその学生がずっと自分の後姿を睨みつけているようで気分が悪かった。彼は自動販売機から紙コップを引き出しながらその学生を横目で見た。彼は大げさな手振りで向かい合って座っている人と対話を交わし合っていた。

彼には何の関心もないというジェスチャーのように思えた。それなのに、どうしたわけかその人が今までずっと自分を眺めていたように思われた。もしかして前に座っている人に自分の話をしていたのかもしれないという疑いまで生じた。

するとと急に不安な予感が体中に走った。胸が熱くなり、脈が速く打ち始めるのをどうすることもできなかった。そこにいる誰も彼に視線を向けなかったが、彼は不思議と大衆の前に引き出されてもてあそばれているような思いがして頭の中が混乱してしまった。自然に紙コップを持っている手に力が入った。何の味も感じないままコーヒーを一口飲んだ。そしてまた呟いた。彼女はどこにいるのだろう。どうしてここにいないのだろう。

コーヒーは、湯が紙コップの半分にも満たなかったせいかとても苦かった。彼は二口だけ飲んでゴミ箱の中に紙コップを放り投げてしまった。休憩室を見回した。彼を眺める人は誰もいなかった。しかし彼のひねくれた自意識は自分が振り返った瞬間、彼らが一斉に視線を避けてしまうのだと、そして彼に関心がない振りをしているのだと思い続けた。しかしそれはどうしようもないことだった。彼の胸はすでに燃え上がり始めていた。

彼は呟いた。一体彼女はどこに行ってしまったのか。ここでなく他に休憩室があったのか。なかった。本館には三階以外には休憩室はなかった。ここでなく他の休憩室は本館と渡り廊下で連結した図書館の建物の地下にあった。そこは三階でもなく本館でもなかった。だから錯覚など起こり得ない事柄だった。それなのに彼女は一体どうしたのか……。彼は休憩室の廊下を行ったり来たりした。

新しい講義が始まる時間なのか、学生たちが二人、三人、話を交わし合いながら建物の中に入ってきた。その間に休憩室のテーブルに座っていた学生たちも一人、二人と席を立った。入れかわって他の人たちが入ってきてテーブルがいっぱいになった。彼は時計を見た。プフ、彼はおかしな声を出してため息をついた。

「何してるんだ？　授業に行かないのかい？」

同じ科の友だちの一人が彼の肩をトンと突いた。彼は何も言わず笑った。友達も手を一度上げただけで、それ以上何も聞かずそのまま通り過ぎていった。「世界教会史」の授業の時間だった。時間ごとにいちいち本人であるかどうか確認しながら出席を取り、出席を点検した後は教室のドアを閉めてしまう、そして一学期に三回以上欠席すると理由のいかんを問わず成績をつけない、とても融通の利かない気難しい教授の授業だった。しかし彼はもちろんその講義を受けに行く気はなかった。寄宿舎の部屋を出てきた時、すでに授業に出席しないつもりだった。講義の準備を全くしないで出てきたのもそのためだった。

悔いはなかった。そんな決定をしながらためらいもなかった。その科目がその日の最後の授業で、その後、夕食を済ませてから図書館で勤務する予定があるだけだった。その時から六時まで少なくとも三時間は彼女と時間を過ごせるはずだった。そういうことはないだろうが、彼女が望むなら図書館の仕事も怠けて休んでしまうくらい何でもないと密かに思っていた。彼を感激させた彼女の「特別な」訪問はそれほどの代価を払うに充分だと彼は考えていたのだ。ところが彼女はどこに去ってしまったのだろうか。

　私は休憩室の一つの席を占めて座っていた。急に意欲がなくなり、すべてのことが気に入らなかった。テーブルの上に広げられていた印刷物を上の空で読んだ。タイプライターの販売のための広報用のカタログとおそらく「ヨハネの黙示録研究」の時間に発表されたらしい一人の大学院生の小論文が目に付いた。私はそれらを何の意識もない中で目だけで飛び飛び読んでいった。
　タイプライターの革命、電動タイプライター！　これからは筆記文化が変わります。……黙示(apocalyptic)は「明らかにする」、「啓示」を意味する「apocalypsis」にその語源はある。この概念は伝統的に宗教史における現象、すなわち独特な終末論的な思想体系と……七星《チルソン》印電動タイプライターはこんな点が違います。まず、字体が流麗で洗練されていてあなたの品格を高めます。二番目に……黙示思想の最大の特徴は終末論的な二元論だ。黙示文学は私たちが生きている現代は悪であり堕落していて、悪魔たちの支配下に置かれているとみなす。したがってこの世は滅亡するもので、また滅亡しなければ……広報期間に限って破格の普及価格で供給いたします。七星社の技術陣が日本のナゴヤマ社と提携して自信を持って売り出しました。……BC二〇〇年からAD二〇〇年までの間の、ユダヤ教と原始キリスト教に由来した文学様式だ。ユダヤ教は異邦宗教とヘレニズムの思想と表象を……さあこれからは電動タイプライターを使いましょう。あなたの文書の価値をいっそう高めてくれるでしょう。

文字は意味のない単純な記号にすぎない。いや、記号ではなかった。それらが記号だとしたら私に何の意味であるかを表し、見せてくれなければならなかった。しかし、それらは何も指示しなかった。

私はしきりに目を上げて廊下の方を眺めた。かえってその廊下、寿命が尽きた蛍光灯の一つがちかちかと明滅するその長くてまっすぐ広がった廊下の方が何かを指示をしているようだった。その廊下は、時々、川の流れのように揺れ動いて夜のように暗くなったりした。彼女の姿は相変わらず見えなかった。時間が惜しくも流れ、私の内面はひどくねじけてしまった。私は自分の顔がどれほど醜く歪んでいるか充分に推測できた。

「ヨンギルでしょう?」

ジーンズをはいた背の低い女性が近づいてきて話しかけるまで、私は、その誰もいない空っぽの休憩室で四十分以上も一人で座っていた。ジーンズにTシャツ姿の軽い服装にそう長くない髪を一つに固く結んだ結構強情そうに見えるその女性が声をかけてくるまで彼女に気がつかなかった。ずっと廊下の方を見つめていたが、この女性はどこから現れたのだろう。

「どこか具合が悪いの? 顔色が悪いけど」

彼女がやさしく尋ねた。よく見慣れた顔だった。図書館で彼女によく会った。彼女は私が仕事をしている図書館でかなり頻繁にたくさんの書籍を借りていく学生の一人だった。彼女は四回生で、大学院の受験を準備しているという話を聞いたことがある。

「何か用ですか?」

私は顔を上げた。彼女が笑った。その笑いが気に触った。彼女はどうして笑ったのか?

「キム先輩を待っているんでしょう。キム・ヨンヒ先輩……」

私はすぐに反応を示せなかった。彼女の名前の後ろに付けられた「先輩」という呼称がなぜか耳慣れずおかしかった。

「チェ・キヒョク先生の部屋に行ってごらん。私、今行ってきたところなんだけど、そこにいらっしゃいと言ってたわ」

「そこにいるんですか?」

「そう、先生とお話ししてらっしゃるわ……」

どういうことなのか。私の感情はその瞬間、もうそれ以上自制できないくらいのところにまで高まっていた。私の胸の内でぐつぐつ燃え上がる鋭く暗い情熱のため、私はどうしても顔を上げることができなかった。

休憩室で待っていなさいと言っておきながら、自分は他の所に行って何をしているのか。ほとんど一時間近く待たせて今になって教授の部屋に来いと? これはどういう意味なのか? 私は荒々しく息を吸った。彼女は私に無礼を犯している。このように振舞ってはいけない。こんなことはあり得ない。これは、恋人が恋人にできることではない。彼女が私に……どうしてこのように振舞えるのか。これは、容赦できることではない……。私は彼女がここに来て丁重に謝らなくてはいけないと思った。だから、その部屋に彼女に会いに行くなんて絶対にしないと心に決めた。彼女が言いつけるとおりに従順におとなしく従うことに屈辱感を感じたからだ。

私はそのようにしようと自分自身に誓った。だが、できなかった。

「本当に大丈夫？　とても具合悪そうよ……。部屋に戻って少し休んだ方がよさそうよ」

私に伝言をしにきたその強情そうにみえる女学生が心配そうに聞いた。私は彼女のありきたりの親切に苛々した。

「私にああやこうやと命令しないでください。自分で判断しますから。構わないでください」

私は大声を上げてぱっと立ち上がった。彼女がぎくりと驚いて一歩後ろに下がる様子が目に入ってきた。どうしたらいいか分からなくて呆然としている彼女を後にして、私は荒々しく休憩室から出た。椅子がガタガタ揺れてひっくり返えり大きな音を立てた。私の浅はかな後姿をあきれたように眺めているいくつかの視線を痛いほど感じた。しかし、私はすでにそのようなことを念頭に置ける状態ではなかった。

私はどこに行こうとしたのか？　休憩室から出てきて私はどこに行けばいいのか？　まるで言いつけをよく守る子どものように彼女の指示した通り従順にチェ・キヒョク教授の部屋には行かないと私は決心していた。すると私はどこに行かなければならないのか？　そこではなくどこかに行けばいいのか。もしかして校門の外に出て行くべきだったのかもしれない。しかし、私は自らに誓った決心を守ることができなかった。私はどうしてそうしたのだろう？

私は自分の足がチェ・キヒョク教授の部屋に向かっていることが分かったが、止められなかった。私はどうしてそうしたのだろう？　もちろんその部屋に入っては行かなかった。十分以上もその部屋のドアの前でうろうろしていた。そして今、私は、その部屋の前に立って自分の手でドアをノックしなかったことを口実にして、その事実に大きな意味を持たせないようにしている。いわばその馬鹿げた事実を言いわけにして自分自身を慰めようと力の限り努めているのだ。その差異は実は何でもないことだ。しかし、時には何でもないことに命を懸けるのが人間でもある。私たちはとても些細なことで絶望したり、とても些細なことで慰められたりする。私が自らを慰めるためにとても些細な差異を大きく膨らませたとしても、それがどうして大きな傷になるだろうか。

チェ教授の部屋のドアが開いているのに気がついたのは、その前で十分ほどうろうろしてからだった。彼女の顔が先に見えた。私はすぐに顔を背けようとした。その部屋の前で彼女を待っている自分自身の姿が急に惨めに思えたからだ。しかし、私は彼女はすでに私の姿を見つけたのが分かった。ここまで来て知らない振りをするのは不可能だった。私はまっすぐ前を見た。すぐに快活な声と共に一人の男性の横姿が見えた。チェ・キヒョク教授だ。彼は片手でドアノブを摑んだままにっこりと笑っていた。彼女はそんな彼に向かって頭を深く下げた。チェ教授は手を一度上げた後、笑顔のままドアを閉めた。

（前書、一三五頁）

彼はチェ教授の快活な笑い、その笑いの中身である一種の健康さと余裕の前で言葉では言い尽くせない恥辱を感じた。その恥辱の内容はひょっとして嫉妬だったのか？ 彼はその教授が好きではなかった。彼はなぜチェ教授が嫌だったのか？ 彼が持っていないものをその教授が持っていたからではなかろうか。ある人が最も非難することが何であるか分かると、その人が最も強く欲しがっているものが何であるか自然に分かるようになる。

いずれにせよ、その瞬間彼が感じたのは我慢ができない恥辱だった。彼女は彼を恥辱の中に落とし込んだ。その瞬間、彼はそのように感じた。その事実は否定できなかった。彼女はしてはいけないことをした。だから彼女は罰を受けて当然だと彼は思った。その時から彼は変質的なとんでもない強迫観念に取りつかれた。

ドアが閉まった瞬間まで彼女はチェ教授を眺めていた。彼は足をふらつかせながら階段を下りていった。彼は怒りに満ちて歩いていた。彼女は彼の後ろ姿から彼の表情を読み取った。

「ごめんなさい。休憩室でヨンギルを待っていてチェ先生に会ったの。実は、先生にお目にかかる用事もあったのよ……。何度も部屋に来るように勧められて……。チェ先生は在学中からとても目にかけて下さったの」

急いで追いかけてきながら彼女は早口に低い声で言った。しかし彼は相手にしなかった。相手にする気分ではなかった。彼の表情は後ろで彼女が想像していたよりもっと醜く歪んでいた。それはほとんど人間の表情ではなかった。ああ、顔はどうしてそんなに単純に内部の感情を隠すことができないのだろうか。ある教授と「ぺちゃくちゃ話して」一時間も待たせたと彼女は話した。それに教授は彼女に以前から特別に目にかけてくれたという話もした。その話は彼の燃え上がっている感情に油を注いだ。彼女はその話をしてはいけなかった。その時彼の内部を支配していたものは、すでに理性ではなかったので。最小限度の分別と判断を主導する理性は一パーセントもなかった。

理解できるだろうか。この場合、限りなく刺々しく、捉えどころがなく極端に走りやすい閉鎖的な男の強迫的な心の動きを。その刺々しさ、その極端な意識が切り開く変則的な攻撃性の陰気な隠れ場所を……。

考えが一方に偏ると他の出口が塞がってしまう。こうではないのだが、このようにする必要はないのに、と思いながらもどうしようもなくその方向に進んでいくしかない切迫した状況がある。それ以外に他の道が見えないので、行ってはいけないと知りつつどうしようもなく進んでいってしまう。そして到底常識では考えられないことが発生する。常識は線の上にあるもので、だから安全だ。しかし、その線から外れると何も安全性を保障しない。そこでは破格が常識だ。偏執的な考えは偏執的な道を切り開く。そんなことが発生しようとする瞬間にも、もちろん自覚が全くないわけではない。ぼんやりとではあるが、自分が何をしているのか（またはしようとしているのか）を認知できるだけでなく、その力を防ごうとするかすかな反動も起きたりはする。そういう意味で酒飲みたちが経験する「フィルムが切れた」〔記憶をなくすほど酔うことを表わす韓国語の表現〕状態とこれは違う。ここではフィルムが動いている。ただフィルムを中止させるのが難しいだけだ。そしてそれがまさに問題だ。道でないところに向かって身を投げ出す困った状況をはっきりと目撃しながら止められない状況とは絶望なのだ。

「怒ったの？　実は、先生がしきりに留学の話を……。以前からその話はあったんだけど、今度はとても具体的に……」

彼女がそんな話を引き合いに出したのは、恋人の気持ちを静めようとする意図からなのだが、それほど彼の感情の刺々しさをどうしていいか分からないでいる証拠でもあった。彼女はおそらくその話を引き合いに出してもいけなかったのだ。その方がいろいろとよかっただろう。いずれにせよ彼女は話を最後までできないでいたのだ。

彼女は体の中心を取ろうとして少しふらついたかと思うと、すぐに身体が斜めになりながら階段の下に転んでいった。床に倒れて彼女はあっけなさと惨めさ、恥ずかしさと憤怒と当惑さが入り混じった複雑な眼差しで彼を見上げて周辺を見回した。彼女は身についた教養で表情を隠そうとした。しかし、周知のように表情は単純で純真なので彼女の複雑な感情の動きは隠せなかった。彼女の表情は内部の感情を一つ残さず描写していた。階段を上がり降りしていた男女学生たちが何事が起こったのかとわっと集まってきた。彼らはほとんど獣の鳴き声に近い男の叫び声を聞き、彼の右手が宙に浮いて彼女の頬を情け容赦なく打つ動作をしている様子を見た。

ざわめきながら集まってきた人たちは、初めは何のことか分からず手を差し伸べようとする人はいなかった。彼女は驚いてどうしていいか分からないながらも、何より集まってきた人たちのことがより気にかかるのか急いで体を起こそうとした。傍にいた人が手を差し伸べた。彼女がその手を捕まえた。彼のどうにも自制できない乱暴な感情はそこで止まらなかった。彼は誰かに助けてもらって起き上がろうとする彼女に向かってつばを吐きかけた。そして叫んだ。

「俺を愚弄するな。一体俺を何だと思っているのか？　自分が何でそんなに偉いと思っているのか？お前は、お前は……お前は娼婦だ！」

彼はその瞬間自分がしてはいけないことをしていると自覚していた。しかし止められなかった。心とは関係なしに荒っぽい行動が加速化する現象は説明できなかった。彼の身体の中に悪魔が入っているのだろうか、と質問するのは無責任なことだ。それはすべての悪徳の債務から人間を拾い上げ、その荷物をすべて目に見えない悪魔という抽象に負わせようとする目的で人間たちが考案した悪賢い術にすぎない。悪魔なら、その悪魔は人間であろう。人間より悪魔らしい悪魔がどこにいるだろうか。

ざわめきがさらにひどくなり、彼を指差しながら怒鳴ったりする人もいた。誰かが前に出てきて彼の体を捕まえた。彼はもがき抜け出そうとしたが、びくともできなかった。

その日の夜、彼は夜を通して長い哀切な手紙を書いた。彼女をどれほど真心から切実に愛しているかを表現するためにできるかぎりの修辞はすべて使い尽くした。愛が、その理解できない破廉恥な行為の動機だったと彼は書いた。あざ笑う人もいるだろうが、それは真実だった。彼は彼女をそのように愛した。そんなものがどうして愛なのかと尋ねるとすれば、そうだ、そんなものは愛とは言えない。しかし、愛でなければ、他に何と言えばいいのだろうか。彼女がいない状況を彼は想像することができない。彼はその手紙を書いている間、彼女に会いたくてほとんど気が狂いそうだった。

彼はとめどなく涙を流しながらとてつもない自分の行動を許して欲しいと願った。彼はどうしようもなく悪魔の名を借りてきた。自分の身体の中に悪魔が入り込んだようだと、自分が何をしでかしたのか知っていると、それはあってはならないことだと、それは自分がしたことではないと。手紙は彼の流した涙で字が読めないほどひどく滲んでいた。もちろん想像できるようにそんな手紙はその時が初めてではなく、また最後でもなかった。残念なことに彼はその時だけでなくあまりにも度々そんな風な手紙を書いた。そして問題の深刻さはそこにあった。と言うのは、遂に彼女は彼の「完璧な愛のイデア」役を果たすのに疲れてしまい、そしてその役割を放棄することにしてしまったからだ。

私の愛はそんな風だった。愛は平和に向かっていかなければならないと人は言う。この言葉は、愛は、感情を束縛してはいけないという意味を含んでいるようだ。感情は平和の状態を志向するものではないから。しかし、私の愛は到底平和を理解できなかった。私の愛はあまりにもはらはらするような危険を伴っていて加虐的だった。そうだった。私は愛を戦争のようにしていた。

(『青い椅子』二〇九頁)

11

私たちは簡単にこの愛の不完全さを推し量ることができる。彼は愛されたこともないし、愛を習うこともなかった。

愛も習わなければならないのか。かつてエーリッヒ・フロムがそんな質問を恥ずかしいと思わせる発言をした。人間は生に必要なすべての技術を習得しようとする。例えば、金を稼ぐとか名声を得るとか出世をするために技術を習わなければならないと考え、実際にそのようにする。しかし、どうして愛に対してはそのようにしないのか。それは愛に対する考えが間違っているからだ。大部分の人たちが愛ほど簡単なことはないとか、愛を自然発生的なものとして考え、特別に努力する必要がないという安易な考えに陥っている。愛に失敗する人は多いが、愛に対する自分の能力不足が失敗の原因だと認める人はほとんどいない。愛を愉快な感情の遊びや偶然な没入ぐらいに理解しているためだ。愛をそのように理解するかぎり習おうとしないのは当然のことだ。しかし、それは間違った考えだ。愛にも技術がある。生きていくのに必要な技術を習い身に付けなければならないとしたら、愛こそそうしなければならない。なぜかと言うと愛よりもっと大切で価値があるものはないからだ。愛を習わない時、度々愛は凶器となり人を傷つける。

私たちの主人公がそうだ。愛の技術を取得する機会がなかったために、彼は自分の感情をうまく統制できなかった。彼の愛は感情という海に舵や帆なしにぷかぷか浮いて風の力で動く船と同じだった。激しい波が押し寄せてくると大きく揺れ動き、波が静かになると優しく揺れた。彼は恋人に対する突発的な神経過敏と幼児のように駄々をこねることが愛の表現であるかのように誤解していた。彼は執着と愛を区別できなかった。熱情と愛の差異に対しても同じく無関心だった。彼は愛というものが、かなりの努力と意志が必要な高度な技術であることを最後まで理解しようとしなかった。そのため彼は愛が平和の状態を志向しているということにも共感できなかった。「私は愛を戦争のようにしていた」と彼は告白した。残念ながら事実だった。

事件の後、かなりの時間が過ぎてから、彼はその頃の危険な愛に対するかなり分析的な一篇の文章を書いた。

ニグレンというスウェーデンのルター教会の主教は『アガペーとエロス』という珍しく貴重な本を著述したが、その本の前の部分で彼は愛をアガペーとエロスに分類して、その差異を鮮明に図式化した。その中にこんな部分がある。

「エロスはその対象の中に価値を先に認識する。そしてそれを愛する。しかし、アガペーはまず愛する。そしてその対象の中に価値を創造する」

若い時代、私は一人の女性を運命的に愛した。彼女は私に新しい生を与えてくれた。私は彼女に自分の未来まで含めて、すべてのものを喜んで捧げようとした。彼女はそれだけの価値があると信じた。

彼女は私に世の中を見せてくれた。彼女という窓を通して私は世の中を見た。私はまた彼女を通して神に至ろうとした。そして私のこの絶対的な愛こそ最も純粋で美しい愛だと考えた。どんな人も私ほど愛することはできないと確信した。というのは私は彼女を崇拝していたから。崇拝こそ愛の最高の形式だと信じ、私はその最高の愛を生きていたから。最も美しい純粋な愛に付けられた名がアガペーであれば、私の愛こそアガペーでなければならなかった。

アガペーだって？　人が人を、特に男が女をどのようにアガペーとして愛することができるというのか。ニグレンはアガペーを神の愛だと言った。条件がなく、自発的で、下に降りてくる、自分自身は求めようとせず、かえって自分自身を犠牲にする、動機を持たないで溢れている……愛。そして遂にアガペーは「人間に至る神の道だ」。それなのにアガペーだとは。

私は彼女がそれほどの価値があるために愛したことを知らなかった。私は自分の愛が私の「欠如と必要に依存している」、「所有し受けようとする欲望」の偽装にすぎないのを認めようとしなかった。私は自分の愛が「高尚に昇華させた一種の自己主張」なのを理解しようとしなかった。私が本当に愛したのは、彼女ではなく彼女の中に投影されている私、彼女を通して埋められ充たされる私だということを知らなかった。

彼女を通して神に至ろうとするくらいの絶対的な愛に対しても、ニグレンから威厳のある忠告を受けた。

「エロスは神に至ろうとする人間の道だ」

私が理解できなかったことがさらにあった。エロスが、言い換えれば、欲望と熱情と同じだということも私は正しく理解できていなかった。愛の対象を所有して取得して独占しようとする欲望と熱情、彼女を独立した人格としてではなく、私の所有物や、自分の身体のように使おうとした……。そのために私は度々ひどい感情の起伏を経験しなければならず、彼女と私はあまりにも頻繁に傷を受けた。

私はいつも彼女に寛大になれなかった。私以外にはその何ものにも関心を持たないように彼女に要求した。あまりにも多くの価値を彼女の首にぶら下げておいて彼女を偶像のように崇拝した。当然私はあまりにも度々失望し、興奮状態に陥り、苛々した。すぐに後悔してしまう悪意のある激しい言葉を吐き出して彼女を苦しめた。そうしながらも私はそんな自分の振舞いを愛という名で合理化した。私は愛という名で愛する人を傷つけた。そしてそれが愛だと信じていた。愚かで稚拙なことに、私は大きな傷は大きな愛の証拠だとまで理解していたようだ。私ほど絶対的で純粋で美しくすべてのものを捧げて愛する人はいないと考えた。

ああ、彼女が何のためにそんなものを望んだだろうか。望んだものは彼女でなく私だった。私にはこの世のすべての恋人より彼女を愛する私が必要だった。彼女は完全でなければならず、私はそんな彼女を絶対的に愛さなければならなかった。そんな観念を通して私は満足を得た。それ以外には愛することができない、それが私の不幸であり、私の愛の予定されていた悲劇だった。

（「愛の難しさ」散文集『幸せなマネキン』五七—五八頁）

12

その日以後、パク・プギルはとても憂鬱で絶望的な時間を過ごした。その日以後、彼女がいつもとは違うように行動したからだ。実際に侮辱された場所では何事もないように体を起こして立ち、興奮している周りの人たちを引き止めたが、その明くる日からは全くその態度を変えてしまった。彼女が受けた衝撃は並大抵なものではなかったようだった。

もちろん以前にもこれによく似たことはなくはなかった。彼女は彼が作った偶像だった。彼は崇拝を代価にしてあまりにも多くのことを要求した。彼は時々狂信的な信者のように振舞ったり、幼い子どものように幼稚になったり、そして暴君に急変したりした。彼はとても取り扱いにくい人だった。彼女はいつも彼との関係に気をもんでいた。彼女を耐えさせたのは、生まれつきの母性愛と長いキリスト教信仰を通して身につけた教養だった。しかし、母性愛にも限界があるものだ。彼女はその限界を経験してしまった。

実際以前にもそのようなことが度々あったとは言ったが、大部分二人だけでいるところで起こったために、パク・プギルの度を越えたわがままや神経質は、彼女には少し変わったパク・プギルの愛の表現として受け入れられ、許せたりもした。しかし、今度の場合は違っていた。まず、彼は直接暴力を振るい、何よりも母校のど真ん中で多くの人たち（その中には彼女を知っている人もいた！）が見守っている中で殴り、口汚い言葉（彼女に「娼婦」だなんて！）で罵り、その上つばまで吐いた。たとえ彼が変人だったとしても、その行為を愛の一つの表現である嫉妬として理解するにはあまりにも度を越していた。群がっていた人たちの中で彼女を知っている一人の女学生は、実際に「気が狂った奴」だと言って興奮したし、この学校の中にどうしてあんな奴がいるのかと問い詰めたりした。

彼女は生まれて初めて受けたその恥辱を、到底、克服できなかっただろう。生まれつきの母性愛と身についた教養に身を隠していた彼女の自意識がいきなり表出した。彼女は体を震わせながら取るに足らない世俗の熱情を恨み嘆いた。するとこれまで寛大な気持ちで受け入れようと努力してきたパク・プギルのヒステリーに近い行動が、一度に、到底受け入れられない狂気の一種として認識された。彼女はこれまでその男の狂気を無条件で受け入れていた自分の不必要な忍耐心がいきなりぞっとさせるようなものに感じられた。その悟りは、自然にそれ以上の忍耐を不可能にするだけでなく無意味だと判断させた。

許しを求めるパク・プギルの涙に濡れた手紙も彼女の心を動かすことはできなかった。電話は初めから受けもしなかった。それほど彼女が受けた精神的な打撃は大きかった。彼が受けた精神の衝撃もまた彼女が受けた以上のものだった。いや、彼が受けた衝撃は彼女のものとは比べものにならないほど大きかった。彼女を侮辱したなんて……彼女につばを吐くとは……彼女に娼婦だと罵るなんて……。自分がそういう振舞いをしたことを彼は到底認められなかった。どうしそんなことができたのか。そこで彼には自分の中の悪魔が必要となった。常識もなく、分際も知らない侮辱的な行動をした自分の中の悪魔を彼は呪い続けた。

彼はほとんど食べなかったし、本に手もつけなかった。ただ恥ずかしくて悔やむばかりだった。彼は自分の体を食いちぎってしまいたかった。懺悔のしるしに自分の服を破ったという昔の人たちの心情が理解できるようだった。彼は実際に自分の体を食いちぎる代わりに自分の服を破った。どんなことをしても彼女の心を動かして二人の関係をこれまでのような状態に変えなければならない強迫観念に苛まれながら、彼は時間を作っては電話をかけ、毎晩手紙を書いた。一度だけでいいから会ってほしいと頼んだ。もう一度だけ機会をくれと頼み込んだ。また二人の関係が回復したらそのような愚かなことはしないという常套文句のような誓いを数十回以上もした。しかし、そんな機会は再び与えられなかった。

ある日、彼は午前の授業を脱け出して寄宿舎を出た。胸の中が溶けていくようで到底そのままではいられなかったからだ。何日も夜を徹して苦悩した末、彼はどうしても彼女に会わなければならないと考えた。彼女からの返事が来るまで何もせずに座って待っているわけにはいかなかった。彼は彼女の家の前で電話をかけた。電話を受けたのは彼女の母親だったのだが、彼が名乗るとチョンダンはいないと言ってすぐに電話を切ってしまった。しばらくして彼はまた電話をかけた。電話の呼び出し音がずっと鳴り響いたが誰も電話に出なかった。彼は仕方なく彼女の家の横にある礼拝堂の中に押し入っていくことにした。彼女の母親が何の見境もなく中に入ってくる彼をあきれたという目つきで眺めた。顔を見合わせるのも具合が悪そうな目つきだった。

「キム先生に会いに来ました。中にいらっしゃることは知っています。会わせてください。お話ししたいことがあります……」

彼は頭を下げて懇願した。しかし、彼女の母親は首を横に振った。

「いても会わないでしょうが、今、チョンダンはいません」

彼女の声は冷酷で思いやりなく聞こえた。ドアがガーンという音を立てて閉まった。中に入っていく前に彼女は独り言のように、しかし、パク・プギルに聞こえるような大きな声でぶつぶつ言うのを忘れなかった。

「あの時、真夜中に浮浪者のように入り込んできてピアノを聴くといってうろうろしている時に追い出してしまわなければならなかったのに。チョンダン、あの娘ったら何に騙されたのか……」

彼女の言葉はパク・プギルをよろめかせた。何かがわあーと崩れて彼の体に押し寄せてくるようだった。崩れたものが彼の体の上に積み重なって生きたままで埋葬されてしまうような気分だった。その言葉を聞いた瞬間、彼は今までとても密やかに進んできた彼女との愛が非常に歪んだ形で第三者である彼女の母に公開されたことを直感した。彼女は後ろめたさもなく誇らしい心情で自分の特別な決断を公にする代わりに、胸の痛い悔恨と傷を明らかにしながら自分の愚かさと分別のなさを告白したことだろう。そんな思いが彼を気が狂いそうな気分に落とし入れた。彼女のとった行動を受け入れることなどできないことだった。パク・プギルは自分に負いかぶさる絶望感があまりにも恐ろしくぞっとして、今にもそこに座り込んでしまいそうだった

やっと体を動かして誰もいない礼拝堂の中に入っていった。まず、揺れ動く心を鎮めることが順序のようだった。礼拝堂の中は見慣れたかすかな暗闇に包まれていた。彼が入っていくと隅々に静まっていた暗闇がそっと背伸びをしながら起き上がるのが感じられた。彼は暗闇の中に体を置き前面を凝視した。そこにピアノがあった。暗闇の中でピアノが光りながら浮かび上がった。その光はすぐに旋律となった。ピアノの前に彼女が座っていた。彼の目は彼女を見て、彼の耳はその音楽を聴いた。その運命とも言える日、たったの一度聞いただけで彼の魂の中にそのまま刻み込まれた、指先でなく魂が鍵盤を押さえているように思われた、たった一つの、深く神秘的で敬虔な、彼女と引き離しては考えられない魂の旋律。その時からその場にはいつも彼女が座ってピアノを演奏した。時々彼女は彼のために、ただ彼のためだけに一晩中演奏会を開いた。夢のように幸せな時間だった。彼は体を起こして彼女のところに駆け寄ろうとした。しかし、二、三回瞬きをした彼の目がピアノの前に誰も座っていないことを確認した。

彼はピアノの前に歩いていった。彼女が座っていた場所だった。彼女の魂をそっと撫でるように、そのように優しく注意深くピアノの鍵盤を撫でてみた。滑らかな感触が感じられた。一つの指で静かに鍵盤を押してみた。とても小さく優しい音が長い余韻の尾を引きながら暗闇の中に抱かれた。他の指でも押さえてみた。少し太い音が同じく余韻を引きながら漏れてきた。彼も我知らず呟いた。ああ、

この鍵盤を押している指が私の指でなかったら……。
ふと彼女が後ろに立って見守っているような思いがした。しかし、彼はすぐに後ろを振り返ることができなかった。彼は彼女を見られなくて空ろな暗闇だけを見ることになるのが恐ろしかった。その虚しさに打ち克てないと思われた。しかし、結局彼は後ろを振り返えるしかなかった。恐ろしさより恋しさがより強かった。彼はとてもゆっくりと振り返った。憂慮したとおり彼の後ろには虚ろな暗闇だけが満ちていた。彼女がいるべき場所にこのようにいつも虚ろな暗闇だけが控えていることは想像さえできなかった。彼女はいつも最も近いところに、ある意味では自分よりもっと近いところにいた。ところが彼女を自分の人生から消さなければならないということは不可能だった。彼女は彼の中身なのに、彼女を消すと残るものは何だろうか。駄目だ！　彼は声を上げながら鍵盤の上に顔を当ててうつむいた。グアーン……。鍵盤が一斉に押されて大きな音を立てた。彼は鍵盤のうえに顔を当てて泣きはじめた。彼がそこに留まっていた一時間三十分の間、誰も彼を妨害しなかった。

礼拝堂から出てきた彼はすぐには寄宿舎に戻らなかった。そうできなかった。どこか分からないところをあちらこちら徘徊した。名前も覚えていない喫茶店に入ってかなり長い時間座っていたりもした。しかし心はいつまで経っても静まらなかった。どこかに行ってわあーわあーと大声を張り上げたかった。彼は漢江に行って河の水を眺めながら大声で叫んだ。獣が鳴き叫ぶような悲しげな声が、真っ赤な血を流しながら河の水の中にポトポト落ちていった。彼は草の上に寝転んだ。空は遥か遠くにあった。彼は手を前に出してみた。絶望がよく熟した栗の実のように音を出しながら落ちてきた。言葉で言い尽くせない悲しさが押し寄せてきた。彼は声に出さず泣いた。

13

彼は夜毎手紙を書いた。涙で手紙を書いた。私の人生であなたを消すと私は無だと書いた。あなたはどうか分からないが、私はあなたと私を分離して考えられないと書いた。しかし彼女は沈黙していた。

彼は時間さえあれば電話をかけた。電話をかけて彼女の母にお願いだから通話させてくださいと頼み込んだ。しかし通話はできなかった。ため息と憤怒と絶望と悔恨と悲しさが彼の日々の糧となった。

14

その頃だったか。小さいながらも、大統領の長期政権と権威的な政治体制に抵抗する声が各方面から漏れ始めた。いつもそうだが大学が一番敏感だった。大学はその社会の性感帯と同じだった。大学は最も鋭敏で、一番先に勃起するところだ。規模は小さかったが体制の改革を要求するデモがところどころで発生し、校内でかなり意識化されたチラシを作成して逮捕された事例が生じた。

キリスト教界の一角でも現実政治に密着した発言が度々なされた。彼らは構造の変化を度外視した個人の救いの無力感を指摘して、体制の改革を通して社会を救うのに焦点を合わせなければならないと力説した。しかし、その声はキリスト教界全体の声ではなかった。キリスト教という名の下に左派と右派が入っていた。神秘主義者と預言者もすべてキリスト教信者だった。キリスト教はあまりにも多かった。それにもかかわらず、そのあまりにも多いキリスト教もまたもう一つのキリスト教だった。彼らは同一にイエスの生と精神に従う者たちだった。差異があるとしたら、イエスの生と精神をどのように理解して解釈するかという点においてだった。イエスに対する理解と解釈の差異がそれほど差別化された多くのキリスト教を生み出した。

パク・プギルが属している教団は比較的穏健で保守的な立場を堅持した。彼が描いた図表上に表示すると、中心からあまり離れていない右上段くらいがその場となるだろう。信仰様式においても政治的理念の表現においても極端的でないあいまいな保守が教団の立場だった。しかし、神学校の雰囲気までがそうなのではなかった。神学校もやはり時代という巨大な海の上に浮かんでいる船だった。時代の海に押し寄せてくる波は、その上に浮かんでいる船を揺り動かした。教授たちの中には稀ではあるが、いわゆる「民衆神学」や「政治神学」に好意的な立場を明らかにする人もいなくはなく、学生たちに至るとその色合いも多様だった。それに、祈祷室と図書館、運動場はすべてその神学校内にあった。

そうだとは言え、その頃噴出し始めた現実政治に参加することへの敏感な要求は、神学校の雰囲気を揺り動かすほど規模が大きいとか絶対的なものではなかった。むしろその動きはとても小規模で、密やかで、あまり目立たなかった。しかし、よく知られているように規模の大きさが必ずしも影響力に比例するのではない。目に付かない密やかな動きが大勢を左右するケースは意外に多い。そこに下手に触ると巨大な構造物自体が一度に瓦解してしまう、いわゆる「急所」だと言われる場所はどこにでもあるものだ。他の部位はいくらひどく叩かれても危険ではないが、急所はたった一度の攻撃で致命的なものになる場合もある。そんなところが急所だ。構造物を守ろうとする者が、他の所のより大きく広範囲な破損は放置しておいても、急所に接近することだけは必死で防ごうとするのもそのためだ。

体制に対する反動の意志が隠密であるだけにそれを阻止しようとする動きはいっそう露骨になった。些細な発言や性格の疑わしいどんな集まりも許さなかったのがその証だった。講義室と礼拝室など校内のあちこちに視察する情報員が常住しているとか、復学をした学生で奨学金を受けてそんな仕事を引き受けている人がいるといった噂を聞かなかった人は一人もおらず、またそんな噂を疑う人もいなかった。それが、急所に接近しようとする動きが隠密にならざるを得ないわけでもあった。

ある日、夜遅い時間に図書館の仕事を終えて寄宿舎に戻ったパク・プギルは自分の部屋に鍵がかかっていることに気づいた。ちょうど十時を過ぎた時間だった。

彼はいつものように自分の部屋のドアを押した。おかしなことにドアが開かなかった。これまで部屋に鍵がかかっていることはほとんどなかった。部屋をいっしょに使う人たちがみんな外出する時以外は、彼らはいつもドアを開けたままで過ごしていたからだ。こんな時間に部屋に誰もいないわけがなかった。ともすれば祈祷室で夜を明かしてしまうK先輩については何とも言えないが、他の二人は間違いなく部屋の中にいるはずの時間だった。彼は静かに耳を澄ましてみた。何の話し声も漏れてこなかった。ようやく十時を過ぎたばかりなのにもう寝てしまったのだろうか？　寝てしまったとしてもドアに鍵をかける理由はなかった。ほとんどの場合、彼らは寝る時もドアを閉めなかった。

うっかりしてドアを閉めてしまったのかもしれないと思った。パク・プギルはドアをノックした。反応がなかった。少し待ってからもう一度ノックをしようとしたら、その時になってやっとドアがさっと開いた。ルームメイトの一人のLの顔が半分くらい見えた。彼は手でさっさと入れという身振りをした。パク・プギルが入るとすぐに首を突き出して廊下を一度窺ってから急いでドアを閉めてそのまま鍵をかけてしまった。

部屋の中には十人ほどの学生が椅子や机、そして寝台の隅に腰掛けていた。知っている顔もあったが、見慣れない顔も目に付いた。寄宿舎に暮らしている学生なら出入りしながら顔見知りになっていたが、寄宿舎に入っていない人は知らなかった。彼はもともと社交性がない上に他人に全く関心のない人だった。いきなり出会った見慣れない人たちの視線に落ち着かないのは当然のことだった。彼はどうしていいかわからず優柔不断な様子で立っていた。

彼らは何か重要な話をしていて、彼が入ってきた瞬間、中断したようだった。話しかけていた話が尾を引いて彼らの口元にくっついていた。彼らは口を閉ざして一斉に彼を注視した。彼はそれらの目つきからわけの分からない敵対心と警戒心を読み取った。部屋の空気は只事ではなかった。

「君、ベッドに上がるかい?」

もう一人のルームメイトであるCが言った。彼ははしごを上らなければならない自分のベッドを見上げた。そこは空いていた。当然のことながら彼はその事実がおかしかった。下の段はK先輩のベッドだったが、予想通り彼の姿は見えなかった。ここにいなければ彼がどこにいるか分かりきったことだった。頻繁な外泊にもかかわらず誰も彼のことを訝しがったり心配したりする者はいなかった。向かい側のベッドにはLとCが上下に段を分けて使っていた。上の段は空いていて、下の段に二人が腰掛けていた。二人のうちの一人がベッドの持ち主のCだった。

パク・プギルはどうしていいか分からず、部屋の入口に立ったまままもじもじしていた。部屋の中の雰囲気は彼を追い出した。パク・プギルはそのように感じた。よく分からないが部屋に集まった人たちの大部分が彼が部屋に入ってきたことが気に入らないようだった。その時、廊下にあるスピーカーから救いのように彼の名前が呼ばれた。

「三二〇号室のパク・プギルさん、電話です」

誰からかかってきたどんな電話であれ構わないと思った。彼はぎこちない雰囲気から脱け出せる安堵感だけで、その電話がうれしく有難かった。彼は部屋から出る前に壁にかけてあるタオルと歯ブラシ、歯磨き粉を取り上げた。出るついでに風呂に行ってこようと思った。

電話器がある廊下の端に歩いていったが、彼の胸はどきどき打ち始めた。彼は電話をかけてきた人は彼女だろうと想像した。彼女がとうとう彼の粘り強い謝罪の気持ちを受け入れてくれたと思った。彼が自分の人生で彼女を消してしまえないように、彼女もやはり彼を消してしまうことができないと想像した。間違いなく彼女のはずだ。彼女だったら、ああ、彼女だったら、私は何から話せばいいのだろう。

「もしもし」と声にした時、彼の声は震えていた。ところがその電話は彼女がかけてきたものではなかった。電話の向こうには意外にも母がいた。意外だというのは、何度か手紙を送ってきたり、一度面会にも来たことはあるが、これまで電話をかけてきたことはなかったからだ。母の声はいつものように沈み込んでいた。いつも自信がなく怖気づいている声、それが母の声だった。母はいつになったらその根強い自責感から脱け出せるのだろう。おそらく彼女は死ぬ直前までその荷を背負っていくことだろう。彼女は苦痛を自ら請うて出ることにより、過酷な運命の同情心を乞おうとしている。それで赦免を強請する母の態度は、しかし息子の共感を引き出すことはできない。哀れだと思う気持ちも束の間、彼は母の甚だしい自責感に接する度に苛々した。今晩も母の態度は同じだった。彼の声は自然によそよそしかった。

「どうかしたんですか?」

「元気? 変わったことない?」

「まあね。変わったことなんてあるはずないでしょう?」

「そう、よかった。体の調子は?」

「……」

「伯父様が亡くなられたそうなのよ」

彼は何も言わなかった。あの伯父が亡くなったって? おかしなことだが、その消息を聞いた瞬間、何の興味も湧かなかった。ただ、少しぼーっとしただけだった。それもそのはず、彼はそれまで伯父について全く考えないで過ごしていたからだ。


いっとき世間の人たちの話の種になっていたものの、何かの事情で長い間、世間の関心から取り残されていて、いきなり伝えられた訃報自体が意外に思われるそんな名士たちの死がある。そんな時、私たちは他人の話をするように(実際に他人の話だから)、ということは、あの人がついさっきまで生きていたの?と聞き返す。そうなんだって。私はとっくに死んだと思っていたのに、と相槌を打つことでこの対話は完成される。私はそれとよく似た気分で伯父の死の消息に接した。

(「故郷の表情」散文集『幸せなマネキン』一一三頁)


母は話した。

「亡くなられる前にずっとお前に会いたがっていたそうだよ。お前にかけた期待がどれほど大きかったか……未練を捨てられなくて……」

「……」

「葬式にでも出た方がいいようだけど……」

母は言葉を濁し、彼は返事をしなかった。

母は葬式に出ないだろう。パク・プギルは確信できた。納得できない口実で自分を追い出した夫の家門に対する怨恨のためではないだろう。母の性格から推し量って、よく分からないがそんな怨恨がいまだに残っているはずはなかった。かえって自分の再婚が前夫の実家には大きな傷だと思い込んでいる人だった。母はそんな人だった。彼女がこの世で一番得意なのは自分を咎めることだった。彼女にはただ自分だけがくみしやすい相手だった。自分以外の誰にも責任を押し付けたり恨んだりしようとしなかった。その馬鹿みたいな自己卑下に感動する人を彼は見たことがなかった。ましてや神であれ運命であれ、感動の眼差しを見せるだろうか。そんな風な卑屈さで神や運命の寛容を受けられると考えているのだろうか。哀れな母……。パク・プギルはせせら笑った。

「できたら今度の機会に一度行ってみてはどう？　どうも、私は疎遠になりすぎているようで」

「分かりました」

彼は電話を切ってしばらくの間その場に立ち尽くしていた。幼い頃の挿話が切れ切れの絵のように浮かび上がった。頑なに裏庭に監禁されている父を彼から隠そうとし、父を隠す代わりに、父が目指していたことを彼に実現させようと力の限り司法試験の受験勉強をするよう洗脳し続け、丘の頂に上って先祖の墓に向かって帽子を脱ぎ、長い間頭を垂れていた伯父の粛然とした姿が目にちらついた。

彼は慌ててその絵を消すかのように首を振った。私は行かないだろう……。受話器を握ったまま母の願いを聞きながらすでに彼はそのように心に決めてしまった。父の墓に火をつけて逃げ出してきた時、彼はどんなことがあっても故郷には帰らないと自分に誓った。故郷は禁忌の地だった。そこに帰っていってはいけないと、彼は自ら禁令を下した。少年時代の彼に伯父がそうしたように、彼は自分に向かって禁忌をつくり上げた。伯父が話していた。裏庭に入ってはいけない。彼は言った。故郷に帰ってはいけない……。故郷は彼には、柿の木が立っていた少年時代の裏庭だった。禁令の地だった。そして今まで彼は自分自身との約束をよく守ってきた。今になってその約束を守らない理由がどこにあるというのか。

彼はできるだけゆっくりと歯を磨き足を洗った。部屋のドアを開けた時、また自分の顔に集中する、刺すように冷たい視線を受けるのが心配だったからだ。しかし、ずっと風呂場にだけいるわけにもいかなかった。自分の部屋の前に立って彼はためらった。何かが彼を躊躇わせた。訳もなく図書館にもっといればよかったと思った。図書館にもう一度戻ろうか？　閲覧室の鍵を彼は持っていた。しかし、図書館の鍵は警備員たちが持っていた。こんな夜中に警備員が図書館の鍵を開けてくれるはずがない。しばらくK先輩が祈っている祈祷室に行こうかと思った。あそこに行こうか。しかし、その思いは長く続かなかった。彼は祈祷室で時間を過ごすのに慣れていなかった。

躊躇った末、仕方なくノックをした。そしてドアが開くまで待った。今度もドアを開けてくれたのはLだった。十人ほどと思える学生たちが先ほどと同じ姿勢で椅子やベッドの端に腰掛けていた。偶然だったのかもしれないが、彼が入っていくと、すぐにざわざわし始め、体を起こしてしまったのだ。彼らの中の数人が彼に目で挨拶をした。挨拶を受けたものの、彼らの目つきからは友好的な雰囲気が少しも感じられなかった。

「じゃ、そうすることにしよう。十人ずつだけ責任を取ればそんなに小さい規模でもないだろう」

「ちょっと待って、チェ先輩はここで寝ていけば、どう。ベッドが一つ空いているから。K先輩は今晩も戻ってこないこと、間違いないから」

「そうすればいい。イ先輩は僕の部屋に行きましょう」

「その部屋、空いているベッドがあるのか？」

「いつからベッドの上でなけりゃ寝れなくなった？　床に布団を敷いて寝りゃいいよ」

「そうするか？」

彼らは自分ら同士で挨拶をし、雑談をしながら部屋を出ていった。パク・プギルは二階にある自分のベッドに上がっていった。Lは出ていく人たちといっしょに少し外に出た後、しばらくして戻ってきた。チェ先輩と呼ばれていた髪の毛を短く刈った学生といっしょだった。その時、パク・プギルは布団を胸の上まで被って寝た後だった。Lは少し興奮していた。ベッドに腰掛けながら彼は口を開いた。

「明日、図書館の前でデモをすることにした。デモと言ってもビラをわずかに数枚配って、反政府のシュプレヒコールを叫ぶ程度だけど、この学校では初めてのことだ。そこに意味があるんだ。ずるずると長い時間をかけて、言葉を尽くして討論したところで何の意味があるんだ？　行動しないのならかえって何も話さない方がましだ。行動に移さない信仰は死んだ信仰だと聖書にも書いてある。今は行動が必要な時だと思う。今さら趣旨を説明するのもおかしいと思うし……。これ以上論争をするのは止めよう。どうしても気に入らなければ仕方がないが、そうでなければ参加してくれ。ただ参加するだけでもいい。あいつらにはデモ隊の規模が重要だから。見せてやらなければならないんだ。どれほど多くの人たちがこの体制に反感を抱いているのか。息を殺しているが、ここに存在しているということ……。隠密に噂を広めてくれ。できるだけ多くの学生が参加できるように」

彼がパク・プギルに話しているのかは、はっきりしなかった。彼の語調はほとんど呟いているようだったし、パク・プギルを指して話したわけでもなかった。しかし、彼に話したのでなければ誰に話したというのか。そこにいる四人のうちで集まりに参加しなかったのはパク・プギルだけだった。しかし、なぜ彼に話したのだろうか。パク・プギルは、Lが自分たちの「デモ」に同意し参加することを勧めている事実が到底信じられなかった。彼が自分を仲間として意識しているという意味だろうか。パク・プギルは一度もそんなことを考えたことがなかった。そのため彼の仲間意識はなぜか耐え難かった。どう返事していいかすぐには思いつかなかった。そこで彼は何も話さなかった。それにLにしても何らかの返事を待っていたわけではなかった。彼はすぐに「チェ先輩」を相手に他の話を始めた。

一日中まともな食事を供給しなかった胃がクルーと音を出し、片方が歪んだ月が窓の外にかかっていた。絹のような雲が月の面をかするように過ぎていった。ため息が我知らず出た。彼は眠れたらいいのにと呟いた。布団を被った。布団を被っても眠れそうにもないことは彼が一番よく知っていた。

パク・プギルは明くる日の最初の授業に出席しなかった。この頃はよくあることだった。学習に対する意欲が急激に鈍化した。ほとんど夜がすっかり明ける頃にやっと眠りについた。学生たちががやがやと服を着替えて洗面をして食事をして賛美歌を歌っているのをすべてぼんやりとした耳で聞きながら朝の時間が過ぎていった。講義の始まる時間になると寄宿舎全体が突然静寂の中に埋まった。彼はその静寂の中で少し眠り、ほとんど真昼になってから目を覚ました。それでも彼はすぐに起き出さなかった。ベッドに寝たまま固いパンをかじりながら何もしないで時間を過ごした。すべてのことがいきなり曇ってしまうような気分だった。午後三時に始まる講義まで時間が少し残っていた。様子を見てその授業にも出席しないつもりだった。気分はますます酷くなり、周りのすべてのことに集中できなかった。彼女の姿だけが目の前にちらついた。彼は直感的に危機を感じた。

ほとんど午後三時になった頃、それ以上ぼんやりとしている自分に耐えられなくて体を起こした。それまでほとんど何も食べなかったせいか、足がふらついた。まず、何かを少し食べた方がいいと思った。寄宿舎の食堂は食事ができる時間が決まっていた。そのため寄宿舎の食堂では食事ができないはずだった。彼は校門の前にある飲食店に行ってラーメンかパンを食べようと思って部屋を出た。

彼が校門の外に出る前、学校の方に向かって列を作って逆向きに上がってくるくすんだ色の制服を着た一つの群れと出会った。彼らは中世の騎士たちのように武装していたが、歩みを進める度に履いている軍靴から威圧的な音がした。初め彼はその制服を着た者たちの動きの意味が理解できなかった。それほど周辺の状況を窺うゆとりがなかったためだ。その瞬間まで彼は昨夜Lが話したことを全く思い出せなかった。彼の部屋に集まっていたその深刻に見えた顔をどうしたことか思い浮かべられなかった。デモがあるだろうと言った。彼らはそれと関係があるはずだ。ドシンドシンと音を立てながら彼の傍を通り過ぎていく武装した制服の者たちが昨晩の話をやっと思い出させてくれた。

彼は丘を降りていきながら振り返って図書館の方を眺めた。図書館前の広場のあちこちに三々五々集まって下の方を見下ろしている学生たちの様子が見えた。それほど多い数ではなかった。かえって制服を着た者たちの数の方が多かったようだ。図書館の建物の中からガラス窓に顔をぴったり当てて外を眺めている学生たちもいた。しかし、そこにはシュプレヒコールは聞こえず、ビラは一枚も飛ばなかった。その事実がかえって訝しくてパク・プギルは一時その場にじっと立ち尽くした。予定されていたデモが起こらなかったことも奇妙だったし、デモが始まりもしなかったのに鎮圧の警察たちが校門の前に集まってくるのも奇妙だった。

校門に入ってきた警官たちは指揮官の号令に合わせて立ち止まった。警官たちは武装を解かないまま列を作って座った。その時、図書館前にぱらぱらと集まっていた学生たちの群れに非常に少しずつ亀裂が生じ始める様子を彼は見た。それは小さいがはっきりとした動きだった。学生たちが一人、二人と、こそこそと広場を抜け出したのだ。散らばっていこうとする学生たちを制止して士気を高める指導者が前に出てもよさそうなのだが、全くそのような動きはなかった。何だ、あれは……？　とんでもないことにパク・プギルの口からそんな言葉が漏れた。デモを云々していた昨晩のあの深刻で悲壮な覚悟に比べてあまりにも間が抜けているではないか。そんな思いだった。

事態を楽観したかのように、直ちに警官たちが暑苦しく被っていたヘルメットを脱いで地面に置く様子を眺めながら彼は飲食店に入った。そこでは数人の学生が一つのテーブルに座って食事をしていたが、彼らはちょうどそのことを話題にしていた。パク・プギルが、その日のデモが間が抜けたように終わらざるを得なかった理由を知ったのは、彼らの会話を通してだった。それほど長くはない彼の中篇小説「我らの時代」でその飲食店での会話を垣間見ることができる。

「驚いたね。正確に首謀者だけを捕まえていったということか？　おったまげた話だ」

「昨晩寄宿舎の部屋で集まったんだって？」

「三一二号室だって？　イ・チャンスの部屋に集まったんだって、多分？　そいつが主導者だったんだ」

「気をつけようぜ。ここでいっしょにうどんを食べている者の中にもスパイがいるかもしれないから」

「やい、いくらなんでもそんなことあるかい……」

「そうでなかったら、どうして主導者だけを一網打尽にできるのか？　やあ、お前、見かけによらず純真なんだな。情報員たちがキャンパスを動き回っているってこと知らないのか？」

彼は聞いた。昨晩三一二号に集まって今日の「デモ」を謀議した学生の大部分がその日の正午になる前に一網打尽にされてしまったことを。彼らが数日間準備してきたビラもすべて押収されたと言っていた。（「我らの時代」作品集『我らの時代』一〇八頁）

それが図書館前のその間の抜けた風景の内幕だった。デモの計画は口から口に伝えられたはずだ。予定された時間になり学生たちは図書館前の広場に集まった。しかし、彼らはそれこそ群集だった。群集はどんな時にでも自発的ではない。彼らの意気を発電する力が必要だ。しかし、主導者が現れなかった。その代わりに武装した鎮圧の警官が大げさに軍靴の音を立てて校門を越えてきた。それを見た、充電されていない群集たちはうろうろしてちりちりばらばらに散っていった。耳の早い人がいて、主導者のグループが皆逮捕されてしまったことをその場にいる人たちに伝えたのだろう。特に威圧を示威しながら何の制止もなしに校門を入ってきた警官の兵力が、明らかに学生たちの士気を挫いてしまったことはたやすく推測できる。

15

「彼女は去っていった。私はこの事実を受け入れることができない」

この小説「見慣れた結末」はこのように始まる。アンドレ・ジイドの『狭き門』と、ヘルマン・ヘッセの『デミアン』を連想させるこの印象的な作品は数年前にある宗教雑誌に発表された。偶然に知り合った若いシスターに対する哀れな献身「そうだ、愛でなく献身だ。彼にとって彼女は愛の対象でなく帰依の対象だったのだ。彼が必要としたものは愛する相手ではなく崇拝する対象だった。彼女は、だから神的な自我だった」の記録であるこの作品は主人公の男性の精密な内面描写で満ち満ちている。「見慣れた結末」という題名が暗示しているとおり、当然（または須らく）シスターは彼の傍に留まることはできなかった。シスターが彼から離れ去ることで生じた喪失感は致命的だ。それは「弓弦を放れた矢が的を見失って徘徊する瞬間の荒唐無稽さ」（『人間の道』一九〇頁）として描写されたり、「とんでもないところに針を刺してしまった代価として生を差し押さえられてしまった蜂の身の上（同書、一九七頁）に喩えられたりもする。

彼の生はその瞬間あまりにも急激に回路を変えてしまった。ある衝撃的な契機によって全く異なる人間に変身するこのような設定もやはり見知らぬものではない。献身の対象を失うことにより惹き起こされた存在の燃焼、自我の破局は、現実否定として進み、遂に倫理感覚の失踪に繋がっていく。制御装置が緩んでしまった彼は雨がとても激しく降るある日の夜中に娼婦街で一人の娼婦を突き刺して殺した猟奇殺人犯として逮捕される。

私はどうしてこの小説を思い浮かべたか。この話をするためだった。彼女は離れ去った。そして彼はその事実を受け入れられなかった。

日曜日の礼拝の時間に当然、聖歌隊の席に座っていないといけない彼女の姿が見えなかった。パク・プギルは教会を見回ってみた。どこにも彼女はいなかった。これまで彼女が礼拝を休んだことはなかった。彼女は、彼が知っている最も誠実な信者だった。すると彼女に何か起こったという意味になる。何が？　彼は推測することもできなかった。その時から彼のすべての神経は彼女の不在に注がれた。聖歌隊の神を崇め讃える歌も教会の長老の祈りの声も牧師の説教も耳に入ってこなかった。彼女のいない教会は虚ろで、礼拝のすべてが生気を失った。彼にとって彼女がいないのはすべてがないことだった。彼はただ礼拝が早く終わることだけを願った。油壺を割って香油を注ぐ女人を主題に話す牧師の説教は陳腐であまりにものろのろとしたものに感じられた。

その瞬間、一週間前に彼女が彼に話した言葉が不意に何か不吉な合図のように思い浮かんだ。日曜日の午後だった。彼は長い冷戦（彼にとっては、そうだった。彼は彼女が長い間全く彼を相手にしない状態を冷戦だと解釈しようとした。彼の意識は間違っていた。彼が相手を正しく見られずにいると断定することは拙速な判断だ。実際に彼はそのような自分の認識が間違っていることをよく知っていた。ただ真実を認めることが恐ろしかっただけだ）に終止符を打つという要領というよりはそうすればよいだろうという希望を抱いて教会の片隅に彼女を追い詰めた。そして哀願し始めた。おそらく聖歌隊の練習室だったと思う。ちょうど誰もいなかった。急いで昼食のために抜け出していきながら、いい加減に放り投げていく他の聖歌隊員の楽譜を整理していた彼女は、今度は彼を避けようとした。自分を見ている彼女の目に不安の色を見つけて彼はぎくっとした。それは愛する人を見る目ではなかった。悲しいことに彼はすでに彼女にとって愛の相手ではなかったのだ。絶望が彼の肩を押さえつけた。しかし彼は引き下がるわけにはいかなかった。もうこれ以上地獄のような沈黙の日々に耐えたくはなかった。彼女から離れてから何週間、考えてみると残酷で苦しい日々だった。彼は食欲を失い、食欲と共に旺盛だった読書欲も失ってしまった。胸が張り裂けるような痛みのために彼はほとんどまともに眠れなかった。その地獄のような日々はもうこれ以上延長できないと繰り返して言った。

道ははっきりと見えた。この苦痛は彼女から離れてしまったことに起因していたのだ。だからまた彼女と繋がればいいのだ。道はそのようにはっきりと見えたが、その道に入る進入路を探すことができなかった。彼は焦っていた。彼は彼女にすがりついた。しかしそれは無駄な努力だった。彼女はあまりにも頑なに彼を拒絶した。彼の哀願は地に落ちた。彼女はどこまでも無表情だった。かえって腹を立ててくれたらと願った。そうすれば自分に対するある感情が残っている意味にも読み取れるため、かえってうれしいことだと思った。しかし彼女はそんな希望さえくれなかった。彼の切実な願いを無視したまま彼女は言った。

「どう思うか知らないけど、私は自分ができる限度内で最大限耐えたと思うわ。忍耐の限界があまりにも狭いと非難しないで。私にはもうこれ以上は無理だわ。これ以上求めないで。いや、全部プギルにだけ責任があるのではないわ。分からないけど。相手が私でなかったらプギルもそうではなかったと思うわ。私たちはいつも危険な間柄だったわ。どこか釣り合わなかったわ。でも後悔はしないわ。プギルは私には重要な男性だったわ。その男性を愛したことを否定したくはないわ。これだけは話しておきたかったの」

彼は彼女の話を否定しようとした。否定して問い詰めようとした。私たちは釣り合わなかったのではなくあまりにもよく釣り合っていたと、私たちはほとんど一人の人間のようだったと、あなたは私を映す鏡だったと叫ぼうとした。その時ちょうど誰かが聖歌隊の練習室のドアを開けて彼女を呼んだ。

「キム先生、早く来てください。みんな待っています」

聖歌隊の指揮をしながら中等部の教師を担当している教会の男執事だった。顔に頑なさを浮かべて彼を無視したまま自分の話を終え、彼女はその人の後について急いで外に出ていってしまった。切実な思いは届かず、意図に反して彼は彼女を捕まえることができなかった。焦りだけが先立ち、不安でたまらなかった。

それは正確に一週間前のことだった。今になって思うとその話をする時の彼女の表情は、まるで最後の挨拶をするかのようだった。そうだったのか。そうだったのか……。彼女は取り返しのつかない関係の終結をそんな風に宣言したのだろうか。そうだったのか……。彼は焦った。一週間前のことが思い起こされながら不吉な流れを抑える術がなくなってしまった。どのように礼拝をしたのか分からなかった。彼はただ礼拝が終わるのを待った。

礼拝が終わると、すぐに彼は彼女の母親を訪ねた。彼女は相変わらず気に入らない表情を隠さないまま淡々と話した。

「チョンダンは昨日発ったよ。勉強を続ける考えのようだね。ちょうど恩師の中で奨学金を世話して下さる有難い方がいらっしゃって……」

彼女の母親はそのように話をしてから急いで席を立った。信じられなかった。そうではない。彼は信じたくなかったのだ。よく考えてみると、彼の無意識の中では早くからその事実を予感していたのかもしれない。そのため不安を感じて焦っていたのではなかろうか。予感していたとしても、実際にその予感が現実化した時、それを受け入れることとはまた別の問題だった。

彼女は去っていった。そして彼はその事実を受け入れることができなかった。

16

彼はもちろん娼婦街に行って娼婦を相手に猟奇的な犯行を犯すようなことはしなかった。しかしその極端な最後の事件だけを除いて、去っていくシスターを見送った「見慣れた結末」の主人公の姿は、彼女が外国に留学したことを確認した後のパク・プギルの様子そのままだと断定してもよいと言えるだろう。

彼女が彼の元を去ることによって生じた喪失感は致命的だった。彼は「的を見失って徘徊する矢」のように見えたし、「とんでもないところに針を刺してしまった代価として生を差し押さえられた蜂」のように見えもした。それくらいのことで人間がそれほど目も当てられないくらいに崩れてしまうものか、と問うことは可能だ。しかし、そのように質問するのは穏当ではない。そのように問うことで質問する者は、彼を（または彼にとって彼女はどんな存在だったのかを）全く理解していないことだけを明らかにするだけだ。彼の生は献身の対象を失ってクラッカーのようにパサパサになってしまった。

何もしないで一日丸ごと無為に過ごす日が続いていった。講義にはほとんど出席しなかった。どうにか講義室に入っても講義を注意深く聴くことはなかった。ただ魂のないぬけがらが座っていただけで、彼はまるで幽霊のようにこっそりと講義室を抜け出したりした。図書館の仕事も辞めてしまった。辞めたのではなく、時間を守らなかったり、どうかすると断りなしに仕事を休んでしまう突然の彼の誠意のなさが図書館長の怒りを買った。館長はそんな態度ならすぐにでも辞めなさいと叱りつけ、彼はその場で館長の言葉に従った。すべてのことに気乗りがせず、面白くなかった。一瞬にしてそうなってしまった。闘牛士は闘牛の急所を突く。するとその大きな図体の牛は運動場の地面の上でくたばって死んでしまう。闘牛で重要なのは正確な一撃だ。彼は急所を突かれた闘牛だった。それ以上彼を興奮させるどんな種類の赤い布も彼の目には見えなかった。この世のすべての布は色を失い、動きも止めた。生は意味を失い停止した。

彼は「精神の堕落を予感した」と書いた（「見慣れた結末」）。「彼の前に道はない。後ろにも道がない。四方が沼だった。彼は四方が沼に取り囲まれた島だった。沼と知りながらも歩いていかなければならない選択すら許されない状況がある」。堕落に対する予感を彼はそのように表現した。

遂に彼は教会にも行かなくなった。意欲の喪失と無関心がその原因だったが、それがすべてではなかった。そもそも聖なる世界は彼女の領域だった。彼女が彼をそこに呼び入れた。そこに彼女の存在がなければ行かなかっただろう。しかし、彼の人生から彼女が消し去られたとしたら「私は何だろう」、信仰に対するヴィジョンも、神学の勉強も意味を失ってしまったことを彼は悟った。彼は彼女を通して神に至ろうとした。彼にはそれが神の元に行く唯一の道だった。したがってその道を失ってしまった彼は神さえいっしょに失ってしまう危機にあった。彼は道ではない沼の中で足掻いていた。

ほとんど魂を失っていた彼をさらに打ちのめすことが生じた。「砂漠の夜」に全く関係のないこの事件の終末が比較的詳細に描写されている。

すべてのことが面倒でこの世のことなどどうでもいいと思っていた矢先に、彼らの脅しには戸惑ってしまった。私は自分の潔癖を証明しなければならないことを覚った。潔癖を証明しなければならないとしたら……。私の味方になってくれる人は誰もいなかったのだ。じゃあどうすれば？何のため？　私は肥え桶に入りたくはなかった。肥え桶に入って大便なのか大便でないのかと言い争う気持ちは全くなかった。すべてのことが面倒で虚しかった。私は耐え難く当惑したが、しかし、不思議と見かけは何事もないように平然とした態度でいた。それがまた彼らの誤解を増幅させたのだろうか。

（中略）

私はあっという間もなく地べたに投げ倒された。誰なのか分からなかった。私の隠れた意識が、私に害を加えているのが誰なのかを考えないようにしていたと言った方がより正確な表現かもしれない。今度は誰かが靴先で地面に倒れている私の背中を滅多やたらに踏みつけた。私は顔をセメント底に擦り付けた。おかしなことに憤怒とか羞恥心のようなものは起こらなかった。急に白痴になってしまったような感じだった。私は何も言わなかった。ただ息苦しいだけだった。誰も私の首を押さえつけなかった。それにもかかわらず、厚みのある恐ろしい獣の手に首をわしづかみにされているような気がした。汚い奴、歴史に逆流する奴、灰色分子、反動者、日和見主義者、無関心、小心者、そしてスパイ云々という声が矢の先になり波のように落ちてきた。もちろんそれは私を狙ったものだ。私は、何も考えないでいようとする無意識的な意志にもかかわらず、その矢の先の一つがLのものであることに気づいてしまった。

私の中でようやく明白に取り消せない特別な省察が始まった。結局、ここでも私は敵で異邦人だ。可能な唯一の対極は、現実と改革、あるいは神と人間でなく、地上の世界と地下の世界だ。彼らの世界と私の世界だ。形式と改革、神と人間の問題にしているのは、地上にある彼らの関係だけだ。地上の世界にはそんな葛藤が存在する。しかし、そんな葛藤にもかかわらず、それらは一つの世界に属している。私は愚かにも彼らの世界に入り込もうとした。本当にとんでもない欲望であったことを今になって私は悟った。

（「砂漠の夜」一三九頁）

17

途方もない唯我独尊論者であるこの異邦人は二回生の二学期、期末考査を一週間後に控えて寄宿舎を出た。かばん二つに荷物を入れて学校を去りながら彼は誰にも知らせなかった。誰も彼が学校を辞めたことを知らなかった。その後も誰も、彼が学校を辞めた理由を気にするとか残念に思ったりしなかった。彼の意識の深いところで長い間に準備されたその「予定された」決断は、しかし、あまりにも粗末なものだった。

「何かをしようとするつもりは何もなかったんです。ただ、そこにずっと居続けるのは不可能だと判断しただけなんでしょう。苦しかったんです……。でもはっきりと行き先を決めていたわけではなかったんです」

最後にパク・プギルに会った時、私は彼の書斎に座っていた。彼は自分が書いた文章の中から私が見つけ出して組み立てて見せた自分の若かった頃に対してああだこうだと言い立てはしなかった。初めに前提として入っていったように、非協力的な彼の態度から推し量って、この文章はどうしようもなく彼の肉声の代わりに彼の記録に依存するしかなかった。直接に伝える言葉の代わりに記録の慎重さの方を選ぶことにした私たちの選択は、初めから限界を抱え込む苦肉の策だった。だからこの文章はかしこまっていて躍動感がない。あれこれ生き生きとした逸話の紹介は初めから不可能だったし、作家の内面探求にも忠実でなかった感がないでもない。失敗を予感して書き出したが、そのことで不満まで相殺できるわけでもない。

幸いなことは、パク・プギル氏自身が疑問を提起しなかったことくらいだ。少なくとも記録された事実に則り大きく歪曲された点はないという意味として私は彼の沈黙を受けとめた。その時になって彼は未発表の原稿である『地上の糧』の存在を暗示した。その原稿は彼が最初に書いた小説形式の創作物だった。発表はされていなかったが、文学への出発点としてこの原稿は大切だ。よりいっそう重要なのは、その作品が彼の若い頃の中で最も不安だった一つの時代の精神の遍歴に酷似した告白でもするように、とても細密に描写されているところにある。

私は最後の段階で彼に誠意(?)を見せてほしいと催促し、その原稿を入手するのに成功した。その原稿は彼の最初の小説だと言った。彼はその小説をいつ書いたのだろう。私の催促に耐えられなくなったのか彼はその原稿を書いた当時の状況を聞かせてくれた。

いきなり寄宿舎から出てきたが、行き先が特別にあったわけではなかった。反射的に彼は故郷を思い浮かべた。父親の墓に火をつけて去ってきた故郷……。ああ、お父さん……。彼は初めて父のところに行きたいと思った。柿の木が立っている裏庭に入っていって父に会いたかった。裏庭に入りさえすれば父が今もそこにいるような気がした。父はいつもそこにいた。いまだにそこから離れられないでいる。そしてそこは彼が立ち入りを禁止された土地だった。彼の父は彼が禁止されていたところにいた。禁令を下していた伯父はすでにこの世から去っている。だからその禁令を解いてくれる人はいなかった。永遠に彼の立ち入りが許されない禁忌の地、柿の木が立っている裏庭――そこが故郷だった。彼は永遠に故郷に行けないだろう。

その上、自ら行った断絶の痕跡が残っている父の墓がそのまま残っているにもかかわらず、そこに帰っていくわけにはいかなかった。その放火の痕跡は父の墓から拭い去られるかもしれないが、彼の心からは拭い去ることはできないだろう。彼は自分の心の中にその火を点けたからだ。母の元に行く道もなかった。その道もやはり自らなくしてしまったからだ。彼は決定を他のところに向けた。四方沼に囲まれている時は沼にはまり込むのが唯一可能な選択だ。彼の意識は、彼の暗く閉鎖的な自我が安らぎを感じたたった一つの場を思い出させた。高校時代、彼の暗い自我を喜んで迎え入れてくれた自炊部屋だった。彼女が彼の生に入り込んできて光の世界に呼び出すまではそこが彼の聖殿だった。今すぐにでも崩れ落ちそうな低い天井、一日中陽が射さないように北向きに、その上壁にくっつけて開けられた掌くらいの窓、いつも湿気が溜まっていてじめじめした床……。世の中にうまく適応できないで、いつも世の中とぎこちない関係を維持してきた不満だらけの暗い少年は、敵意と悲しさがまだらになった大部分の時間をその部屋の暗闇の中で過ごした。

暗闇がどれほど穏やかか、どれほど穏やかで安らかなのか、まるで胸まではまり込みそうなふかふかとしたソファーのようだった。私は度々そのソファーにはまり込んで長い間何もせずごろごろしながら過ごした。始原が分からないところから湧き出る様々な考えが樹林の中を押し分けていったり、そのまま眠りについたり、そうしているうちに恐ろしい夢を見たりもした……。私はその時、暗闇を粒子と認識していたのだろうか。おそらくそうだったのだろう。とても繊細で微細な暗闇の粒子の中に囲まれて、私は息を殺していたのだ。暗闇が解体されるのが私の望みではなかったから。そのように長い間暗闇の粒子の中にうずくまっていると、いつの間にか私自身も暗闇の一部分になってしまうようだった。そのような状態になると外部の動きを感知する目と耳は自然にふさがってしまうものだ。暗闇は私の中に入ってきて、私は暗闇の中に入っていって混ざる。神秘的な合一の体験。そのど真ん中に入っている人間に世の中はもはや存在しない。

（『地上の糧』から）

彼女が彼を呼び出すまでそこは世の中に入っていけない消極的で閉鎖的な彼の自我の部屋だった。世間の人と違って逆に彼にはそこが本当の世界だった。その狭くて暗い部屋でだけ彼は心安らかだった。とても小さな刺激を受けただけでもすぐに割れてしまう薄いガラスのような、そのように不安定な平和。だから彼はいつも自分の部屋を暗くして静かにした。

何の因縁だったのだろうか。まるで彼を待ってでもいたかのようにその部屋は空いていた。女主人は、あなたが出ていった後、二年間誰も入らず空いたままだったと言った。何回か部屋を見にきた人はいたが、あまりにも暗いとか、狭いとか、古びているとか、湿気が多いと言いながら帰ってしまったという。狭くて古びている上、何より地下にある部屋でもないのに昼間から灯りをつけなければならないほど暗い部屋を借りようとする人がいるはずがなかった。そういう事情なので主人は部屋を貸すことを諦めてそのままにしていたという。

「住む人っているもんだね。修理する費用が出そうにもなかったので手入れもしないで、そのまま修理もしないでいたのに……」

部屋の鍵を作ってくれながら女主人が言った言葉だ。

彼はまた二年前のパク・プギルになって自分の部屋に閉じこもった。ほとんどの時間をその狭くて暗くじめじめした部屋の中に閉じこもって過ごした。彼は急速に暗闇と親しくなった。自分の体が暗闇の一部分になってしまうその神秘的な合一の境地が彼が究極的に望んだ状態だった。彼にはそんな神秘を体験した経験があった。知っている人は理解できるだろうが、暗闇の中に長い間、体と意識をつけたままぴくともしないでいると事物がそれなりに形相を作っているのが見え始める。そういう意味で暗闇も光だ。彼は以前その暗闇の光を拠りどころにして本を読んだ。その時読んだ『地下生活者の手記』は彼のかばんに今も入っている。

数日は部屋の暗闇と親しくなるのに費やした。この部屋で過ごした過去の幸せだった記憶が破片のように零れ落ちてきた。彼はそれを全部拾って溜めることができなかった。彼は待った。自分が暗闇の一部となり、暗闇が自分の中身になる時まで。しばらくして聴きなれたピアノの旋律がとてもかすかに部屋の中に流れ始めた。彼は驚かなかった。神秘的で深く敬虔なたった一つの音楽。彼の魂の琴線を鳴らした深く幽玄な弾力のある旋律、彼はその上に意識を横たえ、恍惚となった。そしてその旋律は少しずつ大きくなったかと思うと終いには雷のように騒がしく部屋の中を揺り動かした。天井がスピーカーとなって上下に煽り立てた。一日中その音楽が彼の魂を波立たせた。彼の物置小屋のような暗い部屋は礼拝堂の聖なる暗闇で覆われた。暗闇は光よりもっと美しかった。礼拝堂のピアノが彼の部屋に置かれ、彼女がピアノを弾いた。彼の目は我知らず涙が溢れた。一つの名前が自分をびっしりと塞いでいることを彼はすぐに覚った。胸を掻き毟った。詰まった胸はなかなか破れようとしなかった。

その暗闇の光を拠りどころにしながら彼が最近読んだジイドの散文集の中の一節が意識の水面に繰り返して浮かび上がったり沈んだりした。

ナタナエルよ、お前に似たものの横に止まらないように。決して止まらないように。ナタナエルよ、周りがお前と酷似していたり、またはお前が周りと酷似するようになったら、そこにはもうお前にいいことは何もない。そこから離れなければならない。「お前の」家の中、「お前の」部屋、「お前の」過去以上にお前に危険なものはない。

いつの日からか、暗闇が彼とすっかり親しくなった時、パク・プギルは暗闇がつくり出す光の下でうずくまって座り衝動的に文章を書き始めた。過去の中学時代の馬鹿げた筆禍事件以後、彼は自分の日記を書くこと以外には文章を書くことなど考えもしなかった。ところが胸を息苦しく押さえていたその重い大きな塊をどうにかして落としてしまいたいという欲望のためだったのか、彼の文章を書くスピードは意外にも速かった。数枚しか書き進んでいないのに自然にその文章の題名が頭に浮かんだ。彼は一番上に、『狭き門』を書いた作家の別の本の題名から借りてきた題名をやはり衝動的に記した。

『地上の糧』

年譜を完成するために　2

一九七二年（二十一歳）

全国に非常警戒令が敷かれ、維新憲法が宣布された年だった。投票率九一・九％、賛成率九一・五％。統一主体国民会議は任期六年の第八代大統領としてパク・チョンヒ候補を選出した。

神学大学生になった彼は寄宿舎と図書館を往復しながらその残酷な一年を過ごした。政治は、世の中の他の仕事がそうであるように彼を刺激しなかった。母の一カ月に一回の訪問と財政的な支援を拒絶することで、彼はすべての肉親との完全な断絶に成功した。彼はそのように考えた。

しかし、彼には彼女がいた。彼女は母であり、恋人であり、友だちであり、先生であり、偶像であり、すべてだった。彼と世界との間には彼女がいた。彼はもっぱら彼女を通して世界を認識した。

一九七三年（二十二歳）

「彼女」は去っていき、彼は吹きすさぶ時代の気流にうまく乗れなかった。重要なことはその気流に抵抗する彼自身の内部のエネルギーだった。自分の置かれている、彼が認められない世界に対する絶望感が肥大化しながら、彼は信仰と学問を続けていく気力を失ってしまった。彼は学期末試験の一週間前に寄宿舎から出ていった。

行き先のない彼は彼の精神が慣れているたった一つの場所、残酷だった高校三年間を過ごしたその狭くて暗くじめじめした部屋に入った。そこでの十カ月はそれこそ蟄居だった。彼はそこに滞在している間、ほとんど部屋の戸を開けなかった。一度は女主人が何かおかしなことが起こったのではないかと心配して部屋の戸を開けたことがあった。その後は、女主人が時々裏庭に入ってきてうろうろと窺っているようだったが、それは彼に人間らしく暮らしなさいというヒントのようだった。彼女は自分の持ち家でぞっとするような事態が生じるのをとても恐れているに違いなかった。彼はほとんど何もしないで過ごした。その上あまり食事もせず、よく眠りもしなかった。その部屋で彼がした唯一の仕事は『地上の糧』を書いたことだ。もちろん文章を書こうとする考えが最初からあったのではない。中学時代以後、彼はどうかして気が向いたら書きなぐっていた日記らしくない日記を除いてはどんな文章も書かなかった。彼がまだ神学大学の寄宿舎にいた時、同じ部屋のルームメイトが小説を書くといって大騒ぎをしていたが、文学は相変わらず彼を衝撃しなかった。ところがどうしたことなのか。自分の体のように感じるほど暗闇に慣れたある日、彼は急に原稿用紙を引っぱり出して嵐のように文章を書き始めた。一種の挽回に対する欲求が彼の意識の底にどくろを巻いていたのではなかろうか、と推測してみることができる。いわば、今までの失敗を一息に埋め合わせられる決定的な一撃、それは彼が密かに狙った確固とした明確な標的ではなかっただろうか。そんな風に噴出を待っていたかのように文章は我を争って噴出した、嵐のように。

そのすべての時間、彼の部屋には「彼女」のピアノの旋律が流れ溢れていた。彼の小さな部屋は、ピアノが置かれた全く同じように暗いあの礼拝堂と区別できなかった。必ずしもそのためだけではなかったが、彼の魂は「彼女」のピアノの旋律を初めて聴いた時以来、最も敬虔な状態を維持した。まるで懺悔の聖事に臨むようなカタルシスの経験……。彼が告白したように、彼はそれまで自分の内密な話を聞いてくれる相手を探していたのだ。人はどうして祈るのか。「それは自分の話を心置きなく率直に話すためなのだ。何の不平も言わずに限りない忍耐と根気で、とても私的で密やかな話を聞いてくれる相手を探して人々は祈りの場に姿を現すのだ」(『地上の糧』)。彼が小説を書くことは、それは彼にとって祈りと同じものだった。祈るように胸の内を話す内面の告白、それが『地上の糧』だった。

驚くべき事実がもう一つある。彼はその文章を書く時、ずっと灯りをつけなかった。暗闇に目を慣らせて、その暗闇がつくり出すかすかな光を拠りどころにしてその小説(『地上の糧』)を書いた。

一九七四年(二十三歳)

彼は大学に登録しなかった。すると国家は彼を呼んだ。彼は身体検査を受けて、入隊しろという召集通知書を受けた。

彼は秋に入隊した。それから一九七七年五月まで京畿道《キョンギド》金村《クムチョン》にある歩兵部隊で彼は一〇四特技兵として服務した。彼の軍隊生活について分かっていることはこれしかない。彼は他の男性作家たちが創作の宝庫のように考えている軍隊生活を素材にした、たった一篇の小説も書いたことがない。話の種がなくてそうしたのではないだろうし、思い出したくないという方がより正確だろう。彼の社交的でなく反社会的な性格を念頭に置くと、彼が軍隊という典型的な特殊集団に適応するのはとても大変だったと仮定するのは、あまりにも当然なことだ。推測するに彼の三十二カ月は耐え難い恥辱だったのではなかろうか。その集団の倫理は、個人の「変わっていること」に対して著しく神経質なくらい鋭敏だっただろう。確認されていない噂であるが、彼は軍隊生活不適応者とされて三十二カ月の服務中十六カ月も軍卒課で「保護」されていたという。

一九七六年の秋、留学を終えて帰国した「彼女」は結婚をした。相手は同じ神学大学を同じ年に卒業した誠実で成績優秀な牧師だった。彼女は「奥様」と呼ばれ、その次の学期からは母校で一週間に一回「キリスト教教育学」を講義した。当然、彼はその事実を知らなかった。

一九七七年（二十六歳）

除隊後、行き先のない彼は大学の先輩のKが牧師の仕事をしている田舎の小さな教会にしばらく滞在した。一年間寄宿舎で同じ部屋にいたKは東海の小さな村で牧師をしていたのだが、彼は実に偶然にその先輩と出会った。彼にとっては幸運だった。

除隊後訪ねていった母はすっかり老いていた。しかし、相変わらずその不必要な自責感を何かの免罪符のようにつけて歩いていた。彼は彼女に何とも言えない憐憫の感情を持った。そこでとても極まりが悪いと思っていた振舞いをした。彼は母の荒れた手を握って、その手の甲を撫でた。彼は自分がずいぶん大人になったと思った。それは世の中に対する他の視線の受容可能性を暗示した。肯定であれ否定であれ、その変化の兆候は軍隊で取り入れたことだった。母はこれからどうするのかと聞いた。彼はまだよく分からないと言った。母は泣いた。見慣れている泣き顔であったが、彼は当惑した。彼は静かに手を離し、何の約束もしなかった。

Kがいる教会は江原《カンウォン》道《ド》江陵《カンヌン》から束草《ソクチョ》にいく海岸道路のある丘に海に面して建っていた。そこに滞在している間中、先輩はとても親切だった。相変わらずほとんどの時間を祈祷室で過ごしているKとは違って、彼は海辺に出ていって長い間海を眺めたりした。伝道師になった先輩は彼にできれば復学することを勧めた。しかし、彼は簡単には復学する決心がつかなかった。軍隊の経験を通してある程度慎重になっていた彼は自分の進路を目前にして悩んでいた。

しばらくして偶然に学校に行って「彼女」に関する消息を聞いた。彼女は一週間に一回ずつ講義のため学校に来るのだが、最近は妊娠して大変なようだという話だった。その日、彼は復学しないことを決心した。

そして彼は数日の無為徒食に終わりを告げ、田舎の教会の隅の部屋に閉じこもって小説を書き始めた。彼は三カ月の間に一篇の中篇小説と二篇の短篇小説を書いた。その中の一つが彼のデビュー作である「旅人の家」だ。中学の時、国語の先生から想像力の危険性を警告された「父」の作文の分量を増やして洗練させたこの作品を書くことで、彼は塞がっていた文学への道をようやく開いたのだ。しかし、そこで彼の文章の前に立ちはだかっていたのは、今は顔も記憶も定かでない国語の先生や倫理の先生の警告ではなく、彼に潜在している父に対する罪意識だった。彼はその罪意識を露出して公開することで父親の存在を認めようと思った。父が不在していた時、父は彼を苦しめた。彼は理解した。どんな身震いや否定のジェスチャーにもかかわらず、結局は自分の生から父親を放り出してしまうことはできないことを。その理由は、父は彼の中に生きていたからだ。

彼は今はもう厳然とした父の存在を認め、そして父に彼に対する責任を負わせるようにした。そうすることによって、彼は父についての新しい神話を書こうとした。

彼がし終えたことは安っぽい和解ではなかった。それよりもっと巧妙なことだった。罪意識の逆戻り。父は、彼がしたように、彼に苦痛を与え始めた。苦痛を通して彼は父を理解し、父を抱きかかえた。

その時から今まで彼の文章づくりは隠されたものを表に出すことだ。その表に出すことは、かえって隠すことより巧妙だ。それは戦略的に表に出すことだ。言い換えると彼は隠すために表に出す。彼が読んだ大部分の神話がそうであるように。

〈附〉仮面をかぶった自伝小説

李承雨《イスンウ》

小説で一生を耐えていかなければならないという、今となっては他に逃げ出すことができないという悟りが脅しのようにやってきた時に（それはいわば時間に対する省察だった。ある瞬間、すでに私も中年という時期にさしかかったという事実を悟ったのだが。その事実を認めなければならないのはたやすいことではなかった）、私は偶然にも小説を書くことに悩み苦しんでいた。極度に疲弊しきっていた私の想像力の倉庫を覗いてみることは恥辱に等しかった。日雇いの仕事で日々をやっとの思いで生きていくのと同じように、息が止まるほどはらはらとさせる私の文学の寿命に対して、にわかに危機感が生じざるを得なかった。それに加えて時代の変化と共に広がり始めた、重力が全く感じられない若い作家たちの文章が、私に文学行為に対する深刻な懐疑の念を抱かせた。一九九〇年代の初め頃のことだ。酒やタバコを断つように、小説との縁を断つことができるのならば断ったことだろう。しかし、小説は酒やタバコと同じ類のものではない。

その頃、私は『生の裏面』を書いた。直面している状況の壁を越えてみようという欲望がなかったとは思わない。私はどうにかして突破口を探し出したかったし、その突破口は私の内にあった。それは子供時代の強烈なイメージの数々だった。記憶こそ想像力の源のようなもの……。もう少し具体的に言うと、その記憶とは父に関するものだった。ぼんやりとしているためにいっそう切実な父の記憶が宿題のように繰り返して意識の水面に浮かんでは沈んだ。私は宿題を済ませることにした。始めにこの小説を書いてみようと挑んだ時、私はそう思ったのだ。

二年間、私は文学雑誌にたった二篇の中篇小説を発表しただけだった。長篇小説『生の裏面』の前の部分である「生の裏面――彼を理解するために」と、真ん中の部分である「地上の糧」がそれだ。その話は始めから私の中にあったものだ。私が小説を書き始めた時から私の中に隠れていた。しかし、ただ隠れていたわけではない。それらは私の諸作品のモチーフを提供したりもしたし、間歇的にではあるが少し大胆に顔を出したりした。もちろん仮面をかぶったままであった。

私が強く求めた劇的方法が、その顔から仮面を脱がせることだったと言えば理解してもらえるだろうか。壁を越える途中で泥沼にはまり込んでしまうかもしれないという覚悟はできていた。いや、そんな覚悟のようなことをする状況でもなかった。私は書けない状況でも書かざるを得ない者の運命の過酷さについて考えていた。しかし、誰かが憂慮していたように仮面を被らないでどうして踊りが踊れるだろうか。仮面を脱がせるものは、すでに他の仮面を準備しているものだということを私はよく知っている。記憶の中の顔は仮面を脱ぐが、今その仮面を脱がせた「私」は新しい仮面を被る、それが小説だ、そう私は理解している。

そのようにして私の小説は編年体の形式となった。だからこそ私の小説の文章は限りなく迂回して、躊躇いながら一カ所で限りなく堂々巡りをした。私は自分の書いた文章に表れた、些細だが重要な事実の歪曲に驚いたものだ。そして私は悟った。すべての小説は作家個人の話ではあるが、作家は絶対に自分の話を「ありのまま」にしない。作家は記憶するだけの存在ではないのだ。作家は記憶しながら、同時に創造して歪曲する。記憶して、読んで、聞いて、創造して、歪曲して、作って、そして表現する。

『生の裏面』は一人の小説家の若い時代に関する物語だ。私は、暗い小部屋を抜け出し、微かな救いの光に向かっていく構図を設定した。この構図の中で父親に代表される男性のイメージは暗闇を、チョンダンという女性に代表される女性のイメージは光を指示する。しかし、皮相的な連想でも分かるように、この作品の暗闇は悪魔的なものではない。私は暗闇を悪として表すという単純な二分法を避けた。私の小説での暗闇は、ただ自閉的な空間であるにすぎない。自閉的という言葉は中立的である。善ではないが悪でもない。暗闇がそうであるように。重要なことは、自閉的な人にとっては暗闇が穏やかさ、静かさ、安らかさとしてあり、より重要なことは宿命の表象になるという点だ。私の小説の主人公は暗闇によって養育された者だ。暗闇が彼を育てた。今の「彼」は（誰かによって）養育された者だ。彼が光に耐えられないのはそのためであり、これはまた光が無条件で善ではありえないという暗示でもある。

父性の強烈なイメージが前面に出てくる子供時代の話は説話のように書こうとした。自閉的な空間に関する記録である青少年期の話は告白録のように書こうとした。「創世記」(エデンの園の神と人間の話)とオイディプスのモチーフに依拠して、後者は多くの成長期の小説作品を書いている作家たちから借用した。その作家たちの中で代表的な人物は、ヘルマン・ヘッセとアンドレ・ジイドとドストエフスキーである。私の小説の中の人物は、暗闇の中で『デミアン』と『地上の糧』と『地下生活者の手記』を読む。

『生の裏面』を書いてから、自伝的な小説ではないかという質問を度々受けた。その質問に対する私の答えは、すべての小説は自伝的だということだ。そしてすべての自伝的な小説は仮面を被っているということだ。もちろんその仮面は踊りを踊るための仮面だ。踊りを踊るために仮面を被る。仮面を脱げという要求はしたがって正当ではない。踊り終える時でないかぎり仮面を脱がないものだ。私の小説の最後には次のように書いた。

　その時から今まで彼の文章づくりは隠されたものを表に出すことだ。その表に出すことは、かえって隠すことより巧妙だ。それは戦略的に表に出すことだ。言い換えると彼は隠すために表に出す。

しかし、言うまでもないことだが、事実の歪曲は真実の不在まで指すものではない。

訳者解説

本書は、現代韓国の作家、李承雨《イスンウ》が一九九二年に刊行した小説『生의 이면』（『生《せい》の裏面《りめん》』）の全訳であるが、原書に収録されている「改訂版にあたって」「作家の言葉」のほか、本小説執筆の動機や李承雨の文学観をよく伝えるものとして、エッセイ「仮面をかぶった自伝小説」を新たに加えた。李承雨の作品としては、「ナイフ」（『新潮』二〇一〇年六月号、日韓中小説競作プロジェクト特集「文学アジア　都市篇」）、『死海』（『いまは静かな時　韓国現代文学選集』トランスビュー、二〇一〇年）という二つの短篇がすでに邦訳されているが、日本での長篇小説の紹介としては本書が初めてとなる。

李承雨は、一九五九年、全羅南道長興郡クアンサンウプで生まれる。一九八三年、ソウル神学大学を卒業して延世大学連合神学大学院を中退した。一九八一年、「韓国文学」新人賞に『エリュシクトンの肖像』が当選して登壇し、現在、朝鮮大学の文芸創作学科の教授として在職中である。一九九一年、「世の中の外に」で第一五回李箱文学賞を、一九九三年、『生の裏面』で第一回大山文学賞、二〇〇二年、『私はとても長生きするだろう』で第一五回東西文学賞を受賞して、小説による形而上学的探求の道を歩いてきた。その後は、二〇〇三年に『尋ね人広告』で第四回イ・ヒョウソク文学賞、二〇〇七年に「伝奇手物語」で現代文学賞、二〇一〇年に「ナイフ」でファン・スンウォン文学賞を受賞した。小説集としては『ク・ピョンモク氏のゴキブリ』『日蝕について』『迷宮についての推測』『木蓮公園』『人々は自分の家に何があるかを知らない』『私はとても長生きするだろう』『尋ね人広告』などがあり、長篇小説としては『エリュシクトンの肖像』『私の中にまた別の誰かがいる』『生の裏面』『植物たちの私生活』『そこがどこであれ』などがある。これ以外に『あなたはすでに小説を書き始めた』『小説を、生きる』などの散文集がある。

李承雨の作品は、海外でも盛んに翻訳されている。英語圏では、『生の裏面』(二〇〇五年、英国PeterOwen出版社)が出版され、『植物たちの私生活』も翻訳出版企画が進行中である。フランス語圏では、『生の裏面』(二〇〇〇年、Zulma出版社)と『植物たちの私生活』(長篇、二〇〇六年、Zulma出版社/二〇〇九年、Gallimard出版社文庫本)が出版され、『そこがどこであれ』(長篇、Zulma出版社)と『古びた日記』(短篇集)の翻訳が進められている。ドイツ語圏では、『生の裏面』(一九九六年、Horlemann出版社)と『迷宮についての推測』(短篇集、二〇〇四年、Pendragon出版社)が出版され、『植物たちの私生活』の翻訳が進行中である。スペイン語圏では、『植物たちの私生活』(二〇〇九年、メキシコEmitano出版社)と『生の裏面』(二〇一一年、スペインBabarias出版社)が出版されている。そして中国語圏では『古びた日記』、ロシア語圏では『生の裏面』の翻訳が進行中である。

とくにフランスでの評価は際立っており、世界文学のコレクションとして著名な仏ガリマール社のフォリオシリーズに、二〇〇九年、『植物たちの私生活』が韓国の小説として初めて収められたのは特筆に値するだろう。

李承雨は、自分自身のどの作品よりも『生の裏面』は「私の息遣いと魂が最も濃く沁みこんだ作品」だと「作家の言葉」に書いているが、二〇〇六年、『生の裏面』のフランス語版刊行の際には、『ル・モンド』紙が、「韓国の残忍な物語」という記事で本作品を紹介している。「あるときはあまりにも強烈に、あるときはあまりにも滑らかに、静かで落ち着いた心が湧きあがるこの小説は、多感でありながらも厳粛な文学愛好家たちの興味と関心を呼び起こすのに充分だ。」『ル・モンド』紙が韓国文学作品を称賛する記事を載せるのは、一九九二年、李文烈《イムンヨル》の『詩人』以来のことで、極めて異例なことだ。

この作品は「宗教的な思惟と、人間に対する理解と省察という真摯な主題に取り組む作家の幼年時代に向かって苦痛に満ちた旅行を強行する内面を密度高く描いた」と評価され、一九九三年度第一回大山文学賞の受賞作に選定された。小説家である「私」が自分と同じ小説家の「パク・プギル」の生を追跡しながら再構成していく様子を辿るこの小説は、特異な形式で巧みに構成された作品だ。「彼を理解するために」「地上の糧」「見慣れた結末」「年譜を完成させるために　1・2」という五篇の連作形式になっている。

話は、小説家である話者「私」が、ある出版社の企画シリーズである『作家探求』の筆者としてパク・プギルという作家の作品群と数回にわたるインタビューを基盤として、パク・プギルの意識の内側から彼の生と文学を支配してきた痕跡を丁寧に追跡することから始まる。「彼を理解するために」は、深刻な精神分裂症で自殺した父、母の再婚など、パク・プギルの暗い幼年期を客観的な叙述者の視点から描いている。主人公が叙述者になる特異な形式の「地上の糧」は、父の墓に火を点けることによって故郷と断絶した生を生きていくパク・プギルが世の中に体当たりする様を扱っている。ここで母性の象徴である年上の女性との運命的な出会いが大きな意味をもつことになる。「見慣れた結末」は、パク・プギルが、一人の女性を運命的に愛するという理由だけで神学大学に入学した後の大学生活から、愛に破れ、再び世の中から隔離され、深い絶望の奈落に落ちていく過程を叙述者の視線で追っている。「年譜を完成するために 1・2」では、軍役を終えて学校に戻り、愛した恋人の結婚と妊娠のうわさを聞いたパク・プギルが老いた母と再会し、父の存在を認めることにより、世の中との和解を試みる様が描かれる。そうした傷跡と隠蔽された欲望がぶつかり合いながら、ついに一人の作家となっていく過程が緻密に描写されている。

「人格の裏に隠れている根源的な実体が人間を成長させるという信念でこの小説を書いた」――作家は、一度ならず、この小説を書いた意図を明らかにしている。子供の頃に受けた心の傷で閉鎖恐怖症となった人間が、運命的な愛と神に向かって進んでいくことを通じて、コンプレックスをより高い次元に昇華させる過程が精密に描かれる。文章の一つ一つが分析的、批評的でありながら、独特なリズムを刻み、読者を魅了してやまない。生に対する真摯な洞察を妥協なく敢行する精神が作り上げる乾いた文体は、論理的でありながら、陰々とした悲壮感と深みのある文学的な香りを漂わせる。そして生の深淵を経験した作家の次のような切々とした告白には、思わず身震いするほかない。

「部屋の中の暗闇に体を隠している時、不意に押し寄せてくるその寂しさからはおかしな性欲の臭いがした。感傷でなく肉体が寂しがっていると感じた時のその狼狽を私は忘れることができない。」

『生の裏面』は、生に真摯に向き合い、苦悩する人々に、ずっしりとした感動を必ずや与えることであろう。

二〇〇八年にノーベル文学賞を受賞した作家のル・クレジオは、韓国現代文学にも造詣が深く、ノーベル賞受賞講演においても韓国文学に言及しているが、李承雨とも、二〇〇七年に対談をしている。また二〇〇九年六月には、私的な場で、韓国文学と李承雨の文学について、李承雨に一〇項目にもわたって詳細に質問をしている（その時の話の内容は彼の散文集『小説を、生きる』に重なる）。その際に『生の裏面』の素晴らしさを賞賛し、他作品のフランス語への翻訳も催促したという。そのル・クレジオは、韓国でのみならず、世界のどこででも、講演において頻繁に韓国文学に言及しているが、必ず李承雨の名を挙げ、「韓国を知るには、否、人間を知るには李承雨の小説を読めばよい」と断言するほどに、李承雨の文学を絶賛している。

訳者が李承雨の作品に出会ったのは二〇〇七年の初冬だった。同僚の先生に勧められて、韓国文学翻訳院で彼の短篇「他人の家」を教材にして授業をすることにしたのが契機である。四月から始まる授業の準備で李承雨の作品を読み始め、「生」と真摯に向き合っている作品の数々に少なからぬ衝撃と感動を覚えた。読めば読むほど魅了され、気がついたら彼の作品の大部分を読み漁っていたのだ。テーマは違っていても、すべての作品に人間の内面を見つめ、原罪を直視している姿勢がいずれの作品にも見られ、訳者はますます李承雨に惹かれていった。そして彼の作品に傾倒した訳者は、翻訳の許可を得ることを口実にして李承雨に連絡し、二〇〇八年五月六日に会った。梨花女子大学の前に現れた彼は、あの衝撃的な作品を書く人とは思えないほど、温和でシャイな男性だった。特に、謙虚な物言い、物腰に驚いた。その後度々会う機会はあったが、その人柄は、いつも変わらず、物静かで控えめで「私が翻訳している作品は本当に彼の作品なのか」と疑わしくなるほどだ。しかし、彼の文学に対する姿勢は尊敬に値するもので、「現実に幸福な人は小説を書かない」と言い、「現実を征服し、新しい現実を虚構を通して作り上げるのが小説だ」とも言っている。ル・クレジオとの対談でも話していることだが、「作者自身の中にあるものが地下水のように現れて小説になるのであって、読者の反応を意識して書くのではなく、書かずにはいられなくて書くのだ」という言葉ほど、作家としての李承雨の本質を表しているものはなかろう。

これからも彼の作品を誠心誠意翻訳し続けていきたい。前述したように、海外で盛んに翻訳されている『植物たちの私生活』も本書と同様、拙訳によって藤原書店より近々刊行される予定である。

二〇一一年七月二二日

金順姫

著者紹介

李承雨（イ・スンウ／이승우／ Lee Seung-U）

1959年韓国全羅南道生まれ。ソウル神学大学神学科卒業。朝鮮大学文芸創作学科教授。1981年、中篇小説『エリュシクトンの肖像』で作家デビュー。人間と宗教への根本的な問いや、また〈不在の父〉を主題とする作品などで大きな注目を浴びる。主要作品に『迷宮についての推測』『植物たちの私生活』『私はとても長生きするだろう』『古びた日記』『私の中にまた別の誰かがいる』『人々は自分の家に何があるかを知らない』『尋ね人広告』など。大山文学賞、東西文学賞、現代文学賞を受賞。邦訳作品に「ナイフ」（『新潮』2010年6月号、特集「文学アジア　都市篇」）『死海』（『いまは静かな時　韓国現代文学選集』トランスビュー）。『植物たちの私生活』が、韓国小説として初めて、仏Gallimard社のFolioコレクションに収められるなど、主要作品が英、仏、独、露、中などで翻訳刊行され、あるいは翻訳が進行中で、世界的に評価が高まっている。

訳者紹介

金順姫（キム・スニ／김순희／Kim Soon-Hee）
大阪市生まれ。翻訳者。関西学院大学文学部卒業、韓国外国語大学大学院にて修士、博士課程修了。東洋大学にて、『源氏物語研究』で博士学位取得。韓国外国語大学通訳翻訳大学院講師、ソウル大学語学研究所講師を経て、梨花女子大学通訳翻訳大学院兼任教授。著書に『源氏物語研究――明石一族をめぐって』『日韓・韓日通訳翻訳の世界（共著）』、訳書に、韓→日『無所有』『梨の花が白く散っていた夜に』『韓国の民話伝説』『韓国人の作法』／日→韓『茶道と日本の美』（『柳宗悦茶道論集』）『柳宗悦評伝』（『柳宗悦　時代と思想』）『淺川巧評伝』（『朝鮮の土になった日本人』）『江戸の旅人たち』（『江戸の旅人たち』）。

生《せい》の裏面《りめん》

2011年8月30日　初版第1刷発行 ©

訳　者　金　順　姫
発行者　藤　原　良　雄
発行所　株式会社　藤　原　書　店

〒162-0041　東京都新宿区早稲田鶴巻町523
電　話　03（5272）0301
FAX　03（5272）0450
振　替　00160‐4‐17013
info@fujiwara-shoten.co.jp

印刷・製本　音羽印刷

落丁本・乱丁本はお取替えいたします
定価はカバーに表示してあります
Printed in Japan
ISBN978-4-89434-816-5